HANKE / KRÖGER

BLUTHEIDE

ANGST IN DER IDYLLE Kommissarin Katharina von Hagemann hat einige Jahre in München gearbeitet und kehrt nach einem schweren Schicksalsschlag nach Norddeutschland zurück. Im beschaulichen Lüneburg tritt sie voller Hoffnung ihre neue Stelle an, doch bereits der Start mit ihrem neuen Chef Benjamin Rehder verläuft alles andere als glatt. Bald schon stellt Katharina ihren Neuanfang infrage. Auch Rehder bezweifelt, dass er mit der jungen Kollegin klarkommt, hat aber ein noch viel größeres Problem damit, dass sein kriminell veranlagter und lange verschollener Bruder in der Heidestadt aufgetaucht ist. Die privaten Gedanken der Ermittler werden in den Hintergrund gedrängt, als kurz hintereinander drei Morde geschehen. Schnell scheint klar, dass es sich um Serientaten handelt, aber es sind weder ein Motiv noch eine einheitliche Vorgehensweise des grausamen Killers erkennbar. Als ein kleines Mädchen verschwindet, kommt es zu einem Kampf gegen die Zeit, denn bisher hat der Täter keines seiner Opfer am Leben gelassen …

Kathrin Hanke wurde in Hamburg geboren. Nach dem Studium der Kulturwissenschaften in Lüneburg machte sie das Schreiben zu ihrem Beruf. Sie jobbte beim Radio, schrieb für Zeitungen, textete für die Werbung und arbeitete als Ghostwriterin. Ihre Leidenschaft ist jedoch das reine Geschichtenerzählen, wobei sie gern Fiktion mit wahren Begebenheiten verbindet. Daher arbeitet sie seit 2014 als freie Autorin in ihrer Heimatstadt.

Die gebürtige Hamburgerin Claudia Kröger arbeitet als freie Autorin, Redakteurin und Texterin für Webseiten, Marketing, Magazine und mehr. Sie lebt seit vielen Jahren mit ihrem Mann in der Nähe von Lüneburg. Die gemeinsame Leidenschaft zum Schreiben und die Liebe zur Stadt Lüneburg haben dazu geführt, dass sie zusammen mit Kathrin Hanke 2013 die erfolgreichen Heidekrimis ins Leben rief.

HANKE / KRÖGER

BLUTHEIDE

Kriminalroman

GMEINER

Im Ehnried 5, 88605 Meßkirch
Telefon 07575/2095-0
info@gmeiner-verlag.de

2. Neuausgabe 2023

Lektorat: Claudia Senghaas, Kirchardt
Herstellung: Mirjam Hecht
Umschlaggestaltung: U.O.R.G. Lutz Eberle, Stuttgart
unter Verwendung eines Fotos von: © iStockphoto.com / Olaf Simon
Druck: CPI books GmbH, Leck
Printed in Germany
ISBN 978-3-8392-0331-6

Für meine Mutter.
Kathrin Hanke

Für Andreas und meine Eltern – weil die Kraft zu schaffen vor allem von denen kommt, die in jeder Situation hinter dir stehen.
Claudia Kröger

Wer sich entschieden hat, etwas zu tun,
und an nichts anderes denkt,
überwindet alle Hindernisse.

(Giacomo Girolamo Casanova)

PROLOG:
SONNTAG, 01. MAI 2011

03.11 Uhr

Er schreckte aus dem Schlaf hoch. Ein Geräusch hatte ihn geweckt, doch jetzt hörte er nichts mehr, nur den gedämpften Verkehrslärm, der von draußen durch die Mauer und die Fenster direkt an sein Ohr drang und an den er sich schon lang gewöhnt hatte. Er fühlte sich nicht gut. Seine Glieder schmerzten, und ihm war heiß. Sicher hatte er wieder Fieber. Das hatte er immer, wenn er gerade einen Fall gelöst hatte. In der Regel verschwand es so schnell, wie es gekommen war.

Langsam setzte er sich auf und zog sich das durchgeschwitzte Unterhemd über den Kopf. Die kleine Leselampe auf dem Nachttisch brannte noch immer. Er blickte sich in seinem Schlafzimmer um: Das Album, über dessen Seiten er vorhin zufrieden eingeschlafen war, war zu Boden gefallen. Sicher hatte dies das Geräusch verursacht, das ihn aus seinem Traum gerissen hatte. Er wusste, dass er geträumt hatte, nur bekam er nicht mehr in seinen Kopf zusammen, was es gewesen war.

Er beugte sich über die Bettkante und griff nach dem schlicht-schwarzen Album, legte es vor sich und schlug es auf. Die erste Seite hatte er freigelassen. Wer weiß, wozu sie noch gut sein konnte. Dann blätterte er langsam weiter. Mit zärtlichem Blick begutachtete er die Seiten, auf denen sich eingeklebte Zeitungsausschnitte und Fotos abwechselten. Als wäre das Album so kostbar und zerbrechlich wie eine Mingvase, wendete er jedes einzelne Blatt bis zum letzten, auf dem etwas eingeklebt war. Es waren die Fotos vom Tatort zu seinem gerade erfolgreich abgewickelten Mordfall. Später würde er noch die Artikel hinzufügen, die sicher in den nächsten Tagen in der Zeitung erscheinen würden. Wie die anderen im Album akribisch dokumentierten Fälle hatte er auch diesen mit Bravour gelöst. Stolz schwappte in ihm hoch.

Mit einem Seufzer klappte er das Album zu und legte es auf den Nachttisch. Bald würde es voll sein. Er schaltete die Leselampe aus und versuchte wieder einzuschlafen, was ihm nach kurzer Zeit gelang. Auf seinen Lippen lag ein zufriedenes Lächeln.

Du musst das Leben nicht verstehen,
dann wird es werden wie ein Fest.
Und lass dir jeden Tag geschehen
so wie ein Kind im Weitergehen von jedem Wehen
sich viele Blüten schenken lässt.

Sie aufzusammeln und zu sparen,
das kommt dem Kind nicht in den Sinn.
Es löst sie leise aus den Haaren,
drin sie so gern gefangen waren,
und hält den lieben jungen Jahren
nach neuen seine Hände hin.

(Rainer Maria Rilke)

KAPITEL 1:
SONNTAG, 01. MAI 2011

17.43 Uhr

Es war Sonntag, ein recht sonniger noch dazu, doch Benjamin Rehder saß an seinem Schreibtisch, anstatt seinen freien Tag im Garten zu verbringen, wie vermutlich die meisten seiner Kollegen. Hier konnte er die Ruhe genießen. Zu Hause konnte er das nicht. Er hielt es einfach nie lang aus in seinem schmucken Reihenhaus in Ochtmissen Zu Katharinas Erleichterung war Benjamin nach seinem Bericht mit keinem Wort darauf eingegangen, dass sie und Benedict sich zu kennen schienen., und so sammelten sich langsam, aber sicher die Überstunden auf seinem Arbeitskonto an. Auch wenn es inzwischen fast zwei Jahre her war, dass seine Frau ihn verlassen hatte, und es ihm ansonsten endlich wieder einigermaßen gut ging – das Zuhause-Gefühl war gemeinsam mit Simone bei ihrem Auszug verschwunden und hatte sich nicht wieder eingestellt. Loslassen konnte er aber auch nicht. Seine Freunde hatten es inzwischen aufgegeben, ihn zu einem Umzug in eine neue Wohnung bewegen zu wollen, die frei von Erinnerungen war. Irgendwann waren es einfach auch die geduldigsten Seelen leid, ständig gegen eine Wand zu reden.

Der Kriminalhauptkommissar hatte eine geöffnete Akte vor sich auf dem Schreibtisch liegen. Die Personalakte seiner neuen Kollegin. Mit gemischten Gefühlen betrachtete er das Foto der jungen Kommissarin. Eigentlich hatte er sich einen männlichen Kollegen als Verstärkung gewünscht. Obwohl er noch nie mit einer Frau im Team gearbeitet hatte – oder vielleicht gerade deshalb –, hatte er Bedenken. Genau benennen konnte er sie jedoch nicht und so hatte er auch keine Argumente vorbringen können, als sein Chef Stephan Mausner ihm mitgeteilt hatte, wen er für den offenen Posten ausgewählt hatte. Und gegen die Fakten in ihrem Lebenslauf gab es definitiv keine Argumente. Damit waren die wenigen Mitbewerber schnell aus dem Rennen, und Rehder hatte nun eine Frau in seinem Team.

Er war kein Mensch, der sich gern auf etwas Neues einließ. Am liebsten war es ihm, wenn alles seinen eingefahrenen Weg lief. Der Job selbst brachte schon genug Überraschungen mit sich, fand er. Dass es dagegen auch im Privatleben nicht immer stur geradeaus oder – positiv ausgedrückt – nach vorn ging, hatte er allerdings spätestens bemerkt, als Simone sich Hals über Kopf aus dem Staub gemacht hatte. Er selbst hatte bis zu diesem Moment gedacht, mit seiner Ehe stünde alles zum Besten. Bis heute hatte er das Ganze nicht wirklich verstanden, doch inzwischen hatte er kapiert, dass es ihn nicht weiterbrachte, sich das Hirn deshalb zu zermartern.

Wenn er es sich recht überlegte, gab es eigentlich noch einen Menschen, der seinem Wunsch nach einem normalen, durchgeplanten Leben immer wieder einen Strich durch die Rechnung machte. Bei diesem Gedanken griff er spontan zum Telefon und wählte die Handynummer seines Bruders. Sofort sprang am anderen Ende der Leitung die Mailbox an. Wahrscheinlich war es auch besser so, dachte Rehder und legte langsam den Hörer wieder auf die Gabel, ohne seinem Bruder eine Nachricht hinterlassen zu haben.

18.23 Uhr

Katharina von Hagemann stieß sich vom Fensterbrett ab und schaute sich in ihrem Wohnzimmer um. Oder zumindest in dem Raum, der ihr Wohnzimmer werden sollte. Momentan sah er eher aus wie das Aufbewahrungslager einer Sammelstelle für Hilfsmittel für die Dritte Welt: Überall stapelten sich Kartons, die darauf warteten, von ihr ausgepackt zu werden. Katharina beschloss, dass die Kartons sich noch weiter würden gedulden müssen, nahm die Zigarettenpackung sowie das kleine, schwarze Feuerzeug mit einem Werbeaufdruck der Löwenbrauerei vom Fensterbrett und steckte sich eine Zigarette an. Es war die letzte aus ihrem Stangenvorrat, den sie aus München mitgebracht hatte, und sie rauchte sie mit gemischten Gefühlen.

Mit der München-Zigarette, wie sie sie in Gedanken nannte, ging sie in ihr neues Schlafzimmer. Auch hier standen ein paar geschlossene Kartons herum. Zudem lag ein zwei mal zwei Meter großer, neuer Futon auf dem Holzdielenboden. Nachdem die Möbelpacker sich vorhin verabschiedet hatten, hatte sie ihn ausgerollt und den Inhalt ihrer Sporttasche darauf ausgeschüttet. Sie drückte die Zigarette in einer Aluminiumschale aus, die vorhin noch Sushi enthalten hatte. Dann ließ sie sich auf ihrem Futon nieder und wühlte in dem Berg Zeugs herum, bis sie ihren Kulturbeutel gefunden hatte. Sie ging ins Bad, holte Zahnbürste und Zahnpasta heraus und putzte sich die Zähne. Danach wusch sie sich kurz das Gesicht mit kaltem Wasser, tuschte ihre Wimpern und legte farblosen Lipgloss auf. Sie verließ das Badezimmer, griff sich ihre schwarze Lederjacke und schloss die Wohnungstür hinter sich.

Unten auf der Straße wendete sie sich spontan nach links. Sie hätte genauso gut nach rechts gehen können, da sie sich in dieser Stadt ohnehin noch nicht auskannte, aber sie ging eben nach links. Richtung Lüneburger Stadtkern. Das wusste sie zumindest. Sie schlenderte an geschlossenen Geschäften vorbei, schaute sich hier und da die Auslagen an und ließ sich treiben. An einem Zigarettenautomaten blieb sie stehen, steckte ihre EC-Karte in den Schlitz und zog sich eine Packung. Immer wieder blitzte in ihrem Kopf die Frage auf, ob ihre Entscheidung richtig gewesen war, hierher zu kommen. Nach Lüneburg. Mit den etwas über 70.000 Einwohnern so deutlich kleiner als München. Sie wusste, es war eine Flucht. Sie wusste auch, wovor sie floh, und sie hatte sich fest vorgenommen, hier ein neues Leben anzufangen. Mit allem, was dazugehörte. Vor allem mit dem Vergessen. Sie nahm eine Zigarette aus der jungfräulichen Packung und steckte sie sich im Gehen an. Normalerweise rauchte sie nicht auf der Straße. Aber heute machte sie eine Ausnahme. Zurzeit war sowieso nichts mehr wie früher.

Katharina gab der schweren Tür einen kräftigen Ruck nach vorn, und schon stand sie in einem länglichen Raum, der wie ein zu breit geratener Flur wirkte. Kleine, runde, klapprige Eisentischchen, wie man sie vor allem bei alten Leuten auf dem Balkon findet, wechselten sich ab mit eckigen weißen Holztischen, die aussahen, als seien sie direkt aus dem Krankenhaus mitgenommen worden. Die Bestuhlung war ebenfalls gemischt und erinnerte an das Sammelsurium eines Trödelhändlers. Im Widerspruch dazu fiel die Ordnung auf: Alles stand in Reih und Glied an der linken Wand, wobei es anders aus Platzgründen auch gar nicht gegangen wäre. Gegenüber den Tischplätzen war gleich die Bar, die sich den ganzen Raum entlang zog. Die Beleuchtung war eher schummrig. Über dem Bartresen hingen gleichmäßig verteilt ein paar Kabel, die nur mit schwach flackernden Stromsparbirnen bestückt waren. Die Tische wurden von tropfenden Kerzen beleuchtet, die in leeren grünen Weinflaschen steckten. Draußen über der Tür hatte Katharina ›Café Krass‹ gelesen. Krass sah es hier tatsächlich aus. Vor etlichen Jahren hatte das sicher mal alles sehr szenig gewirkt. Heute hatte Katharina aber eher den Eindruck, als kenne der Besitzer nicht den Unterschied zwischen Café und Spelunke. Nun denn, jetzt war sie halt hier gelandet.

Katharina überlegte kurz, wo sie sich hinsetzen sollte. Einer der Krankenhaustische war noch frei. Am Bartresen war niemand. Nur ein halb leeres Bierglas stand dort verloren herum. Sie entschied sich für den Tresen und dachte, dass sie noch vor ein paar Monaten das Bierglas als halb voll bezeichnet hätte. So änderten sich die Zeiten. Sie konnte sich später selber nicht erklären, warum, aber sie stellte sich genau an die Stelle des Tresens, an der das einsame Glas stand.

19.23 Uhr

Er knöpfte sich seine Jeans zu und drückte die Spültaste. Hier hatte sich in den letzten acht Jahren tatsächlich nichts verändert. Es standen sogar noch dieselben bekloppten Klosprüche an den Kacheln über dem Pissoir. Und es waren ein paar neue hinzugekommen. Niemand hatte sich die Mühe gemacht, sie zu entfernen. Einer war mit Bene unterschrieben. Er stammte von ihm selbst. ›Julie forever! Bene 2003‹ hatte er damals mit einem fetten Edding aus Jux an die Wand gekliert. Er konnte sich noch gut daran erinnern. Kurze Zeit später hatte er Lüneburg den Rücken gekehrt und sein Glück in Berlin gesucht. Ohne Julie. Bene drehte sich in dem engen Raum zum Waschbecken um und wusch sich die Hände.

Was wohl aus Julie geworden war? Sicher lebte sie immer noch in dem kleinen Häuschen im Stadtteil Oedeme, das sie von ihrer Großmutter geerbt hatte. Ob sie 'ne feste Beziehung hatte oder sogar verheiratet war? Was sie wohl sagen würde, wenn sie erfuhr, dass er wieder hier war? Er war sich selbst nicht sicher, was er davon halten sollte, aber das Angebot vom Hotel Heideglanz war einfach zu verlockend gewesen, um es auszuschlagen. Morgen würde er den neuen Job antreten und den reichen Gästen seine Cocktail-Variationen kredenzen. Bisher hatte er noch niemandem Bescheid gegeben, dass er seit einer Woche wieder hier war. Noch nicht einmal seine Eltern oder sein Bruder wussten davon. Nur Gerry, der Besitzer vom Krass, bei dem er jeden Abend aufgelaufen war. So wie auch heute.

Julie war seine längste Beziehung gewesen. Oder besser, die einzige richtige Beziehung überhaupt. Er war einfach nicht der Typ, der sich eng an jemanden binden mochte. Das erinnerte ihn zu sehr an das langweilige Leben seiner Eltern – *und täglich grüßt das Murmeltier*. Als Julie damals anfing, mit ihm einen auf häuslich machen zu wollen, konnte er nicht anders. Er musste einfach weg. Na ja, und dann war da auch noch dieses krumme Ding gewesen, durch das er sich ganz schön in die Klemme gebracht hatte. Mist! Hier war noch nicht mal Papier zum Händetrocknen. Wirklich alles wie früher. Er schüttelte das Wasser von seinen Händen und seine Gedanken über die Vergangenheit gleich mit ab – damals hatte er sich wirklich nicht mit Ruhm bekleckert und er schämte sich noch immer dafür. Er atmete einmal tief durch, zuckte mit den Schultern und dann ging er wieder zurück ins Lokal.

An seinem Platz am Tresen stand eine schlanke Gestalt. Auffallend war jedoch weniger die gute Figur, sondern vielmehr die langen roten Haare, die ihr sanft gelockt über die Schultern flossen. Lecker. Bene konnte sich nicht erinnern, jemals eine Rothaarige gehabt zu haben, aber er glaubte mal gelesen zu haben, dass die ziemlich leidenschaftlich sein sollen. Na, das wär doch ein prickelnder Einstand für seine Rückkehr in die Heimat. Er setzte sein oft erprobtes Charming-Lächeln auf und ging die wenigen Schritte zu seinem Bier.

Der Schmerz um Liebe, wie die Liebe, bleibt
Unteilbar und unendlich. Fühl' ich doch,
Welch ungeheures Unglück den betrifft,
Der seines Tags gewohntes Gut vermisst.

(Johann Wolfgang von Goethe)

KAPITEL 2:
MONTAG, 02. MAI 2011

07.30 Uhr

Ein paar Minuten noch, dann würde sie ihren neuen Arbeitsplatz erreichen. Katharina hatte sich mit sehr gemischten Gefühlen auf den Weg gemacht, denn für den ersten Arbeitstag hatte sie sich selbst die ungünstigsten Voraussetzungen geschaffen. Als sie am Vorabend die Wohnung verlassen hatte, war sie mit der Absicht gegangen, irgendwo mit sich selbst auf ihren Neustart anzustoßen, dann in ihrer neuen Wohnung noch für etwas Ordnung zu sorgen, um schließlich halbwegs vernünftig schlafen zu gehen und ausgeruht zu ihrem ersten Dienst zu erscheinen. Toller Neustart, wenn schon die Vorsätze des ersten Tages komplett danebengingen. Es war nicht die beste Idee gewesen, in die schummrige Kneipe zu gehen und sich ausgerechnet an den einzigen Platz am Tresen zu stellen, an dem ein Glas stand. Zumindest nicht aus der Retrospektive. Mannomann, sie hätte es gleich ahnen müssen, als der Typ ihr sein breites Grinsen schenkte, sich selbst ein weiteres Bier bestellte und ihr ungefragt einen Martini.

Bene – so hatte der Enddreißiger sich ohne große Umschweife vorgestellt – war irgendwie nicht das, was Katharina in dieser Umgebung als Kneipengast erwartet hatte. Ganz im Gegenteil. Sein durchtrainierter Körper steckte in einem gepflegten Outfit, geschmackvoll und trotzdem lässig. Ganz offensichtlich ein Typ, der eine Menge Wert auf sein Äußeres legte. Für Katharinas Geschmack war er fast schon etwas zu sehr gestylt, und eigentlich stand sie auch gar nicht darauf, am Tresen angebaggert zu werden, als wäre sie Freiwild. Aber gestern Abend hatte sie sich genau so gefühlt – wie Freiwild. Ohne die geringste Ahnung, was die Zukunft wirklich für sie bereithielt, in einer fremden Stadt, mit einem neuen Job und voller Zweifel und Ängste. Gerade diese Ängste waren es, die sie verfolgten. Sie hatte gedacht, sie in München zurücklassen zu können. Dort in der Wohnung, wo es damals passiert war und die sie nahezu voll möbliert ihrem Nachmieter übergeben hatte. Der junge Mann hatte sich über die Möbel gefreut, die sie ihm für einen geringen Abstand gelassen hatte. Das Geld hatte sie einer sozialen Einrichtung gespendet. Es war der Versuch gewesen, sich freizukaufen. Doch hatte es etwas genützt? Sie fühlte es noch nicht, obwohl so viele Kilometer zwischen München samt ihren Schuldgefühlen und Lüneburg lagen. Da hatte es verdammt gut getan, sich für den Moment von einem attraktiven Mann ein bisschen aufbauen zu lassen, der in ihr nichts weiter sah als eine Frau, die allein an einer Bar stand. Dem Einstiegs-Martini waren weitere gefolgt, ihrem Kopf nach zu urteilen, mussten es etliche gewesen sein. Den ersten halbwegs klaren Moment hatte sie erst wieder gehabt, als sie morgens um drei in einem fremden Bett aufgewacht war – nackt. So manche Erinnerungen hatten sich inzwischen wieder eingestellt, und es waren zugegebenermaßen nicht die unangenehmsten, aber trotzdem war sie erschrocken über sich selbst. So hatte sie ihr neues Leben eigentlich nicht starten wollen. Nach dem ersten Schreck hatte sie ihre Sachen zusammengesucht, sich leise angezogen und aus dem Staub gemacht. Der blonde Hüne, von dem sie nicht mehr als den Vornamen kannte – wenn es überhaupt sein richtiger Name war –, war glücklicherweise nicht aufgewacht. Als sie auf der Straße gestanden hatte, war ihr schlagartig klar geworden, dass sie nicht im Geringsten wusste, wo sie war oder wie sie zu ihrer Wohnung kommen sollte. Also hatte sie sich ein Taxi geschnappt und den Fahrer ungewollt verärgert, weil die Strecke zu ihrer Wohnung letztlich kaum mehr als eineinhalb Kilometer lang war. An Schlaf war nicht mehr zu denken gewesen, und so hatte sie die Zeit bis zum Morgen genutzt, um wie geplant ihr neues Zuhause noch ein bisschen auf Vordermann zu bringen. Dann hatte sie versucht, mit einer kalten Dusche die unübersehbaren Spuren der vergangenen Nacht aus den müden Augen zu verbannen und mithilfe einiger weiblicher Tricks ein halbwegs munteres Gesicht in den Spiegel zu zaubern.

Als Katharina nun an die Tür des Dienststellenleiters Stephan Mausner klopfte, riss sie sich mächtig zusammen. Sie wollte einen guten ersten Eindruck machen. In dem Moment, in dem sie das Büro betrat, erstarrte sie jedoch: Neben Stephan Mausner, der ihr freundlich die Hand entgegenstreckte, stand noch jemand – der Mann, dessen Bett sie erst vor wenigen Stunden fluchtartig verlassen hatte. Verdammt. So was konnte auch nur ihr passieren.

08.01 Uhr

»Guten Morgen, liebe Frau von Hagemann, und herzlich willkommen bei der Kripo Lüneburg!«, begrüßte Stephan Mausner die neue Mitarbeiterin seiner Dienststelle. »Das trifft sich ja hervorragend. Tolles Timing, tolles Timing, dass ich Sie beide hier gleich zusammenhabe. Darf ich also vorstellen: Das ist Kriminalhauptkommissar Rehder, Benjamin Rehder. Mein bester Mann hier. Er wird Sie in der ersten Zeit ein bisschen unter seine Fittiche nehmen, wie man so schön sagt. Hängen Sie sich an seine Fersen, da können Sie sicher noch eine Menge dazulernen und werden sich schnell eingewöhnen.«

Benjamin Rehder kannte die Floskeln seines Chefs bereits zur Genüge und fand diese gezwungen lockeren Vorstellungen alles andere als angenehm. Zumal die Sache mit dem ›tollen Timing‹ ein einziger Witz war, da Mausner ihn extra schon um kurz vor acht in sein Büro gebeten hatte, damit sie Katharina von Hagemann gemeinsam begrüßen konnten. Was Benjamin Rehder aber viel mehr irritierte, war das merkwürdige Verhalten der neuen Kollegin. Kaum dass sie den Raum betreten und ihn gesehen hatte, war sie wie zur Salzsäule erstarrt. Es hatte einige Sekunden gebraucht, bis sie ein komplett verunsichertes »Vielen Dank, ich freue mich, hier zu sein!« hervor gestottert hatte. Jetzt erst schien sie sich langsam wieder in den Griff zu bekommen. Allerdings war ihm, als würde sie seinem Blick ausweichen. Darum wendete er sich jetzt ganz direkt an sie.

»Frau Oberkommissarin von Hagemann, ich fürchte, das wird ein Sprung ins kalte Wasser und keine langsame Eingewöhnung. Letzte Nacht ist etwas vorgefallen, ich werde Sie am besten gleich mit den Details vertraut machen.« Rehder nickte seinem Chef zu und hielt der jungen Kommissarin die Tür auf. »Ich zeige Ihnen kurz Ihren Arbeitsplatz, und dann müssen wir reden.«

»Ja, ich denke, das sollten wir wohl«, antwortete Katharina von Hagemann leise.

Erneut irritiert sah der Hauptkommissar sie an: »Natürlich, ich muss Sie ja über den Stand der Dinge informieren. Letzte Nacht wurde eine Frau ermordet, und Sie werden umgehend in die Ermittlungen einsteigen müssen.«

09.41 Uhr

Katharina hatte sich etwas beruhigt, war aber immer noch verunsichert. Seit rund eineinhalb Stunden erläuterte ihr neuer Boss nun den laufenden Fall, ohne auch nur ansatzweise ein Problem damit zu haben, dass er noch bis vor wenigen Stunden das Bett mit ihr geteilt hatte. So betrunken, dass er sich an nichts erinnern konnte, war er nicht gewesen, da war Katharina sicher. Zum einen hätte sie das gemerkt, zum anderen könnte er dann nicht so klar und zielgerichtet agieren, wie er es jetzt tat.

»Frau von Hagemann, hören Sie mir eigentlich noch zu?« Rehder war inzwischen leicht genervt, denn die neue Kollegin schien nicht so ganz bei der Sache zu sein. »Hören Sie, ich habe Ihnen vorhin bereits gesagt, das wird ein Sprung ins kalte Wasser. Wir sind hier nicht in München, wo es ein riesiges Team bei der Kripo gibt und jeder sich nach eigenem Gusto überlegen kann, ob er gerade Lust auf den Fall hat oder ihn lieber einem anderen überlässt. Wenn Sie sich das nicht zutrauen, dann ...«

»Nein«, fiel Katharina ihm erschrocken und leicht verärgert ins Wort, »es tut mir leid, natürlich traue ich mir das zu. Es ist nur ... sollten wir nicht auch über ... ich meine ...«

Das Telefon klingelte bevor Katharina einen Versuch unternehmen konnte, die delikate Situation anzusprechen. Rehder griff zum Hörer und meldete sich. Nachdem er einige Sekunden nur stumm zugehört hatte, sagte er: »Wo genau? Okay, wir sind gleich da.«

Während er zu seiner Jacke griff, die über dem Stuhl hing, wendete er sich Katharina zu und erklärte: »Wir haben eine neue Leiche, ist gerade aus dem Wasser gefischt worden. Die müssen wir auch übernehmen. Meinen Sie, Sie vertragen das?«

Der zynische Unterton in seiner Stimme war nicht zu überhören, aber Katharina wollte sich nicht weiter provozieren lassen und antwortete so lässig, wie es ihr möglich war: »Sicher, ist ja nicht die erste Leiche, die ich zu sehen bekomme. Wo müssen wir hin?«

»Ins Hotel Heideglanz, das ist hier so ziemlich das, was man als das ›erstes Haus am Platz‹ bezeichnet. Man wird dort sicher nicht begeistert sein, wenn wir vor Ort ermitteln. Ich kenne den Hoteldirektor, das wird schon anstrengend, bevor wir die Leiche überhaupt zu sehen bekommen haben.«

Während der kurzen Fahrt zum Tatort informierte Rehder seine Kollegin über die wenigen Fakten, die man ihm am Telefon mitgeteilt hatte. Eine männliche Leiche, die offenbar schon etwas länger im Wasser gelegen hatte, bisher nicht identifiziert. Die Hotelterrasse lag direkt an einem kleinen Schleusenkanal, und die Leiche hatte sich offensichtlich im Gebälk der Terrasse verfangen, als sie von einer Angestellten entdeckt worden war.

»Ist die Spurensicherung schon vor Ort?«, fragte Katharina und versuchte, sich ganz und gar auf den Job zu konzentrieren. Sie wollte ihrem neuen Boss und Ex-Bettgenossen keine weitere Angriffsfläche bieten, auch wenn sie sein Verhalten mehr als befremdend fand.

»Ja, die sind schon da. Und wie es aussieht, nicht nur die …«

Rehder fuhr in die Auffahrt des Hotels, und sofort sah Katharina, was er meinte: Die Terrasse des Hotels war abgesperrt, doch auf einer nahegelegenen kleinen Brücke, von der aus man freien Blick auf den Außenbereich des Hotels hatte, hatte sich eine ganze Horde Schaulustiger versammelt.

Die beiden waren noch gar nicht ganz ausgestiegen, als ihnen schon ein großer, kräftiger Mann hektisch entgegenlief.

»Wusste ich's doch. Das ist der Hoteldirektor«, raunte Rehder Katharina ins Ohr, sodass sie seinen Atem im Nacken spürte. Ihr lief ein kleiner, wohliger Schauer über den Rücken, da sich durch diese Intimität die Erinnerung an die letzte Nacht ihren Weg bahnte. Schnell entfernte Katharina sich einen Schritt von Rehder. Solche körperlichen Gefühle hatten hier jetzt nichts zu suchen. Darüber hinaus tat Rehder weiterhin so, als sei nichts vorgefallen. Was trieb er bloß für ein Spielchen mit ihr? Katharina riss sich zusammen. Was er konnte, konnte sie schon lang. Sie setzte ihre undurchdringliche Profimiene auf, die sie sich vor allem in der letzten Zeit in München antrainiert hatte, und schaute dem Hoteldirektor entgegen.

»Guten Morgen, Kommissar Rehder«, rief der Direktor schon aus der Entfernung. »Schrecklich, dass das ausgerechnet bei uns passieren muss! Ich hoffe, Sie können das so diskret wie nur irgend möglich regeln. Sie wissen schon, die Gäste …!«

»Hallo, Herr Gronau«, erwiderte Rehder knapp, »wir tun unser Bestes, aber ich kann Ihnen nichts versprechen. Noch haben wir ja nicht einmal den Tatort gesehen. Also lassen Sie uns einfach unsere Arbeit machen, ich halte Sie auf dem Laufenden. Halten Sie sich aber bitte weiterhin zu unserer Verfügung und sorgen Sie dafür, dass auch das Personal, das heute Morgen hier war, vor Ort bleibt, falls wir Fragen haben. Am besten erstellen Sie eine Liste der Angestellten, die Dienst hatten. Ob es nötig sein wird, Ihre Gäste zu befragen, kann ich noch nicht sagen.«

»Um Gottes willen, ich hoffe, das bleibt uns erspart! Aber ich sichere Ihnen selbstverständlich meine volle Unterstützung zu, wenn wir die Angelegenheit dadurch beschleunigen können. Ich kümmere mich umgehend, die Leiche finden Sie ja sicher auch ohne mich.« Gronau verschwand hinter dem Empfangstresen, während die Kommissare die Hotelterrasse betraten, um sich dann zu trennen.

Es herrschte das übliche sortierte Gewusel am Tatort, das Katharina aus den Jahren bei der Polizei längst vertraut war. Die Tätigkeiten der einzelnen Polizeieinheiten waren im Prinzip immer gleich: Die uniformierten Kollegen waren dabei, Personalien aufzunehmen, die Spurensicherung ging mit mehreren Leuten ihrer Aufgabe nach, und der Fotograf schoss Fotos rund um die Fundstelle und von der Leiche. Katharina empfand bei aller Vertrautheit mit den Abläufen immer noch eine gewisse Faszination bei diesem Szenario, das sich immer dann bot, wenn ein neuer Fall begann. Aber als noch viel spannender empfand sie das, was unabhängig von der eigentlichen Polizeiarbeit im Hintergrund vor sich ging. Es war viel unauffälliger, konnte aber mindestens genauso wichtig für ihre Ermittlungen sein.

Sie ließ ihren Blick schweifen. In der Ecke der Terrasse saß eine junge Frau, die äußerst geschockt wirkte. Der Kleidung nach zu urteilen, gehörte sie zum Hotel. Vermutlich war sie diejenige, die die Leiche am Morgen entdeckt hatte. Eine Kollegin saß bei ihr und redete beruhigend auf sie ein. Aus den Fenstern der Hotelzimmer, die zur Terrasse gingen, schauten sich einige Gäste das Treiben von oben an. Die restlichen Angestellten des Hotels versuchten zwar, ihren Aufgaben nachzugehen, doch Katharina bemerkte hier und da einige von ihnen an den Fenstern der Innenräume. Die Brücke, die sie bei der Ankunft durch Rehders Bemerkung bereits registriert hatte, hatte sich zwischenzeitlich noch weiter gefüllt. Während Katharinas Blick jetzt durch die Schaulustigen wanderte, hatte sie kurz das Gefühl, ihren Chef Kommissar Rehder in der Menge gesehen zu haben. Doch sie musste sich getäuscht haben, denn als sie ihre Aufmerksamkeit wieder auf die Terrasse richtete, sah sie ihn mit jemandem von der Spusi sprechen. Sie ging wieder zu ihm rüber und hoffte darauf, dass er ihr eine konkrete Aufgabe zuteilen würde.

»Frau von Hagemann«, setzte Rehder auch prompt an, »da drüben, die junge blonde Frau, das ist Jana Helm. Sie arbeitet hier im Service und hat die Leiche entdeckt. Würden Sie bitte eine erste Befragung vornehmen?«

»Klar, mach ich«, antwortete Katharina. Sie hatte also eben mit ihrer Vermutung richtig gelegen, dachte sie, während sie sich auf den Weg zu der jungen Frau machte, die nach wie vor verängstigt in der Ecke saß.

10.09 Uhr

Bene hatte sich ein wenig abseits gestellt und beobachtete aus den Augenwinkeln die Frau, mit der er die letzte Nacht verbracht hatte und die sich in den frühen Morgenstunden aus seiner Wohnung geschlichen hatte. Natürlich hatte er es bemerkt, doch er hatte sie nicht zurückgehalten. Ihm war es ganz recht gewesen – bloß keine Verbindlichkeiten! – und außerdem war er davon ausgegangen, ihr sowieso bald wieder über den Weg zu laufen. Das ließ sich im überschaubaren Lüneburg kaum vermeiden und war ganz in seinem Sinn. Dass er sie allerdings dermaßen schnell wiedersehen würde, damit hatte er nicht gerechnet. Irgendwie freute er sich, obwohl die Umstände nicht gerade seinen Vorstellungen entsprachen.

Katharina gehörte durchaus zu der Kategorie Frau, die ihn auch ein zweites Mal reizen würde. Schon allein deshalb, weil sie einfach so sang- und klanglos aus seinem Bett verschwunden war. Für ihn war das ein Zeichen von Souveränität, die er eher selten bei Frauen erlebt hatte, die er sonst so abschleppte. Normalerweise wollten sie nach einer gemeinsamen Nacht auch noch ein gemeinsames Frühstück und machten keinen Hehl daraus, auf der Suche nach einem männlichen Gegenstück zu sein. Es war nicht immer das reinste Vergnügen, ihnen klar zu machen, dass er genau dafür nicht zur Verfügung stand. Katharina aber imponierte ihm. Wie er in der vergangenen Nacht mehrmals hatte feststellen können, war sie eine Frau, die wusste, was sie wollte. Bei diesem Gedanken musste er schmunzeln. Oh ja, sie wusste sogar sehr genau, was sie wollte, und das hatte mächtig Spaß gemacht. Viel geredet hatten sie zwar nicht gerade, aber trotzdem hatte er irgendwie das Gefühl, mit ihr auf einer Welle zu sein. Und außerdem sah sie wirklich toll aus mit ihren roten Locken, ihrem fein geschnittenen Gesicht und der nach seinem Gusto geradezu perfekten Figur. Halt nicht zu dünn, sondern gerade richtig. Sehr feminin und ohne jegliche Koketterie, die er bei Frauen immer furchtbar anstrengend fand. Ja, Katharina war definitiv ganz nach seinem Geschmack. Einer Eingebung folgend, setzte Bene sich in Bewegung und drängte sich durch die Schaulustigen auf Katharina zu, die nach wie vor bei der Hotelangestellten stand und leise auf die junge Frau einredete. Katharina war also Polizistin. Das wiederum gefiel Bene nicht unbedingt.

Bene rechnete damit, dass sich hier noch jemand herumtrieb, den er kannte, doch bisher hatte er ihn noch nicht entdecken können. Bei dem Gedanken an seinen Bruder beschlich ihn ein seltsames Gefühl. Er hätte sich längst bei ihm melden sollen. Spätestens jetzt, wo er wieder hier war. Aber irgendetwas hatte ihn davon abgehalten. Sie hatten sich damals nicht gerade unter besten Umständen voneinander getrennt. Bene hatte seinen Bruder enttäuscht. So wie er ihn Zeit ihres gemeinsamen Lebens enttäuscht hatte, weil er es immer wieder schaffte, in Schwierigkeiten zu geraten, und sein Bruder ihn ständig vor der ultimativen Katastrophe bewahren musste. Beim letzten Mal war das Fass aber übergelaufen. Sein Bruder hatte ihm klipp und klar gesagt, dass Bene ab jetzt auf sich allein gestellt sei, und dann hatte er den Kontakt abgebrochen. Bene hatte das akzeptiert. Zuerst aus Schamgefühl, dann, weil er nicht wusste, wie er wieder an die Familienbande anknüpfen sollte. Dennoch hatte er die ganzen Jahre seinen Bruder, den Fels in der Brandung, der so ganz anders war als er selbst, vermisst. Mehr noch als Julie, denn dieses Vermissen war bald verblasst und inzwischen einer schönen Erinnerung an alte Zeiten gewichen. Mit seinem Bruder war das anders. Mit ihm verband ihn einfach sein komplettes Leben. Hin und wieder erfuhr Bene von seiner Mutter, was ›der Große‹ so trieb, aber das war es dann auch. Rohe Eckdaten eben.

Ob Katharina und sein Bruder sich wohl bereits kannten? Aber nein, dann hätte sie das sicher erwähnt. So wie eigentlich jeder, der erst den einen und dann den anderen Bruder kennenlernte. Bene erinnerte sich auch vage daran, dass Katharina ihm erzählt hatte, dass sie heute einen neuen Job anfangen würde und erst gestern in die Stadt gekommen war. Wahrscheinlich war sie seinem Bruder also noch gar nicht über den Weg gelaufen.

Bene war nun bis an die Absperrung der Terrasse gelangt und blieb unschlüssig stehen. Er sah, wie Katharina immer noch leise mit der jungen Blondine sprach und sich dabei Notizen machte. Jetzt klappte sie ihren Block zu, stand von ihrem Stuhl auf und legte dem Mädchen noch einmal beruhigend die Hand auf die Schulter. Als sie sich nun umdrehte, traf ihr Blick genau auf seinen. Ihr Mund formte ein stilles ›Oh‹. Dann kam sie direkt auf ihn zu.

»Wieso … wieso haben Sie sich denn umgezogen?« Katharina schaute Bene verwirrt an.

»Na ja, im Adamskostüm wäre es jetzt wohl ein wenig kalt«, erwiderte Bene schlagfertig, wie er fand. Gleichzeitig war er ernüchtert. Warum siezte Katharina ihn, und warum schaute sie ihn jetzt so entsetzt an? Die Art der Begrüßung überraschte ihn, er hatte sie für cooler gehalten. Doch dann stutzte er: Inzwischen guckte sie gar nicht mehr ihn an, sondern haarscharf an seiner rechten Schulter vorbei. Bene drehte sich um und sah sich seinem Spiegelbild gegenüber.

»Benjamin!«, entfuhr es Bene. Benjamin Rehder sagte gar nichts. Er stand nur da. Ganz ruhig. Dann sagte er zu Katharina gewandt: »Frau von Hagemann, darf ich vorstellen: Benedict Rehder, mein Zwillingsbruder.«

10.27 Uhr

Katharina konnte nur fasziniert von einem zum anderen gucken. Innerlich musste sie beinahe lachen, aber sie riss sich zusammen, um es niemanden merken zu lassen. Immerhin hatte sie nicht mit ihrem Chef geschlafen, das war schon mal eine Menge wert. Sie würde jetzt erheblich entspannter mit ihm umgehen können. Unangenehm war ihr die ganze Geschichte trotzdem, denn Benedict hatte soeben keinen Hehl daraus gemacht, dass sie beide sich schon begegnet waren, und den Rest würde sich der Kommissar vermutlich allein zusammenreimen können. War ja schließlich sein Job, zwischen den Zeilen zu lesen. Ansonsten waren die beiden Brüder in Katharinas Augen merkwürdig distanziert miteinander umgegangen, aber das ging sie nichts an. Um der merkwürdigen Situation möglichst schnell zu entkommen, hatte sie sich darauf berufen, wieder an die Arbeit gehen zu müssen. Zudem war sie sich auch überhaupt nicht im Klaren darüber, wie sie mit Bene – oder Benedict, wie sie jetzt wusste – umgehen sollte und wollte auch nicht länger seinem intensiven Blick ausgeliefert sein. So nickte sie beiden kurz wortlos zu und machte sich weiter an ihre Arbeit, denn darum war sie ja schließlich hier.

Katharina betrachtete die Leiche, die zweifellos schon ein paar Tage im Wasser verbracht hatte. Mit der Identifizierung würde es nicht einfach werden, zumal man bisher bei dem Toten keinerlei Papiere gefunden hatte. Eindeutig war lediglich eine Wunde in der Herzgegend, denn der Blutfleck war nicht zu übersehen. Dunkle Erinnerungen stiegen in Katharina hoch, doch sie verdrängte sie sofort und wendete sich einem Kollegen der Spurensicherung zu, der neben ihr stand.

»Haben Sie irgendetwas bei der Leiche gefunden?«, fragte sie ihn ohne Einleitung und dann: »'tschuldigung, Katharina von Hagemann, das ist heute mein erster Tag.«

»Na, das ist ja kein so toller Start«, antwortete der Kollege trocken. »Bisher haben wir gar nichts gefunden, wir sind aber auch noch nicht ganz durch. Ich denke mal, so in 20 Minuten können wir ihn abtransportieren lassen. Ich bin übrigens Bodo, Bodo Schmitt.«

»Haben Sie da schon nachgesehen?« Katharina bückte sich, streifte sich dünne Einweghandschuhe über und sah sich den Gürtel des Opfers an. Es war einer dieser Gürtel mit einem Reißverschlussfach, in dem in der Regel gerade genug Platz für ein paar Münzen oder Ähnliches war. Für Katharina war so ein Gürtel der Inbegriff von Spießigkeit, aber für solche Gedanken war jetzt nicht der richtige Moment. Es dauerte etwas, bis der Verschluss sich aufziehen ließ. Sie konnte ein kleines Stück Papier sehen, wollte es aber lieber nicht herausziehen, aus Angst, es vielleicht zu beschädigen.

»Hier ist was. Können Sie das heil rausbekommen? Vielleicht finden wir da ja einen Hinweis auf seine Identität.«

Der Kollege war augenscheinlich nicht begeistert, dass ihm das Gürtelfach bisher nicht aufgefallen war, schnappte sich aber kommentarlos eine Pinzette und zog einen mehrfach zusammengefalteten Zettel hervor.

»Und?«, fragte Katharina neugierig.

»Hm, auf jeden Fall ist es kein zusammen geknuddelter Kassenbon«, erwiderte Bodo, der die Pinzette mitsamt dem Zettel vor seinen Augen hin und her wendete und dann Katharina vor die Nase hielt.

»Das Papier sieht eher wie Notizpapier aus und es scheint etwas darauf geschrieben zu sein. Sehen Sie, an den Ecken hat er eine blassblaue Färbung, wie von verlaufener Tinte. Wollen Sie ihn gleich mitnehmen?«, fragte er Katharina. »Ich denke, Sie sollten ihn aber etwas trocknen lassen, bevor Sie ihn auseinanderfalten.«

Katharina nahm eines der Plastiktütchen, die sie stets mit sich trug, aus ihrer Jackentasche, und der Kollege ließ das durchnässte Stück Papier vorsichtig hineingleiten. »Danke, ja. Vielleicht hilft es uns ja tatsächlich weiter.«

Nachdem sie die Tüte vorsichtig in der Innentasche ihrer Lederjacke verstaut hatte, sah Katharina sich erneut am Tatort um. Dabei entdeckte sie einen Mann um die 40, der mit einer Kamera durch die Gegend lief und Fotos machte. Der Polizeifotograf war es nicht, den hatte sie schon gesehen, als sie angekommen waren. Sie ging auf den Mann zu, doch Rehder kam ihr zuvor.

»So, so, die Presse ist also auch schon wieder vor Ort. Hallo, Toffi.« Kommissar Rehder gab dem Typen mit der Kamera die Hand. »Hör zu, du kennst das Spiel. Direkt am Tatort hast du nichts zu suchen, die Absperrung gilt auch für dich, okay?«

»Schon gut, Benjamin, ich bin ja gleich weg. Ich mach hier auch nur meinen Job, genauso wie du.«

Mürrisch bückte sich der Mann mit der Kamera unter dem Absperrband hindurch und trat zwischen die Zuschauer, die immer noch nicht die Lust am Gaffen verloren hatten.

Katharina trat neben ihren Chef. »Toffi? Was ist denn das für 'n Vogel?«

Benjamin Rehder musste grinsen. »An den müssen Sie sich gewöhnen. Toffi, also eigentlich Christofer Saalbach, schreibt für den ›Lüneblick‹, das ist hier die örtliche Tageszeitung. Den kenn ich schon seit meiner Schulzeit, war damals auch schon etwas schräg drauf. Er kennt jeden in Lüneburg und ist immer als erster Reporter vor Ort. So unscheinbar er wirkt, von seinem Job scheint er was zu verstehen, auch wenn das aus unserer Sicht nicht gerade immer angenehm ist. Er nervt ziemlich, zieht aber schnell Leine, wenn man einen etwas schärferen Ton anschlägt. Die leidige Presse halt. Haben Sie noch irgendwas Wichtiges entdecken können, oder sind wir hier erstmal durch?«

»Wie man's nimmt. Im Gürtel des Opfers hab ich einen Zettel gefunden, den hab ich schon an mich genommen. Wenn wir zurück auf der Dienststelle sind, werde ich ihn trocknen und versuchen, ihn heil auseinander zu falten. Vielleicht wissen wir dann, wer der Tote ist. Jana Helm, das junge Mädchen, das die Leiche gefunden hat, steht noch ziemlich unter Schock. Zur Not werden wir sie noch mal aufs Präsidium bestellen müssen, eben war nicht viel aus ihr herauszubekommen. Aber ich denke, mehr können wir hier im Moment nicht machen.«

»Gut, dann tun wir dem Direktor einen Gefallen und verschwinden.«

Zurück auf der Dienststelle nahm Katharina die Tüte mit dem sichergestellten Papierstück aus der Jacke, holte den Zettel mit einer Pinzette vorsichtig heraus und legte ihn auf die Fensterbank in die Sonne. Sie überlegte kurz, ob sie irgendwo einen Fön organisieren könnte, entschied dann aber, dass die Sonnenstrahlen genauso gut funktionieren müssten. Dann schnappte sie sich die bereits angelegte Akte des anderen Falles, von dem Rehder ihr am Morgen berichtet hatte. Bezüglich der Wasserleiche musste sie jetzt sowieso erst mal auf die ersten Untersuchungsergebnisse aus KTU und Pathologie warten.

Bei dem vorhergegangenen Mordfall war das Opfer eine junge Studentin, 23 Jahre alt und Single. Sie war von einem Auto überfahren worden, und zuerst hatte alles nach Fahrerflucht ausgesehen. Dann war jedoch bei der Obduktion festgestellt worden, dass sie bereits tot gewesen war, bevor das Auto sie überrollte. Darum ging der Kommissar davon aus, dass der Täter versucht hatte, durch das Überfahren mit dem Auto den eigentlichen Mord zu vertuschen. Bisher gab es keinen einzigen Verdächtigen, nicht einmal einen wirklichen Ansatz. Auch die bereits in der

Nacht informierte Familie – die Studentin war gebürtige Lüneburgerin – hatte keine hilfreichen Aussagen machen können. Katharina begann, die Akte noch einmal von vorn zu lesen. Vielleicht konnte sie ja doch einen entscheidenden Hinweis entdecken, um damit ihren Chef davon zu überzeugen, dass sie ihren Job gut machte und nicht nur hier in Lüneburg war, um amouröse Abenteuer zu erleben.

17.42 Uhr

Benjamin Rehder saß an seinem Schreibtisch. Sein Büro war nur durch eine Glaswand vom Nebenraum getrennt, sodass er die neue Kollegin an ihrem Arbeitsplatz sehen konnte. Normalerweise setzte er sich zusammen mit den anderen ins Großraumbüro, weil es einfach hilfreich war, um sich über den jeweils gerade aktuellen Fall untereinander auszutauschen. Manches Mal wusste er jedoch den Luxus zu schätzen, als ranghöchster Kommissar der Dienststelle auch ein eigenes Büro zu haben, in das er sich in besonderen Situationen zurückziehen konnte. Jetzt war so eine besondere Situation: Mit allem hatte er am Tatort gerechnet, mit nervenden Schaulustigen, mit der kaum vermeidbaren Presse in Gestalt des Lokalreporters Saalbach … aber ganz sicher nicht damit, dass sein Zwillingsbruder ihm plötzlich gegenüberstehen würde. Er war sich sicher, nach außen einen gelassenen Eindruck gemacht zu haben, was ihm wichtig war, doch in ihm drin hatte es definitiv anders ausgesehen. Acht Jahre war es her, dass sie sich zuletzt gesehen hatten. Dazwischen hatte es nur einige wenige Telefonate und ein paar Informationen durch seine Eltern gegeben.

Er entließ ein »Pffffff« aus seinen gespitzten Lippen. Erst gestern hatte er an Benedict gedacht und ihn anrufen wollen. Benjamin Rehder fragte sich, seit wann sein Bruder wieder in der Stadt war und vor allem warum. Er schwankte zwischen Freude und Verunsicherung. Ohne Frage hatte ihm sein Bruder gefehlt. Doch es war einfach zu viel passiert in der Vergangenheit, als dass er sich jetzt unvoreingenommen freuen konnte. Er fühlte in sich hinein, ob er enttäuscht darüber war, dass Bene sich nicht gleich bei ihm gemeldet hatte, um ihm zu sagen, dass er wieder in Lüneburg war. Überrascht stellte er fest, dass es nicht so war. Er konnte seinen Zwilling sogar ein wenig verstehen, hatte er ihm doch damals mehr als deutlich gemacht, wie sehr er sein Verhalten und seine lockere Einstellung zum Leben verachtete. Ob Bene hier wohl wieder Fuß fassen wollte? Oder stattete er der alten Heimat nach all den Jahren nur einen kurzen Besuch ab und hatte es deswegen sowieso für unnötig befunden, sich bei ihm zu melden? Egal, wie es war, fest stand: Sie würden reden müssen. So bald als möglich. Am besten jetzt gleich. Zu lang schon hatte er, Ben, geschwiegen. Rehder wollte schon zum Telefon greifen, um seinen Bruder um ein Treffen zu bitten, als sein Blick erneut durch die Glasscheibe seines Büros auf Katharina von Hagemann fiel. Etwas musste er zuerst erledigen, bevor er mit Benedict sprechen würde. Er stand auf, ging in den Nebenraum und sprach Katharina an, die in eine Akte vertieft war. »Frau von Hagemann, wie sieht es aus – gehen wir zusammen ein Glas Wein trinken? Sozusagen, um auf Ihren Einstand anzustoßen?«

Die neue Kollegin sah ihn etwas ungläubig an, und Benjamin Rehder war klar, dass er nicht sonderlich glaubhaft geklungen hatte. »Okay, ich sage es lieber gerade heraus: Ich muss mit Ihnen sprechen und ich würde das lieber in einer etwas unbürokratischeren Umgebung tun.«

18.13 Uhr

Katharina beobachtete ihren Chef Benjamin Rehder, während er sich mit einem Aschenbecher in der Hand einen Weg durchs Lebrello bahnte. Das moderne Bistro hatte er vorgeschlagen, und es war ein eindeutiger Kontrast zu der Lokalität am vergangenen Abend. Hier war alles sehr trendy und durchgestylt, eine typische Chill-out-Lounge. Katharina gefiel es hier auf jeden Fall, obwohl sie sehr gespannt und etwas unsicher war, was Rehder mit ihr besprechen wollte. Es hatte vorhin im Büro absolut nicht so geklungen, als wenn es etwas mit dem Fall zu tun hätte. Ob es um seinen Bruder ging? Wollte er etwa mit Katharina über ihre Verbindung zu seinem Zwilling sprechen? Katharina fand es zwar nach wie vor unglücklich, dass sie mit dem Bruder ihres Chefs im Bett gewesen war, aber letztlich war das ihre Privatsache. Genau das würde sie Rehder auch sagen, wenn er sie darauf ansprechen sollte. Außerdem würde sie ihn bitten, nicht über ihre jüngste Vergangenheit in München zu sprechen, falls er davon anfangen sollte. Katharina war sich sicher, dass er die Fakten aus ihrer Akte kannte. Er war schließlich ihr Vorgesetzter und hatte sich über seine neue Mitarbeiterin im Team ganz bestimmt schlaugemacht.

»Hier im Lebrello gibt es wenigstens noch einen anständig großen Raucherbereich, ich dachte mir, das wäre Ihnen ganz recht.« Benjamin Rehder riss Katharina aus ihren Gedanken, als er den Aschenbecher auf den Tisch stellte und sich ihr gegenüber setzte.

Katharina war sich nicht sicher, wie er das meinte. Bisher konnte sie ihn einfach nicht einschätzen, und sie hoffte inständig, dass sich das bald ändern würde. »Ja sicher, danke, aber wenn es Sie stört, dann können wir auch …«

»Nein, nein, ich rauche selbst ab und zu, wenn mir danach ist, und heute ist mir definitiv danach.« Rehder holte eine Schachtel Zigarillos aus seiner Hosentasche und bot Katharina einen an.

»Danke, aber ich bleib bei meinen eigenen«, lehnte Katharina freundlich ab, zündete sich selbst eine ihrer Zigaretten an und sah ihrem Chef erwartungsvoll ins Gesicht.

»Hören Sie, Frau von Hagemann …« Rehder stockte. »Eines vielleicht vorweg: Ich weiß nicht, wie Sie das sehen, aber die meisten von uns auf der Dienststelle duzen sich. Wenn Sie damit kein Problem haben, würde das einiges vereinfachen.«

Katharina musste schmunzeln. »Ich weiß, das mit dem ›von‹ ist nervig. Meinetwegen können wir uns gern duzen.«

»Gut, dann wäre das ja schon mal geklärt, meinen Vornamen kennen Sie – kennst du ja bereits. Wobei, die meisten nennen mich einfach Ben.«

Benjamin wusste nicht so recht, wie er beginnen sollte. »Also, Katharina, du kennst ja nun meinen Zwillingsbruder, und ich möchte dazu gern etwas sagen, bevor du es von anderer Seite erfährst.«

20.51 Uhr

Katharina schlenderte langsam durch die Straßen. Für den ersten Tag im neuen Leben war da eine ganze Menge los gewesen, und sie war ganz froh, sich jetzt auf dem Weg vom Lebrello zu ihrer Wohnung noch ein bisschen den Abendwind um die Nase wehen lassen zu können. Bis eben hatte sie mit Benjamin im Bistro gesessen. Sie hatten nicht über ihre Münchner Zeit gesprochen, Ben hatte ihre Vergangenheit mit keinem einzigen Wort angesprochen. Dafür hatte Katharina einiges erfahren, mit dem sie nicht gerechnet hatte. Sie versuchte, ihre Gedanken zu sortieren. Wie Benjamin ihr berichtete, hatten Benedict und er sich seit acht Jahren nicht mehr gesehen. Seit Benedict Lüneburg verlassen hatte. Und bis heute Morgen hatte ihr Chef offenbar keine Ahnung davon gehabt, dass sein Zwilling zurückgekehrt war. Als Katharina nachgefragt hatte, warum Benedict weggegangen war, und vor allem warum die beiden keinen Kontakt gehalten hatten, merkte sie Benjamin sofort an, dass ihm dieses Thema ziemlich unangenehm war. Dann hatte sie erfahren, dass Benedict damals offenbar das eine oder andere krumme Ding gedreht hatte. Wohl nichts Großes, aber immerhin ausreichend, als dass es für seinen Bruder bei der Polizei äußerst unangenehm war. Genauer hatte Benjamin sich da nicht geäußert, und sie hatte nicht neugierig erscheinen wollen. Sie empfand es ohnehin als ziemlichen Vertrauensvorschuss, dass er ihr so offen davon erzählte. Benjamin hatte ihr auch noch einmal erklärt, dass er ihr lieber selbst die Umstände erklären wollte, bevor sie in den kommenden Tagen von Kollegen auf der Dienststelle oder anderen, die beide Brüder kannten, irgendwelche Halbwahrheiten hören würde. Schließlich war es vor acht Jahren wohl so weit gekommen, dass Benedict sich ziemlich reingeritten hatte, und nur durch die Hilfe seines Bruders hatte er einer Anklage entgehen können. Benjamin selbst hatte seine Karriere bei der Polizei damit riskiert, und das hatte den Bogen endgültig überspannt. Benedict verließ Lüneburg, und bis auf seltene Lebenszeichen bei seiner Mutter oder noch seltenere Telefonate mit Benjamin war die Verbindung abgerissen.

Katharina wusste nicht recht, ob sie beeindruckt oder eher schockiert davon sein sollte, wie glatt ihr Chef die Situation am Morgen überspielt hatte. Wenn sie selbst sich in die Situation hineinversetzte, hätte sie es niemals geschafft, so abgeklärt zu reagieren, wenn der lang verschwundene Bruder so unverhofft vor ihr gestanden hätte, noch dazu unter diesen Umständen. Konnte ihr neuer Chef seine Gefühle so gut verbergen, oder hatte er vielleicht kaum welche? Zu Katharinas Erleichterung war Benjamin nach seinem Bericht mit keinem Wort darauf eingegangen, dass sie und Benedict sich näher zu kennen schienen. Und sie selbst hatte zum jetzigen Zeitpunkt nach wie vor keinerlei Anlass gesehen, ihm davon zu erzählen. Auch Benjamin Rehders Offenheit ihr gegenüber hatte ihre Einstellung dazu nicht geändert. Was für ein Bild sie in den Augen ihres Chefs sonst abgeben würde, konnte sie sich lebhaft vorstellen. Und auch wenn er sich seinen Teil sicher dachte, musste sie das ja nicht unbedingt bestätigen.

Benjamin hatte Katharina abschließend nur gebeten, die Geschehnisse aus seiner Vergangenheit für sich zu behalten, trotzdem er meinte, dass alle im Kommissariat Bescheid wussten. Aber er wollte das Gerede darüber nicht neu entfacht sehen – für Katharina eine Selbstverständlichkeit, sie war noch nie ein Tratschmaul gewesen, und damit war das Thema vom Tisch. Dann hatten sie noch kurz über die beiden aktuellen Fälle gesprochen, bevor sie sich verabschiedeten.

Als Katharina nun in ihre Wohnung kam, fühlte sie sich unangenehm verloren. Der ganze Tag war so vollgepackt gewesen, dass sie keine Zeit gehabt hatte, sich richtig unwohl zu fühlen, doch jetzt kam alles auf einmal in ihr hoch. Die neue Stadt, der neue Job ... Ganz abgesehen von der vertrackten Situation mit Bendedict, der ihr – unabhängig von dem unverhofften Wiedersehen – öfter durch den Kopf geisterte, als ihr lieb war. Und diese vermaledeite Namensähnlichkeit mit ihrem Chef tat ihr Übriges dazu. Was hatten sich die Eltern wohl dabei gedacht? Brüdern – und dann auch noch eineiigen Zwillingen – fast gleiche Namen zu geben, das war doch grausam. Das konnte ja nur zu Verwirrung bei anderen führen! Katharina beschloss, sofort ins Bett zu gehen, um den trüben Gedanken erst gar keine Chance zu geben, sich weiter auszubreiten. Sie rauchte am offenen Fenster noch eine Zigarette, bevor sie sich auf den Futon legte und einschlief, ehe sie wieder ins Grübeln verfallen konnte.

Und all die seidenen Kissen
Gehörten deinem Mann.
Doch uns schlug kein Gewissen.
Gott weiß, wie redlich untreu
Man sein kann.
Weißt du noch, wie wir's trieben,
Was nie geschildert werden darf?
Heiß, frei, besoffen, fromm und scharf.
Weißt du, dass wir uns liebten?
Und noch lieben?
Man liebt nicht oft in solcher Weise.
Wie fühlvoll hat dein spitzer Hund bewacht.
Ja unser Glück war ganz und rasch und leise.
Nun bist du fern.
Gute Nacht.

(Joachim Ringelnatz)

KAPITEL 3: DIENSTAG, 03. MAI 2011

04.17 Uhr

Benjamin schaute auf den kleinen Wecker neben seinem Bett. Zuletzt hatte er um kurz nach zwei drauf gesehen, dann war er endlich eingeschlafen, aber schon jetzt war er wieder wach. Sinnlos, nun noch einmal zu versuchen, wieder einzuschlafen. Das kannte er schon. Ihm ging einfach zu viel durch den Kopf. Die unerwartete Begegnung mit seinem Zwilling und dazu noch zwei ungeklärte Mordfälle auf dem Tisch, bei denen ihm bisher jeglicher Lösungsansatz fehlte. Dann auch noch eine neue Kollegin, aus der er nicht richtig schlau wurde. Er war sich ziemlich sicher, dass Katharina und Benedict sich heute Morgen am Tatort nicht zum ersten Mal begegnet waren. Zumindest würde das auch Katharinas merkwürdiges Verhalten erklären, das sie bei der Begrüßung auf der Dienststelle an den Tag gelegt hatte. Benedict war noch nie ein Kind von Traurigkeit gewesen und hatte bisher von kaum einer schönen Frau die Finger gelassen. Und Katharina war durchaus eine attraktive Erscheinung, das war auch Benjamin Rehder nicht entgangen. Wer weiß, vielleicht waren die beiden sich ja viel früher einmal über den Weg gelaufen, schließlich wusste er gar nicht, wo Benedict während der letzten Jahre gesteckt hatte. Das war das nächste Problem – er musste wirklich unbedingt mit Benedict sprechen, und zwar nicht erst, wenn sie sich irgendwann noch einmal zufällig über den Weg laufen sollten. Was machte er hier? Steckte er mal wieder in Schwierigkeiten? War er ganz zurück gekommen in seine Heimatstadt? Wusste er von Julie? Benjamin fragte sich außerdem, ob er selbst durch das Auftauchen seines Zwillings erneut mit Problemen in Lüneburg zu rechnen hatte.

Benjamin rappelte sich auf und beschloss, ins Kommissariat zu fahren. Bevor er sich noch länger schlaflos herumwälzte, konnte er die Zeit lieber nutzen, um etwas Licht in die Fälle zu bringen, die er auf dem Tisch hatte.

05.33 Uhr

Katharina war beim Betreten des Kommissariats etwas komisch zumute. Sie fühlte sich ein bisschen wie ein Eindringling. Nicht nur weil sie neu hier war, sondern auch, weil ihr Dienst eigentlich erst um acht Uhr begann. Aber als sie vor einer Stunde aufgewacht war, hatte sie sofort an den kleinen, durchnässten Zettel gedacht, den sie bei der Leiche gefunden hatte. Durch den plötzlichen Aufbruch mit Benjamin und die Dinge, die sie im Lebrello von ihm über seinen Zwillingsbruder erfahren hatte, war der Zettel komplett aus ihren Gedanken gerutscht. Und als ihr beim Aufwachen wieder einfiel, dass sie das mögliche Beweisstück zum Trocknen auf die Fensterbank gelegt hatte, bekam sie einen Riesenschreck. Was, wenn die Putzfrau den Zettel für Müll hielt und ihn einfach wegschmiss? Sie kannte die Abläufe auf dem Präsidium noch nicht und konnte nicht einschätzen, wann dort die Reinigungskräfte Dienst hatten und wie mit derartigen Dingen umgegangen wurde. Wenn ihr jetzt aus reiner Unachtsamkeit ein wichtiges Beweismittel abhanden gekommen war, konnte sie gleich ihre Sachen packen. Also war sie nur schnell unter die Dusche gesprungen, hatte sich aus den noch nicht ausgepackten Kartons eine Jeans und ein halbwegs glattes T-Shirt geschnappt und war im Laufschritt ins Präsidium gehetzt. Als sie jetzt ihr Büro betrat, ging sie geradewegs auf die Fensterbank zu, ohne erst das Licht einzuschalten. Für ihren Zweck war es hell genug. Die ersten Lichtstrahlen fielen schon durch das Fenster und versprachen einen sonnigen Tag. Doch das nahm Katharina gar nicht wahr – die Fensterbank war leer.

Der jungen Kommissarin klopfte das Herz bis zum Hals – das war das Ende. So etwas durfte einfach nicht passieren, sie war schließlich keine Anfängerin mehr! Eine Chance gab es noch. Sie kniete sich auf den Boden und hoffte, dass der kleine, unscheinbare Zettel von der Fensterbank gefallen war und irgendwo dort unten lag. Sie tastete im Schummerlicht herum, als plötzlich die Deckenbeleuchtung anging und jemand hinter ihr fragte: »Kann ich dir irgendwie helfen?«

Katharina schreckte hoch und knallte mit dem Kopf gegen den Thermostat der Heizung. »Scheiße, das auch noch!«

Sie hob den schmerzenden Kopf und sah Benjamin in der Tür stehen, der sich ein leichtes Grinsen nur schwer verkneifen konnte.

»Mal abgesehen davon, dass es gerade mal halb sechs ist – was machst du da unten? Suchst du vielleicht das hier?«

In seiner Hand hielt Benjamin ein kleines silbernes Tablett, auf dem Katharina den noch immer zusammengefalteten Zettel erkannte. Katharina schwankte zwischen Scham und Erleichterung. Ein bisschen Ärger kam auch noch dazu, da ihr Chef sich offensichtlich über sie lustig machte. Das Schlimmste aber war: Sie konnte ihm das nicht mal verdenken. Musste ja auch superdämlich aussehen, wie sie hier im Dunkeln unter dem Fenster auf dem Boden herumkroch.

»Gott sei Dank, ich dachte schon, der Zettel ist weg! Als ich heute Morgen aufgewacht bin, ist mir eingefallen, dass ich vergessen hatte, ihn von der Fensterbank zu nehmen und …«

»Du hast Glück gehabt«, fiel Benjamin ihr ins Wort. »Unser Reinigungspersonal hat strikte Anweisungen, nichts wegzuschmeißen, was nicht im Mülleimer liegt, oder zumindest nachzufragen, wenn jemand hier ist. Und ich war schon hier, da hat mich die Putzfrau auf den Zettel aufmerksam gemacht.«

»Dann bin ich also nicht die einzige Frühaufsteherin in diesem Kommissariat«, versuchte Katharina die Situation etwas zu entspannen. »Kann ich den Zettel haben? Ich möchte sehen, ob darauf etwas Brauchbares zu lesen ist.«

»Das hatte ich auch gerade vor, aber da du ihn entdeckt hast … hier, dein Job!« Der Hauptkommissar reichte Katharina, die sich inzwischen aufgerappelt hatte, das kleine Tablett mit dem Zettel.

»Wenn du mich brauchst, ich bin in meinem Büro.« Mit diesen Worten drehte Benjamin sich um und verschwand ins Nebenzimmer. Katharina hängte indessen ihre Lederjacke über den Stuhl, setzte sich an ihren Schreibtisch und betrachtete das kleine Stück Papier. Vorsichtig, mit spitzen, behandschuhten Fingern, faltete sie es auseinander. Es ging besser als sie dachte. Bereits kurze Zeit später hielt sie den komplett auseinandergefalteten, unlinierten Notizzettel, der an der oberen Kante aussah, als sei er von einem kleinen Block abgerissen, in der Hand und versuchte, die Worte darauf zu entziffern. Die Schrift war sehr ausgewaschen, an einigen Stellen war gar nichts mehr zu sehen, aber dazwischen gab es überall Wortfragmente. Sie würde versuchen müssen, wie bei einem Rätsel den Lückentext zu füllen. Das könnte dauern, aber möglicherweise war es eine erste entscheidende Spur.

06.47 Uhr

Die Vorbereitungen waren ihm extrem wichtig. Vielleicht sogar wichtiger als die Durchführung selbst. Nicht nur, weil schon beim geringsten Fehler alles für die Katz sein könnte, sondern auch des Gefühls wegen. Bereits bei den Vorbereitungen begann es, angenehm in ihm zu kribbeln. Das hielt dann an, manchmal Tage, bis es schließlich geschafft war. Aktion gelungen. Dieses Gefühl nahm wie eine Droge einen Platz in seinem Körper ein, wurde immer mächtiger und beherrschte ihn und sein ganzes Tun. Über die Zeit hinweg brauchte er eine immer stärkere Dosis von diesem Gefühl, um in seinen Rauschzustand zu verfallen. So hatte er nun für seinen dritten Fall gelernt, die Vorbereitungen zu verfeinern, sie hinauszuzögern und voll Konzentration zu erleben.

Der Akt selbst war natürlich die Krönung. Doch auch das Beobachten, Sondieren und Taktieren danach brachte ihm Befriedigung. Es war die Genugtuung, wie man sie nach einem vorzüglichen Essen verspürt. Wie früher in der Schule nach dem Aushändigen der Zeugnisse, wenn er wieder seine Einsen eingeheimst hatte und die Lehrer ihm mit schiefem Lächeln gratulierten, obwohl sie ihn im Grunde nicht mochten. Ihn insgeheim Streber nannten, aber doch nichts gegen seinen Geist, seine Beharrlichkeit ausrichten konnten und gegen ihren Willen machen mussten, was er ihnen aufdrängte. Während dieses Prozesses kam meist das Fieber. Es setzte langsam ein. War nicht mehr als erhöhte Temperatur, die sich erst bis zu ihrem Gipfel steigerte, wenn wirklich alles vorbei war, erledigt, und er wusste, er hatte mal wieder alle getäuscht. Er erklärte sich das Fieber selbst so, dass er durch die Kontaktaufnahme mit seinen Opfern den ganzen Dreck auf sich lud und am Ende mit dem Fieber wieder ausschwitzte. Darum war es ihm auch lieb. Es machte ihn auf ganz natürliche Weise wieder rein.

Sorgsam packte er sein Material in eine Leinentasche, streifte sich die neuen, ledernen Autofahrerhandschuhe über, nahm die Schlüssel vom Brett, verließ seine Wohnung, die er zweimal abschloss, und ging langsam die Treppenstufen hinunter. Er hatte keine Eile. Er plante immer ausreichend Zeit ein, denn nichts störte die Konzentration mehr als Abhetzerei. Das vorbereitete Auto stand nur eine Straße weiter. Nachdem er eingestiegen war und den Motor gestartet hatte, begann er seine ganz persönliche Hymne zu pfeifen: ›We are the champions‹ von Queen.

Sie stand bereits an der Ecke und wartete. So wie jeden Tag, ausgenommen am Wochenende. Das gehörte ihrer Familie, den zwei kleinen Kindern und dem Ehemann. Sie war keine Schönheit, bei Weitem nicht, aber sie hatte dieses gewisse Etwas um ihren Mund herum, das es ihr einfach machte, andere Menschen für sich einzunehmen. Besonders Männer. So viel wusste er, und er wusste auch, wie weit sie dabei ging.

Was den Ausschlag für sie gegeben hatte – sozusagen den Funken überspringen ließ –, war ihre Dreistigkeit. Sie scherte sich nicht um andere, sondern vollzog ihren Lebenswandel in aller Öffentlichkeit. Er hatte sie schon eine Weile beobachtet, bevor seine Entscheidung fiel, denn Unschuldige waren nicht seine Sache. Er legte Wert darauf, dass es passte. Denn wenn die Geschichte es nun einmal vorsah, war er ungern derjenige, der sie umschrieb.

Langsam fuhr er an die Bushaltestelle heran, sie stand dort ganz allein. Die Fenster hatte er gleich nach dem Einsteigen heruntergekurbelt. Das angenehm warme Wetter ließ es zu. Direkt vor ihr hielt er an, beugte sich über die Mittelkonsole und rief ihr zu: »Lara, brauchst du einen Shuttle oder wartest du lieber auf den Bus, weil du dich so gern zwischen verschwitzte Menschen drängelst?«

»Hey, was für eine nette Überraschung! Zu so einem Angebot sag ich nicht Nein«, erwiderte Lara Jüssen, trat an das Auto heran, öffnete ohne Scheu die Beifahrertür und ließ sich in den Sitz fallen. Er hätte nicht gedacht, dass es so dermaßen einfach gehen würde, aber umso besser. Ein kurzer Blick in den Rückspiegel sagte ihm, dass sein Timing perfekt gewesen war – Laras Bus bog in diesem

Moment um die Ecke, von der er selbst gerade gekommen war. Er klopfte sich innerlich auf die Schulter, gab seinem laufenden Motor wieder Gas und fuhr los, während Lara sich noch anschnallte.

»Puh«, sagte sie, »bei dieser Hitze ist es wirklich angenehm, nicht im stickigen Bus zu sitzen. Danach bin ich immer reif für 'ne Dusche. Leider konnte ich meinen Chef aber noch nicht überzeugen, eine bei uns im Büro einzubauen. Boa, und du trägst auch noch Handschuhe! Kommst dir dann wohl vor wie ein Cabrio-Fahrer, was? Aber chic sind sie, hast halt nur den falschen Wagen dazu.«

Sie lachte fröhlich auf, fing dann aber an, ungemütlich und mit gerunzelter Stirn auf ihrem Sitz hin und her zu rutschen. »Sag mal, und wieso hast du bei diesem Wetter so dicke Lammfellüberzüge auf deinen Sitzen?«

Er war auf diese Frage vorbereitet. Schnell setzte er ein zerknirschtes Gesicht auf und tat reumütig: »Faulheit. Ist noch aus der frostigen Zeit. Mea culpa.«

Lara ließ ein kurzes »Hm« vernehmen und blickte dann aus ihrem Seitenfenster. »Weißt du denn eigentlich, wo ich arbeite?«

Er nickte nur und fuhr weiter in Richtung des Oedemer Kreisels. Normalerweise versuchte er, so wenig wie möglich mit diesen Menschen zu sprechen, doch diesmal entschloss er sich doch zu ein paar Worten. Warum auch nicht, er kannte sie ja, hatte sie für seinen Plan sogar näher kennenlernen müssen: »Du hast es mal erwähnt, in Kirchgellersen, bei Dr. Rabe als Rechtanwaltsgehilfin, nicht wahr?«

»Stimmt. Wusste gar nicht, dass ich das erzählt hab. Aber dann ist's ja gut. Und du – wo musst du hin?«

Auch auf diese Frage war er vorbereitet: »Ich hab in Reppenstedt zu tun.«

»Ah«, kam es nur von Lara, damit war das Thema durch.

»Oh, da fällt mir grad was ein«, sagte er mit einem Seitenblick auf seine Mitfahrerin. »Im Handschuhfach liegen ein Notizblock und ein Kugelschreiber, könntest du kurz was für mich notieren?«

»Klar, was denn?«, erwiderte sie entspannt und holte beides aus dem Handschuhfach. »Leg los!«

Nachdem er ihr in die Feder diktiert hatte, schwiegen sie wieder beide. Plötzlich wurde die Stille von Beethovens 9. Sinfonie unterbrochen. Die Musik kam aus Laras Tasche, die im Fußraum lag. Auch diese Situation hatte er einkalkuliert, obgleich seine Reaktion darauf für ihn nicht durchgängig planbar gewesen war. Er musste sich auf sein Improvisationstalent verlassen. Glücklicherweise hatte er davon eine ganze Menge. Gänzlich unvorbereitet war er aber natürlich nicht, und so wusste er, wie oft Laras Handy klingelte, bis die Mailbox ansprang. Von einer Telefonzelle aus hatte er es ein paarmal getestet. Er hatte noch etwa zehn Sekunden Zeit. Aus den Augenwinkeln beobachtete er, wie Lara nach ihrer Tasche griff und darin herumwühlte. Im Stillen zählte er die Sekunden. Jetzt hatte sie es herausgefischt, um es gleich an ihr Ohr zu halten. Nur drei Sekunden blieben ihm noch. Er trat fest auf die Bremse. Laras Oberkörper schleuderte hart nach vorn und wurde dann genauso heftig vom Gurt wieder gebremst. Das Handy fiel ihr aus der Hand und rutschte zwischen Mittelkonsole und Sitz. Geschafft. Improvisation geglückt.

»Mann, was soll denn das? Warum bremst du wie ein Irrer?«, fuhr Lara ihn an.

Er schluckte den aufsteigenden Zorn konzentriert hinunter. Derartige Beschimpfungen hatte er in seinem Leben zu oft ertragen müssen – Irrer, Wahnsinniger, Idiot … Nie wieder wollte er das hören, doch die Situation erforderte seine Vernunft. Also sagte er nichts, sondern zuckte nur entschuldigend mit den Schultern.

»War da was?«, fragte sie ihn schon etwas weniger wütend. Natürlich gab er auch darauf keine Antwort. Genervt hob Lara eine ihrer etwas zu schmal gezupften Augenbrauen und fischte nach dem Handy. Ein dreimaliges Piepen ertönte dumpf. Das Zeichen, dass jemand eine Nachricht auf der Mailbox hinterlassen hatte. Dann nichts mehr. Nur noch das Motorengeräusch und Schweigen. Als sie das Handy endlich erwischt hatte, schaute sie drauf, klickte auf die Anruferinformation und sagte mehr zu sich selbst: »War nur mein Mann.«

Sie rief nicht zurück, was mit Sicherheit auch besser für sie war. So dachte er und lächelte stumm in sich hinein.

Inzwischen waren sie am Parkplatz zum Heiligenthaler Forst angekommen. Er bog ein und hielt den Wagen an. Zwei weitere Autos parkten ebenfalls hier, ein blauer Audi und ein anthrazitfarbener Range Rover. Er kannte diese Autos, sie standen jeden Tag um diese Uhrzeit hier. Ihre Besitzer waren Jogger, die in etwa 30 Minuten wieder auf dem Parkplatz einlaufen würden. Zeit genug für sein Vorhaben.

»Warum parkst du hier?«, kam nun die nächste Frage, auf die er bereits gewartet hatte. Wie er das hasste, immer diese Fragerei! Da war Lara nicht anders als andere Frauen.

»Ich war hier gestern joggen und hab mein Handy verloren. Als ich es zu Hause bemerkt habe, war es schon dunkel, da hätte ich mich totsuchen können. Ich brauche nur zwei Minuten und … und wenn du mir hilfst, vielleicht sogar nur eine«, erwiderte er bewusst freundlich und fast ein wenig schmeichlerisch. »Dauert echt nicht lang, es muss hier irgendwo vorn am Weg liegen. Das weiß ich genau, denn kurz davor habe ich noch telefoniert.«

Lara schaute auf ihre Uhr. »Hm, na gut. Ich lieg ja dank dir ganz gut in der Zeit. Aber meinst du im Ernst, das ist da noch? Ich mein, sooo einsam ist es hier ja nicht.«

»Du solltest an das Gute im Menschen glauben, Lara«, meinte er nur und konnte sich dabei ein Grinsen kaum verkneifen. Dann griff er erst nach dem Notizblock, der durch seine Bremsaktion in Laras Fußraum gelandet war und anschließend hinter den Sitz nach seiner Tasche. Er öffnete die Wagentür, ging ums Auto herum und hielt Lara die Tür auf. Während sie zögernd ausstieg, strich sie ihren geblümten Rock glatt und zog ihn sich über die Knie. Er merkte, dass ihr die Situation merkwürdig vorkam, und setzte sicherheitshalber sein einstudiertes, gewinnendes Lächeln auf: »Nimm lieber deine Handtasche mit, du hast schon recht, man weiß ja tatsächlich nie … Allerdings gehen wir nicht weit, es muss wirklich da gleich irgendwo liegen«, sagte er, machte eine vage Handbewegung zum Eingang des dichten Waldes und spazierte langsam in die gezeigte Richtung. Er hörte die Autotür zuklappen und spürte mehr, als dass er es hörte, wie sie ihm folgte. Kurz darauf hatte sie ihn eingeholt.

»Wo muss ich gucken?«, fragte sie, als sie mit wenigen weiteren Schritten den Pfad in den Wald hinein erreicht hatten.

»Irgendwo zwischen der Biegung da hinten und hier«, erklärte er.

Sie nickte und schaute konzentriert auf den Boden, während sie rechts neben ihm herlief. Kurz bevor die Wegbiegung kam, tippte er sie an und zeigte auf einen kleinen Graben auf Laras Seite. Zuvor hatte er sich mit einem Blick nach hinten versichert, dass sie nach wie vor allein an dieser Stelle im Wald waren: »Guck mal, ich glaub da liegt was, das könnte es sein!«

Wie erwartet – sie waren ja alle so berechenbar – trat Lara vor ihm an den Graben heran, um nachzusehen.

»Tatsache! Mann, was für ein Glück!«, rief sie aus und bückte sich, um das Handy, das er gestern Nacht dort platziert hatte, aufzuheben. Genau in diesem Moment schlug er zu. Er hörte mit Genugtuung den dumpfen Ton des Schlages, als seine rechte Handseite ihren Nacken traf, bevor sie kopfüber zu Boden ging. Sie stöhnte und versuchte sich aufzurichten, doch da hatte er schon einen Satz über den Graben gemacht, sie an den Schultern gepackt und ins Dickicht gezogen. Lara bäumte sich mit aller verbliebenen Kraft auf, strampelte mit den Füßen und schaute ihn aus ihren blauen Augen ungläubig an. Noch hatte ihr Verstand nicht eins und eins zusammengezählt, doch es würde nicht mehr lang dauern. Er drückte sie unsanft an den Boden und trat ihr mit seinen eigens für diesen Zweck gewählten schweren Wanderschuhen ins Zwerchfell. Wieder stöhnte sie auf und japste nach Luft. Zum Schreien war sie dadurch momentan nicht in der Lage – ein weiterer Punkt, den er vorausgeplant hatte. Alles lief wie am Schnürchen. Schnell öffnete er seine Tasche und holte den neuen Seidenschal heraus. Er beugte sich über die Frau und schlang ihn ihr um den Hals. Lara öffnete ihren Mund zum Schrei, doch er war schneller und stopfte ihr vom Boden aufgeklaubte Erde in den Mund. Sie würgte, und es sammelte sich Speichel mit Waldboden, Tannennadeln und Gras um ihre geschminkten Lippen. Ihre Nase schleimte, und ihre Beine zappelten, ohne ein Ziel zu treffen, während er auf ihrer Brust kniete und den Schal immer fester zog. Noch immer blickten ihre Augen ihn fragend und ungläubig an, doch nun quollen sie langsam aus ihren Höhlen heraus, ebenso wie die dicken blauen Adern an ihren Schläfen. Er registrierte, wie Laras Beine hinter seinem Rücken ruhiger wurden, sich schwächer bewegten. Kurz darauf waren sie völlig still, und er fühlte nur noch Schlaffheit unter sich. Bevor er sich fast schon bedächtig erhob, füllte er ihre Nasenlöcher und ihren Mund noch einmal mit Waldboden. Er schaute auf die Uhr, machte sich daraufhin behände an seiner Tasche zu schaffen und holte eine aufgezogene Spritze hervor. Jetzt war Eile geboten, wollte er noch vor den Joggern an seinem Wagen sein und klar Schiff machen. Mit der präparierten Spritze trat er wieder an sein Opfer heran, schob ihm den Rock hoch und den schwarzen Spitzentanga herunter. Dann entleerte er den gesamten Inhalt der Spritze auf Laras rasierter Scham. Ihn ekelte es beim Anblick der milchig weißen, sämigen Befruchtungsflüssigkeit, die so lebendig war, wie die daliegende Frau tot. Sachte suchte sie sich ihren Weg zwischen den eben noch zappelnden Beinen hindurch. Beine wie die einer ständig läufigen Hündin, denn genau so hatte sich sein Opfer zu Lebzeiten benommen. Er musste würgen, doch das hielt ihn nicht auf. Aus seiner linken Hosentasche nahm er den Notizblock. Er riss die von Lara beschriebene Seite ab, faltete den Zettel zusammen und klemmte ihn mit vorsichtigen, behandschuhten Fingern unter ihren Rockbund. Gleich darauf stand er auf, raffte, bis auf den Seidenschal, seine wenigen Utensilien zusammen, bedachte die Tote mit einem verächtlichen Blick und zog eine kleine Kamera aus seiner rechten Hosentasche. Als er sein Werk ausreichend fotografiert hatte, machte er sich schnellen Schrittes auf den Rückweg zu seinem Auto.

Sowohl der Audi als auch der Rover standen nach wie vor auf dem Parkplatz. Von ihren Besitzern war noch nichts zu sehen. Kein weiteres Auto war dazugekommen. So was nannte er Glück, denn alles konnte selbst er nicht beeinflussen oder vorbereiten. Ähnlich wie die Sache mit dem Handy und dem Anruf. Das war ihm immer bewusst. Umso minutiöser plante er das, was nicht vom Zufall abhing. Er öffnete seinen Kofferraum, verstaute die Tasche auf einem dort bereitgelegten Lammfell, holte einen Akkuschrauber und seine Nummernschilder hervor und machte sich beflügelt an die letzte Arbeit zu diesem Fall: Geübt löste er die bisherigen Nummernschilder von seinem Auto und schraubte stattdessen die richtigen an. Danach stieg er in den Wagen ein, summte die Anfangsklänge von Beethovens Neunter, ließ diese dann übergehen in ›We are the champions‹ und fuhr die wenigen Kilometer zurück in Richtung Lüneburg.

Kurz bevor er den Ortseingang erreichte, bog er in einen Feldweg ab und fuhr ihn entlang, bis er, wie er wusste, von der Straße aus nicht mehr zu sehen war. Nachdem er ausgestiegen war, holte er aus seinem Kofferraum einen alten Kartoffelsack, sammelte alle Lammfellbezüge zusammen und stopfte sie hinein. Dann begann er, sein bis auf den letzten Knopf geschlossenes Hemd sowie seine Jeans aufzuknöpfen. Als er sich aus beidem herausgepellt hatte, kamen die Klamotten mitsamt den Wanderschuhen und Socken ebenfalls in den Sack. Nun stand er zwar barfüßig, aber durchaus angezogen auf dem Feldweg, da er unter

Jeans und Hemd sein kurzes Radlertrikot trug. Zuletzt wanderten die Leinentasche mit dem Werkzeug und die Handschuhe in den Kartoffelsack, über den er nun noch einen blauen Müllbeutel zog. Anschließend verstaute er alles wieder im Kofferraum, zog die dort bereitliegenden Sandalen an und fuhr endgültig zurück nach Lüneburg. Das würde gleich ein schönes Feuerchen geben. Er hatte sich dafür eine kleine Lichtung an der Ilmenau, dem Fluss, der Lüneburg durchzog, ausgesucht. Auf der Lichtung verbrannten die Leute im Herbst ihr Laub, und die Jugend traf sich hier an Sommernachmittagen zum Grillen und Chillen. Doch jetzt war es noch früh. Um diese Zeit würde sich niemand hierher verirren, auch das wusste er aufgrund seiner Beobachtungen.

Zur Arbeit würde er heute nicht mehr gehen, er hatte für diesen Tag bereits genug getan. Oder, na ja, vielleicht würde er doch gehen. Es könnte interessant werden, das spürte er … irgendwie.

11.03 Uhr

Benedict schlug die Augen auf, und das Sonnenlicht, das durch das vorhanglose Fenster fiel, blendete ihn. Er würde sich dringend Jalousien zulegen müssen.

Sein Kopf dröhnte und erinnerte ihn daran, dass er auch am vergangenen Abend wieder länger im Krass rumgehangen hatte, als gut für ihn war. Bene, Bene, dachte er, du wirst alt. Früher hast du so was lockerer weggesteckt. In Wirklichkeit wusste er aber genau, was er da nicht so gut weggesteckt hatte. Das Zusammentreffen mit Benjamin ging ihm immer wieder durch den Kopf. Sein Bruder hatte eiskalt reagiert. Da war kein Fünkchen Freude in seinem Gesicht zu lesen gewesen, obwohl er nicht mit der Begegnung hatte rechnen können. Benedict wusste selbst nicht, wie er sich die Situation vorgestellt hatte, aber vermutlich hatte er gehofft, sein Bruder würde ihm ungeachtet der Vergangenheit einfach vor Freude um den Hals fallen, und alles wäre vergessen. Aber das hätte er eigentlich besser wissen müssen. Er hatte Benjamin verletzt – wie sehr, das wurde ihm jetzt erst so richtig klar. Immer und immer wieder hatte Benjamin ihn aus dem Dreck ziehen müssen, und beim letzten Mal war Bene deutlich zu weit gegangen. Sein Bruder hatte für ihn die eigene Polizeikarriere aufs Spiel gesetzt, und er, Bene, hatte ihm nicht einmal dafür gedankt. Im Gegenteil: Sang- und klanglos hatte er sich aus dem Staub gemacht. Benedict schämte sich heute noch dafür, und gerade das machte es ihm so schwer, sich bei seinem Bruder zu entschuldigen. Aber da würde er jetzt nicht mehr drum herum kommen. Er wollte hier in Lüneburg neu anfangen und er hatte nicht vor, seinen Bruder erneut zu enttäuschen. Nicht, dass er jetzt unbedingt ein Spießerleben für sich geplant hatte, Gott bewahre. Aber er würde keine krummen Dinger mehr drehen. Diese Zeiten waren endgültig vorbei. Die Frage war nur, ob Benjamin ihm das glauben würde. Der neue Job im Heideglanz war auf jeden Fall ein Anfang. Und sobald sich die Gelegenheit ergab, würde er seinen Bruder um eine Aussprache bitten.

Mit Schwung schlug Bene die Bettdecke zurück und sprang aus dem Bett. Zwar dröhnte ihm dabei mächtig der Kopf, aber er befahl sich selbst, das zu ignorieren.

Dann streckte er sich einmal kräftig, gähnte herzhaft und war gerade auf dem Weg ins Bad, als sein Handy klingelte. Ohne auf das Display zu gucken, nahm er ab und erkannte die Stimme am anderen Ende sofort – sie war seiner eigenen zum Verwechseln ähnlich: »Ich bin's, ich denke wir sollten reden!«

12.47 Uhr

»Hey, schätze mal, du bist die Neue?!«

Katharina schreckte hoch. Sie hatte nicht gehört, dass jemand das Büro betreten hatte. Vor ihr stand ein etwas dicklicher Typ, sie schätzte ihn auf Mitte 30, mit schlabbrigen Jeans und einem St.-Pauli-Shirt unter der Sweatshirtjacke. Auffordernd streckte er ihr die Hand entgegen.

»Ich bin Tobi, Tobias Schneider, hast ja bestimmt schon von mir gehört!«

»Um ganz ehrlich zu sein – nein.« Katharina wusste nicht recht, wen sie da vor sich hatte und antwortete ziemlich kühl: »Ich bin Katharina von Hagemann, und ja … ich habe gestern hier angefangen.«

»Das ist ja wieder typisch, da ist man mal ein paar Tage nicht hier und schon ist man vergessen. Mann, Mann, trauriger Laden hier. Also, dann hol ich das mal nach: Ich bin dein Kollege, genauer gesagt dein Teampartner, Kommissar Tobias Schneider, geboren in Oldenburg, seit vier Jahren in Lüneburg und davon die meiste Zeit hier in dieser Bude. Hab dir also ein bisschen was voraus, was Stadt und Leute angeht, und werd versuchen, dir das Leben nicht allzu schwer zu machen. Das ist nicht mein Ding, ist viel zu anstrengend. Also, wenn du nicht einen auf Oberzicke machst, werden wir zwei schon klarkommen. Du bist also Katharina …«

Katharina konnte sich ein Grinsen nicht verkneifen. Was für eine Laberbacke! Aber irgendwie nicht unsympathisch, sie hätte es deutlich schlimmer treffen können. Wenigstens war Tobi ein Mann und keine Teamkollegin. Das hätte sie vermutlich zu sehr an Helen erinnert, ihre Kollegin aus München, die zugleich ihre beste Freundin gewesen war. Ach, Helen … Katharina schüttelte ihren Kopf, um die aufsteigenden Erinnerungen daraus zu vertreiben. Für Tobi sah es jedoch so aus, als ob die neue Kollegin sich darüber ärgerte, dass ihr bisher niemand von ihm erzählt hatte.

Katharina seufzte einmal auf, dann erklärte sie: »Sorry, aber mir hat bisher wirklich keiner was von dir gesagt. Wir hatten seit gestern Morgen hier aber auch nicht gerade viel Zeit zum Plaudern, wenn ich ehrlich bin. Da ist das sicher einfach untergegangen.«

Tobias Schneider rollte übertrieben mit den Augen. »Schon klar, du musst die Jungs nicht in Schutz nehmen, das ist wohl mein Schicksal, dass ich immer vergessen werde, ich kenn das schon.«

»Kaum zu glauben, bei deinem Redeschwall …« Katharina grinste den neuen Kollegen an.

»Touché, Madame«, Tobias deutete aus Spaß eine Verbeugung an. »Ich merk schon, das wird ein munterer Schlagabtausch mit uns beiden. Kein Problem, auch das kenn ich, Frauen stehen nun mal auf Typen wie mich!«

Katharina war nicht sicher, ob er das ernst gemeint hatte, oder ob das seine Form von Selbstironie war, denn wenn Tobias eines ganz sicher nicht war, dann ein klassischer Frauentyp!

»Wo sind denn Ben und Mausi überhaupt, Kollegin?«, fragte Tobi, bevor Katharina wieder zu Wort kam.

»Mausi?«

»Na, dein Oberboss, Stephan Mausner. Den wirst du ja wohl schon kennengelernt haben, das lässt der sich doch nicht nehmen, die hochoffizielle Begrüßung selbst vorzunehmen.«

Katharina musste lachen. »Mausi, soso. Ja, Herrn Mausner hab' ich in der Tat gestern kennengelernt.«

»Na also, dacht' ich mir's doch. Ich war übrigens ein paar Tage zur Fortbildung, sonst hätt' ich dich natürlich gleich in die Geheimnisse unserer Lüneburger Dienststelle eingeweiht.«

»Wir werden ja vermutlich noch genug Gelegenheit dazu haben«, erwiderte Katharina, »außerdem haben wir zwei Fälle auf dem Tisch, mit denen sollte ich dich wohl erst mal vertraut machen.«

»Gute Idee, aber ich hol uns beiden Hübschen noch schnell was zum Futtern, und dann kannst du mich aufklären. Mir hängt der Magen jetzt schon in den Kniekehlen, der ist halt seine festen Zeiten gewohnt ... Currywurst oder Döner?«

»Na, bei der Auswahl ... überlass ich dir die Wahl und schließ mich an!«

Katharina sah Tobi kurz nach, als er das Büro verließ. Sie hatte überhaupt nicht bemerkt, dass es schon Mittag war. Gleich nach der Besprechung am frühen Morgen mit Ben hatte sie sich komplett in die Entschlüsselung des Textes auf dem kleinen Zettel vertieft. Sie hatte versucht, die Wortfragmente zu deuten und im Netz zu recherchieren, um einen Zusammenhang der Bruchstücke herzustellen.

Sehr weit war sie noch nicht gekommen. Dass Ben sein Büro verlassen hatte, war ihr auch entgangen. Seit sie heute ins Büro gekommen war, hatte sie ihn nur noch einmal bei der Besprechung gesehen und dann später noch einmal kurz, als er ihr einen Becher Kaffee auf den Tisch gestellt hatte, aber mehr als ein kurzes »Danke« war da nicht gewesen. Sie hatte sich komplett an diesem vermeintlichen Beweisstück festgefressen. Hoffentlich lohnte sich das am Ende auch, und das Stück Papier würde sich nicht als alter Einkaufszettel herausstellen! Auf jeden Fall würde ihr – und vor allem ihren Augen – eine kurze Pause mit dem plauderwütigen Kollegen guttun. Er schien das krasse Gegenteil zu Ben zu sein, der ja eher nur das Nötigste über die Lippen brachte. Als Tobi kurze Zeit später mit zwei Tüten vom Dönerladen durch die Tür kam, merkte sie, wie hungrig sie tatsächlich war. Zur Bestätigung knurrte jetzt auch unüberhörbar ihr Magen.

12.57 Uhr

Ben betrat die Terrasse des Hotels Heideglanz. Er hatte beschlossen, sich noch einmal allein und ohne den ganzen Trubel den Tatort anzusehen. Das tat er meistens, wenn er einen neuen Fall auf dem Tisch hatte. Diesmal gab es aber noch einen weiteren Grund, nicht am Schreibtisch über den Fall nachzugrübeln. Er wollte die Gelegenheit nutzen, sich nach der Tatortbesichtigung mit Benedict zu treffen. Nachdem er bereits heute Morgen noch ein paar Stunden in den Akten gewühlt und nach einer möglichen Spur in einem der beiden Mordfälle gesucht hatte, war es an der

Zeit gewesen: Er hatte zum Telefon gegriffen und Benedicts Handy-Nummer gewählt. Diesmal hatte er Glück gehabt. Sein Bruder meldete sich schon nach dem zweiten Klingeln, als hätte er nur darauf gewartet. Ben war ohne Umschweife zum Punkt gekommen und hatte Benedict mit den einleitenden Worten: »Ich bin's, ich denke wir sollten reden!«, um ein Treffen am Abend gebeten. Zu seiner Überraschung hatte sein Zwilling gefragt, ob es auch schon gegen Mittag ginge, da er ab dem späten Nachmittag arbeiten müsse. Er hatte also einen Job in Lüneburg! Ben hoffte darauf, dass es wirklich ein ›normaler‹ Job war. Da offensichtlich beide das unumgängliche Gespräch nicht weiter hinauszögern wollten, hatten sie sich für 13.30 Uhr im Lebrello verabredet. Ben war nervös. Da waren so viele offene Fragen, und gleichzeitig war er gar nicht sicher, ob er alle Antworten wissen wollte. Er sah sich noch einmal in Ruhe auf der Hotelterrasse um, merkte aber, dass er nicht die nötige Konzentration hatte, um eventuell ein wichtiges und nicht auf den ersten Blick erkennbares Detail zu entdecken, und schlenderte langsam über die kleine Brücke in Richtung Innenstadt.

Ben hatte sich gerade einen Tisch im Lebrello gesucht und sich einen Zigarillo angesteckt, als Benedict ebenfalls durch die Tür trat. Die Begrüßung beschränkte sich auf einen Händedruck, und auf beiden Seiten lag die gleiche Unsicherheit in der Luft. Benedict fand zuerst die Worte.

»Ben ... ich weiß nicht recht, wie ich anfangen soll. Aber ich weiß, dass ich mich bei dir entschuldigen muss. Nein, möchte. Also, für alles, was du damals für mich getan hast, bin ich dir echt dankbar, auch wenn ich dir das nie gesagt hab. Ich war ein idiotischer Kindskopf, heute weiß ich das.

Ich hätte das schon längst tun sollen und nicht erst jetzt, wo ich zurück bin.«

Ben sah seinen Zwilling stumm an, dann räusperte er sich und erwiderte: »Klingt, als wärst du erwachsen geworden, zumindest, wenn ich das glauben kann. Ehrlich gesagt fällt mir das doch etwas schwer nach so langer Zeit und allem, was war. Ich hab damals lange auf ein Zeichen von dir gewartet und irgendwann hab ich mich damit abgefunden, dass es wohl nicht mehr kommt. Dachte ich zumindest.«

»Ich weiß, ich kann nicht erwarten, dass alles wieder so wird wie früher, bevor die ganze Scheiße angefangen hat. Ich kann nur hoffen, dass du mir verzeihen willst und ich dir beweisen kann, dass ich mich verändert hab. Ben, ich bin auch heute kein Chorknabe, aber seit damals gab es keine krummen Dinger mehr, und inzwischen hab ich mein Leben im Griff. Ansonsten wäre ich nicht zurückgekommen, das kannst du mir glauben. Echt.«

»Würd' ich gern, kleiner Bruder, würde ich wirklich gern.«

Die Bezeichnung ›kleiner Bruder‹ war für Benedict das Zeichen, dass sein um drei Minuten älterer Bruder bereit war, ihm entgegenzukommen, denn damit hatte er ihn immer veralbert. Es war seine Art zu sagen, dass auch er sich eine Annäherung wünschte. Benedict fühlte, wie sich der Kloß in seinem Hals löste. Vielleicht würde ja wirklich alles wieder gut zwischen ihnen.

»Das kannst du auch. Ich hab dazugelernt, wenn auch spät. Du wirst meinetwegen keinen Ärger mehr haben, auch wenn ich jetzt wieder in Lüneburg bin.«

»Das heißt, du bleibst? Es ist also nicht nur ein Kurzjob, sondern was Festes?«

Ben merkte seinem Bruder an, dass er es ernst meinte. Er kannte seinen Bruder noch immer. Er würde merken, wenn Benedict ihm direkt ins Gesicht log. Zumindest wollte er das gern glauben. Trotzdem hatte er Bedenken, zumindest solange er nicht wenigstens etwas mehr wusste. Es würde keinen Sinn machen, die vergangenen acht Jahre zu hinterfragen und aufzuarbeiten, aber er wollte wissen, wo Benedict jetzt stand. Nur dann war er zu einem gemeinsamen Neuanfang bereit.

»Ja, ich bleibe, zumindest hoffe ich das. Man hat mir im Hotel Heideglanz den Job als Barchef angeboten, also zumindest fast. Wenn ich mich in der Probezeit bewähre, dann bekomme ich den Chefposten in einem halben Jahr, wenn der jetzige Barchef ins Ausland geht. Und ich will diesen Job, Ben, das ist für mich ein Sprung nach oben. Du weißt, dass mir die Gastronomie immer gefallen hat, und Barchef in einem solchen Hotel ist ein gutes Sprungbrett. Ich werd mir das nicht vermasseln.«

Ben musste beinahe schmunzeln. »So engagiert habe ich dich noch nie von irgendwas reden hören. Zumindest nicht, wenn es mit Arbeit zu tun hatte. Du scheinst dich tatsächlich mächtig geändert zu haben.«

Benedict nickte. »Ja, und ich werde dir zeigen, dass ich es ernst meine. Versprochen!«

»Okay, dann werde ich versuchen, einen Schlussstrich unter die alten Geschichten zu ziehen. Ob mir das von heute auf morgen gelingt, kann ich nicht beschwören, aber ich bin bereit für einen Neustart. Ich weiß auch nicht, ob ich das irgendwann bereuen werde, aber ich müsste lügen, wenn ich sagen würde, dass mir mein Zwilling nicht gefehlt hat.«

15.02 Uhr

»Shit, verdammt! Es kann doch nicht so schwer sein, so ein bisschen Text zu entschlüsseln!« Die junge Kommissarin war kurz vorm Verzweifeln. Außer Kopfschmerzen hatten ihr die Stunden, die sie nun schon über dem vergrößerten Ausdruck des kleinen Stück Papiers, mit den zum Teil stark ausgewaschenen Worten drauf brütete, noch nichts gebracht. Dabei war sie nach der kurzen Döner-Pause mit Tobias, in der sie ihn auf den aktuellen Stand gebracht hatte, motiviert wieder gestartet und sich sicher gewesen, dass sie nicht mehr lang brauchen würde, um den Text zusammenzufügen. Doch mit einem einfachen Lückentext hatte das Ganze irgendwie wenig zu tun. Ein Einkaufszettel war es jedenfalls nicht, die ersten Worte, die sie hatte entziffern können, hatten nichts mit irgendwelchen Konsumgütern zu tun. Umso mehr wurmte es sie allmählich, dass sie nicht weiterkam.

»Wer also … nee, wer alles … sän … sähen … süh … will … scheidet … hm … scheitert.«

Katharina hatte gar nicht bemerkt, dass sie die wenigen komplett erkennbaren Bruchstücke laut vor sich hingemurmelt hatte, bis Tobias zu ihr an den Schreibtisch trat.

»*Wer alles sühnen will*
der scheitert
Wer vieles sühnen will
der sühnt nur weniges
Wer weniges sühnen will
der sühnt gar nichts
Wer nur sühnen will
was sich sühnen lässt ohne Schaden …

… sorry, weiter komm ich nicht, aber ich glaub, das könnte passen, oder?«

Tobias konnte sich ein leichtes Grinsen nicht verkneifen, als er in Katharinas völlig verwundertes Gesicht sah.

»Ähm ... was war das jetzt gerade?« Katharina sah ihn fragend an. Noch während Tobias sprach, hatte sie seine Worte auf dem Zettel verfolgt und die zwei Zeilen passten hundertprozentig. Es waren die Zeilen, mit denen Tobias begonnen hatte.

»Wieso weißt du, was auf diesem dämlichen Zettel steht, obwohl du ihn noch gar nicht in der Hand hattest, während ich mir hier seit Stunden den Kopf zermartere? Und was ist mit dem Rest, den du dann noch dazu gereimt hast?«

»Das is 'n Gedicht von Erich Fried, wenn mich nicht alles täuscht. Ich krieg nur gerade das Ende nicht zusammen. Aber wenn du sagst, dass das, was du da auf deinem Zettel stehen hast, passen könnte, ist es ein Leichtes, das komplette Gedicht zu googeln.«

Tobias drehte sich bereits in Richtung seines Schreibtischs, um am Computer den noch fehlenden Text zu recherchieren, als Katharina ihn aufhielt.

»Stopp, Kollege – so geht das jetzt gar nicht! Erstmal bekomme ich eine Erklärung, warum jemand wie du mal eben so aus dem Effeff ein Gedicht rezitiert, nachdem ich einfach nur ein paar Worte in den Raum gemurmelt hab!«

Tobias spielte Entrüstung: »Was heißt denn hier ›jemand wie ich‹, bitte schön! Du hast ja offensichtlich einen tollen ersten Eindruck von mir!«

Katharina war nicht sicher, ob ihr neuer Kollege nur so tat oder wirklich eingeschnappt war, bis Tobias grinsend zugab: »Okay, zugegeben, ich seh sicher nicht gerade aus wie ein Literaturprofessor – zum Glück! Doch Kleider machen eben nicht immer Leute, werte Kollegin. Aber

Spaß beiseite. Ich kenn mich da tatsächlich ein bisschen aus. Ist aber 'ne längere Geschichte, ich glaub, die sollten wir jetzt erstmal auf später verschieben. Lass uns lieber überprüfen, ob der Rest auch stimmt. Ich glaub, das Gedicht heißt ›Sühne‹. Gib doch einfach mal die erste Zeile ›wer alles sühnen will‹ bei Google ein.«

Katharina war bereits dabei und hatte auch sofort mehrere Treffer. Sie klickte gleich den ersten an.

»Da ist es:
Wer alles sühnen will
der scheitert
Wer vieles sühnen will
der sühnt nur weniges
Wer weniges sühnen will
der sühnt gar nichts
Wer nur sühnen will
was sich sühnen lässt ohne Schaden
der richtet nur noch größeren Schaden an
Vielleicht muss trotzdem gesühnt sein
aber nicht nur durch Sühne.
Ich fasse es immer noch nicht – das ist es tatsächlich!«

Katharina war zwar immer noch etwas perplex, aber die Freude überwog. Jetzt konnte es weitergehen. Obwohl – womit eigentlich? Der Tote hatte also einen Teil eines Gedichtes bei sich getragen – in einer versteckten Gürteltasche. Das half der Kommissarin, wenn sie ehrlich war, kein Stück weiter. Aber irgendwas war da … wenn sie bloß nicht solche Kopfschmerzen hätte! Plötzlich fiel es Katharina wie Schuppen von den Augen. Sie kramte auf ihrem Schreibtisch nach einer anderen Akte.

Tobias beobachtete die neue Kollegin skeptisch. »Alles klar mit dir, Kollegin?«

Doch Katharina hörte ihn gar nicht. Sie blätterte in der Akte, bis sie gefunden hatte, wonach sie suchte: »Da, da steht's! Ich wusste doch, dass mir irgendwas bekannt vorkam. Hier guck mal, die junge Frau, die überfahren wurde. In ihrer Handtasche hat man einen kleinen Zettel mit ›irgendeinem Reim‹ gefunden. Er ist hier bei den Beweisstücken aufgeführt, den hat natürlich keiner weiter wichtig genommen. Aber zweimal hintereinander, das ist doch merkwürdig, oder nicht?«

Tobias begann gerade schmunzelnd über die ›unterschätzte Verbreitung kulturellen Gutes in Lüneburg‹ zu sinnieren, als sein Chef Benjamin Rehder mit der Jacke in der Hand in den Raum kam.

»Hi, Tobi, das passt ja bestens, dass du wieder da bist. Ich brauch euch beide – es wurde schon wieder eine Leiche gefunden.«

15.37 Uhr

Benjamin Rehder steuerte den Wagen in Richtung Heiligenthaler Forst. In wenigen Minuten würden sie dort eintreffen. Er war froh, dass Tobias wieder an Bord war. Auch wenn der junge Kommissar oft flapsig und unbekümmert wirkte, in ihm steckte ein guter Kriminalist, das hatte er in der Vergangenheit schon mehrfach bewiesen. Und bei drei Mordfällen innerhalb weniger Tage konnte Benjamin jeden Mann gebrauchen. Okay, auch jede Frau. Bei der neuen Kollegin war er allerdings nach wie vor unsicher, wie er sie einschätzen sollte. Dafür war es noch zu früh. Er hatte sich vorgenommen, ihr möglichst vorurteilsfrei eine reelle Chance zu geben, so wie er es auch mit Tobias gehalten hatte, als dieser vor ein paar Jahren in seine Abteilung gekommen war.

Er musste an Benedict denken. Auch sein Zwilling sollte die Möglichkeit bekommen zu zeigen, dass er sich wirklich geändert hatte. Bei ihrem Gespräch am Mittag hatte Benjamin ihm abgenommen, dass Bene es ernst meinte. Vielleicht war das tatsächlich die Möglichkeit für einen Neuanfang zwischen ihnen. Privaten Stress konnte der Kommissar gerade im Moment nicht gebrauchen. Nicht noch mehr, als er sich selbst schon machte.

Benjamin wurde aus seinen Gedanken gerissen, als Katharina ihn von der Rückbank aus ansprach: »Ben, ich konnte den Text auf dem Zettel entziffern, den wir bei der Hotelleiche gefunden haben. Oder besser gesagt, *wir* konnten es. Ohne die Hilfe von Tobias hätte es wohl noch eine Weile gedauert. Es ist ein Gedicht von … Tobi, von wem noch mal?«

»Von Erich Fried. Es heißt ›Sühne‹«, ergänzte Tobias.

Benjamin sah den jungen Kollegen auf dem Beifahrersitz überrascht von der Seite an. »Dass du immer für ’ne Überraschung gut bist, ist mir ja nicht neu – aber Gedichte?«

»Ja ja, ist schon gut, ich erklär’s schon!« Tobias lachte. »Ist ’ne blöde Geschichte, aber wenn sie uns hier weiterhilft, war’s ja wenigstens für irgendwas gut. Also, es gab da mal ’n Mädchen, das ich auf Teufel komm raus beeindrucken wollte. Na ja, und Frauen und Gedichte … das kann ja grundsätzlich nicht schaden. Und die stand total auf so’n Kram. Also hab ich diverse Gedichte auswendig gelernt und bei passender Gelegenheit immer mal eingestreut.«

»Und, hat's gewirkt?«, wollte Katharina schmunzelnd wissen.

»Na ja, am Anfang schon. Aber ich hab das Ganze dann noch toppen wollen und hab sie mit zu so 'nem Poetry Slam geschleppt. Was mir allerdings nicht klar war: Sie ging davon aus, dass ich mich da auf die Bühne stellen und eigene Gedichte präsentieren würde. Hab ich natürlich nicht, irgendwann is ja mal gut. Das kam schon nicht so gut an bei ihr. Stattdessen hat sie sich dann in so 'nen bärtigen Öko-Typen verknallt, der mutiger war als ich und schwülstig-schmutzige Liebesgedichte von der Bühne geträllert hat. Wahrscheinlich tingelt sie mit dem heute noch von einem Poetry Slam zum nächsten. Keine Ahnung, ich hab sie danach nicht mehr wiedergesehen.«

Benjamin musste lachen. Das war typisch Tobi. »Na, da können wir ja gespannt sein, was für ungeahnte Fähigkeiten noch auf uns warten, die du dir für solche Verführungsfälle antrainiert hast!«

»Hier war es auf jeden Fall Gold wert!«, warf Katharina ein. »Ich hab da übrigens eine Verbindung gefunden, stell dir vor, Benjamin ...«

»Wir sind da, sorry, Katharina.« Benjamin hielt den Wagen auf dem Parkplatz am Waldrand an. Schon von Weitem konnten sie erkennen, dass die Spurensicherung bereits im Gang war. »Das besprechen wir später, okay? Jetzt gucken wir erst mal, was uns hier erwartet.«

Als die drei kurze Zeit später am Tatort eintrafen, sah Benjamin, wie Katharina sich Handschuhe überstreifte und gezielt auf die Leiche zuging. Sie ließ den Blick über den Körper der jungen Frau wandern, zu den aufgerissenen Augen, dem Seidenschal um ihren Hals, der ganz offensichtlich als Tatwerkzeug gedient hatte, und dann auf den Bund des hochgeschobenen Rocks, wo Benjamin aus der Entfernung nur einen kleinen weißen Gegenstand erkennen konnte. Er beobachtete, wie Katharina noch näher an die Tote herantrat, sich bückte und einen sorgfältig zusammengefalteten Zettel hervorzog. Sie blätterte ihn vorsichtig auf und machte den Eindruck, als sei sie nicht überrascht, sondern eher beunruhigt. Mit dem Zettel in der Hand wendete sie sich Benjamin und Tobias mit den Worten zu: »Das hatte ich befürchtet. Ganz offensichtlich haben wir es mit einem Serienmörder zu tun.«

16.00 Uhr

Benedict stand hinter der Bar des Hotels Heideglanz und ordnete die verschiedenen Flaschen im Regal. Er stellte sie so hin, dass die Etiketten akkurat nach vorn zeigten, damit die Gäste gleich sahen, was er ihnen zu bieten hatte. Dann machte er sich daran, die Cocktailzutaten und -gläser für den Abend vorzubereiten. Im Heideglanz war heute Mittag eine Busladung Vertriebsleute angekommen, die hier eine Tagung abhielten. Benedict wollte vorbereitet sein, wenn der Trupp nach den Vorträgen und Diskussionen an der Bar einfiel, um – wie es bei solchen Zusammenkünften gern der Fall war – die Nacht zum Tag zu machen. In seine Arbeit versunken merkte er nicht, wie sich ein einzelner Gast an die hinterste Ecke des Tresens setzte. Erst als Benedict die obligatorischen Schälchen mit Knabbergebäck auf der Bar platzierte, sah er den Mann, vor dem eine teure Canon-Digitalkamera auf dem Tresen stand und der ihn jetzt breit angrinste: »Ui, wenn das nicht der abtrünnige Bruder von unserem Stadtcop ist! Hättest du eine Uniform an, hätt' ich dich glatt verwechseln können. Bene, das nenn ich mal 'ne Überraschung. Auch wieder im Lande und dann gleich so fleißig? So kennt man dich ja nun gar nicht!«

»Na, wenn das nicht der Toffi ist«, kam es gequält von Bene zurück – er hätte jeden Menschen lieber in Lüneburg getroffen als den schmierigen Journalisten, der ihn damals, als er diese Scheiße gebaut hatte, durch seine Berichterstattung noch mehr reingerissen hatte.

»Und wie es aussieht, bist du immer noch hier. Nimmt dich wohl kein anderes Bundesland, was?«, meinte Bene spitz.

»Hola, immer noch der alte Witzereißer! Was machst du hier? Sag bloß, du bist jetzt solide geworden, hä? Oder hast du dich auf Heiratsschwindel verlegt und hoffst, hier als Barmixer einsame Herzen zu erobern oder vielleicht sogar junges Gemüse aufzureißen?«, erwiderte Toffi schlagfertig und sichtlich gut gelaunt.

Bene hatte keine Lust, sich auf eine solche Unterhaltung einzulassen, schon gar nicht an seinem ersten Arbeitstag. Dennoch konnte er sich eine weitere kleine Spitze nicht verkneifen: »Was kann ich dir bringen? Vielleicht einen Tee? Du siehst so verschwitzt aus, dir perlt es ja richtig von der Stirn. Heiße Getränke sind bei heißem Wetter gut.«

Kaum hatte Bene ausgesprochen, piepte Toffis Handy, das neben seiner Kamera auf dem Tresen lag. Er nahm es hoch und las die eingegangene SMS.

»Danke für deine Fürsorge, aber leider kann ich dein Angebot nicht annehmen. Hab grad 'ne Nachricht aus der Redaktion bekommen. Dein lieber Bruder hat schon wieder eine Leiche gefunden, die Arbeit ruft!« Mit diesen Worten erhob der Journalist sich von seinem Hocker und machte Anstalten, zu gehen. Auch Bene wendete sich wieder ab und begann, demonstrativ ein Glas zu polieren. So bekam er nicht mit, wie Christofer Saalbach plötzlich innehielt und seine Kamera ans Auge führte. Bene schaute erst auf, als er das leise Klicken des Auslösers hörte. Sofort blaffte er Toffi an: »Was soll das? Hör gefälligst auf, mich zu fotografieren.«

»Nichts für ungut, alter Freund, ich dachte nur gerade daran, ein Heimkehrer-Special für den Lüneblick zu machen, falls die neue Leiche nichts hergibt. Sag mal, wie lange bist du eigentlich schon wieder hier? Du scheinst Mord und Totschlag irgendwie anzuziehen.« Toffi grinste süffisant. Dann drehte er sich um und ließ Bene hinter seiner Bar wütend zurück.

17.42 Uhr

Benjamin stellte drei Becher Kaffee auf den großen Tisch im Verhörraum, der gleichzeitig oft als Besprechungstisch diente, weil es dort ruhig war. Katharina hatte ihre beiden Kollegen auf dem Weg vom Tatort zurück ins Präsidium über ihre Entdeckung der Parallelen zwischen den drei Leichenfunden informiert. Benjamin hatte es zwar nicht ausgesprochen, aber er war durchaus beeindruckt, dass Katharina die unscheinbare Anmerkung in der Akte des Automordes aufgefallen war. Er selbst hatte dieses Detail bis dahin nicht registriert. Und Katharina hatte recht: Die

Tatsache, dass sie bei allen drei Leichen kleine Zettel mit unterschiedlichen Fragmenten aus, wie es schien, ein und demselben Gedicht gefunden hatten, wies auf einen Serienmörder hin. Das bedeutete, dass sie komplett anders an die Fälle herangehen mussten, als bisher gedacht. Weit waren sie bisher ohnehin noch nicht gekommen, da die drei Leichenfunde in kurzen Abständen gemeldet worden waren. Bei der Wasserleiche am Hotel war das vielleicht eher ein Zufall, denn bisher wussten sie noch nicht, wie lange die Leiche bereits im Wasser gelegen hatte.

Benjamin setzte sich zu Katharina und Tobias an den Tisch. »Also«, begann er, »was haben wir bis jetzt? Katharina? Du bist im Moment am besten im Bild, Tobi ist ja gerade erst wieder da. Fass doch mal kurz die Fakten zusammen, damit wir alle auf dem gleichen Stand sind.«

Katharina war hochgradig motiviert. Sie hatte nach dem leicht missglückten Start wieder aufgeholt und war zugegebenermaßen etwas stolz, dass ihr die Zettel mit den Gedichtfetzen als Erster aufgefallen waren. Jetzt musste sie dran bleiben, um Benjamin zu beweisen, dass sie eine gute Kommissarin war. Und auch sich selbst musste sie es beweisen. Dann würde ihrem guten Neubeginn in Lüneburg nichts mehr im Wege stehen – hoffte sie. Sie nahm ihren Notizblock, auf dem sie für sich die bisherigen Fakten zusammengetragen hatte.

»Wir haben drei Leichen«, begann sie mit fester Stimme. »Ein Mann, zwei Frauen. Drei verschiedene Fundorte, drei verschiedene Tötungsarten. Sogar sehr verschieden. Dem ersten Opfer wurde, wie die Obduktion ergeben hat, das Genick gebrochen. Anschließend wurde die junge Frau mit einem Auto überfahren, vermutlich, um den eigentlichen

Mord zu vertuschen. Sie war Studentin im fünften Semester und Single, bisher nicht auffällig. Sie kommt aus Lüneburg. Die Eltern haben ihre Tochter bereits identifiziert und warten darauf, dass wir die Leiche für die Beerdigung freigeben. Ich werde gleich veranlassen, dass sie darüber befragt werden, ob sie sich einen Reim auf den Gedichtzettel, der bei ihrer Tochter gefunden wurde, machen können, glaube es aber eher nicht. Das zweite Opfer wurde im Wasser treibend gefunden. Es ist aber davon auszugehen, dass der Mann nicht ertrunken ist, sondern ebenfalls vorher getötet oder zumindest verletzt wurde, weil er – das wissen wir bereits – wenig Wasser in der Lunge hatte. Allerdings müssen wir noch die genauen Ergebnisse der Obduktion abwarten. Eine Identifizierung des Mannes war bisher nicht möglich. Und das dritte Opfer, das du selbst gerade identifiziert hast, Ben – Lara Jüssen, verheiratet, zwei Kinder – ist erdrosselt worden. Habt ihr ihren Mann eigentlich schon erreicht?« Katharina sah die beiden Männer am Tisch fragend an.

»Nein, er ist wohl bis zum späten Abend beruflich unterwegs und nicht erreichbar. Die Kinder sind bei den Großeltern«, antwortete Benjamin, der Lara Jüssen noch aus Schulzeiten kannte, jedoch nie näher mit ihr zu tun gehabt hatte.

»Okay«, setzte Katharina wieder an, »die einzige aber dafür ziemlich offensichtliche Parallele sind die Gedichtzettel. Ich kann mir absolut nicht vorstellen, dass das ein Zufall ist. Den Zettel mit dem Gedicht von der ersten Leiche hab ich bereits angefordert, die anderen beiden sind hier. Wir müssen sie jetzt, nachdem wir davon ausgehen können, dass sie vom Täter stammen, noch auf Fingerabdrücke oder andere Spuren untersuchen lassen. Was mir allerdings vorhin schon aufgefallen ist: Sie tragen nicht alle die gleiche Handschrift.«

»Das könnte vielleicht bedeuten«, warf Tobias ein, »dass der Täter seine Opfer gezwungen hat, die Gedichtzeilen selbst aufzuschreiben. Was für 'n kranker Typ!«

»Im Moment können wir noch nicht allzu viel machen. Wir müssen erst die detaillierten Ergebnisse der Obduktion und aus der KTU abwarten, dann wissen wir vielleicht mehr. Ich werde die Zettel als Nächstes aber schon mal ordnen. Vielleicht ergibt sich eine Reihenfolge aus den Fragmenten. Die können wir dann mit den Todeszeitpunkten vergleichen. Vielleicht geht der Täter ja strukturiert vor. Dann sollten wir uns auf jeden Fall auch die Gedichtausschnitte im Zusammenhang mit den jeweiligen Morden noch einmal genau ansehen. Und wenn der Täter seine Opfer wirklich gezwungen hat, das Zeug zu schreiben, dann wird ein Grafologe das erkennen können. Unter Druck schreibt man zwar anders, als wenn man entspannt ist, ich zumindest. Wir sollten also auch zur Sicherheit Handschriftenproben der Opfer besorgen. Dann müssen wir noch prüfen, ob zwischen den Opfern irgendein Zusammenhang besteht. Am ehesten werden wir das über die Befragung der Angehörigen herausfinden.«

Benjamin schien mit seinen Gedanken woanders zu sein. Katharina war dadurch leicht verunsichert, aber Tobi sprach es direkt an: »Was ist los, Ben, dir geht doch schon wieder irgendwas durch den Kopf, das seh' ich dir doch an!«

Benjamin runzelte die Stirn, sah Tobias eindringlich an und antwortete: »Stimmt. Mir ist da gerade etwas aufgefallen, aber ich muss das noch nachprüfen. Wenn mich nicht alles täuscht, dann hatten wir vor einigen Jahren einen Mord, bei dem Fundort und Leiche genauso aussahen wie bei unserer Toten heute Nachmittag …«

»Weißt du noch, wann das genau gewesen ist?«, fragte Katharina.

»Nein, aber das krieg ich morgen schon raus.« Er blickte Tobias und Katharina auffordernd an. »Ich würde sagen, wir machen Schluss für heute. Ohne die weiteren Ergebnisse von Spusi, KTU und Obduktion kommen wir im Moment sowieso nicht mehr weiter. Mach das mit den Gedichtzetteln auch erst dann, Katharina, genauso wie die Befragung der Angehörigen. Da müssen wir eh noch auf Lara Jüssens Mann warten und sehen, wie er überhaupt mit dem Schock klarkommt. Jetzt lad ich euch erst mal auf einen Einstandsdrink ein – da wir ja nun vollzählig sind. Einverstanden? Und damit wir vielleicht noch ein bisschen kriminalistische Energie schnuppern, gehen wir ins Heideglanz an die Bar, da haben wir den Leichenfundort von gestern genau im Blick.«

Tobias grinste: »Na ja, das ist jetzt nicht so wirklich das, was ich mir unter einem Einstandsdrink vorstelle, aber allemal besser, als hier auf dem Trockenen zu sitzen.« Und schon war er in seinem und Katharinas Büro verschwunden, schnappte sich seine Lederjacke, fuhr den Rechner an seinem Arbeitsplatz runter und rief. »Also los, worauf wartet ihr zwei noch!«

19.33 Uhr

Bene hatte an seiner Bar alle Hände voll zu tun. Wie erwartet war die Vertriebstruppe am frühen Abend bei ihm eingefallen und hielt ihn jetzt auf Trab. Damit hatte er kein Problem – ganz im Gegenteil. Er liebte es, hinter dem Tresen zu agieren, hier und da mit seinen Gästen einen Witz zu reißen oder unverbindlich zu flirten. Jetzt gerade hätte er allerdings einiges darum gegeben, von den trinkfreudigen Gästen nicht so dermaßen in Beschlag genommen zu werden, zumal er heute allein hinter der Bar war. Seine Kollegin, Jana Helm, die ihn an der Bar eigentlich hätte unterstützen sollen, hatte einen Tag Urlaub bekommen. Sie war diejenige gewesen, die die Wasserleiche entdeckt hatte, und stand noch immer ziemlich unter Schock, wie Bene bei Dienstantritt von seinem Chef erfahren hatte. Vor einer Weile waren Ben und Katharina an seinem Tresen aufgetaucht. Beim Anblick von Katharina hatte Benes Herz für einen Moment eine Frequenz höher geschlagen. Was ihn jedoch noch mehr freute, war sein Bruder. Dass Benjamin spontan hier ins Heideglanz zu ihm in die Bar gekommen war, zeigte ihm, dass sein Bruder wirklich bereit war, ihm zu verzeihen. Dies war der erste Schritt in die richtige Richtung, da war Bene sich sicher.

Ben und Katharina hatten noch einen Typen dabei, den er nicht kannte. Benjamin hatte ihn als seinen Kollegen Tobi vorgestellt, der ziemlich verwirrt von einem zum anderen geblickt hatte. Kein Wunder, woher sollte Tobias auch von Benes Existenz wissen. Er war erst nach Benes Wegzug nach Lüneburg gekommen, wie Ben erwähnte. Und selbst wenn er von der Existenz eines Zwillingsbruders gewusst hätte – sie direkt nebeneinander stehen zu sehen, war bei der extremen Ähnlichkeit noch einmal etwas ganz anderes. Früher hatten Ben und Bene sich stets einen Spaß aus solchen Situationen gemacht, doch noch waren sie sich nicht wieder so nahe, wie Bene mit einem kurzen Anflug von Traurigkeit dachte. Dafür war es jetzt an Tobias, der sich wieder gefangen hatte und sich prompt einen Spaß erlaubte:

»Das ist ja ein Ding mit euch! Da fällt mir spontan ein, kennt ihr den: Ein Zwillingspärchen macht zum 18. Geburtstag seinen Führerschein. Beide bekommen von ihrem Vater jeder einen Manta geschenkt. Sagt der eine: ›Pass mal auf, damit wir die beiden Mantas auseinanderhalten können, breche ich an meinem die Antenne ab.‹ Gesagt, getan. Eine Woche geht das gut, dann kommt der andere aus der Stadt wieder und hat auch die Antenne abgebrochen. Sagt der erste: ›Pass mal auf, dann mach ich zum Auseinanderhalten jetzt eine Beule in meinen Kotflügel.‹ Gesagt, getan. Eine Woche geht das gut, dann kommt der andere aus der Stadt wieder und hat auch eine Beule am Kotflügel. Sagt der erste: ›So jetzt bin ich es leid: Du nimmst den roten und ich nehme den weißen‹.«

Während Tobias belustigt kicherte, konnte Bene nicht anders und verdrehte die Augen gen Himmel. Er kannte solche Typen zur Genüge. Sie wussten, dass sie nicht gut aussahen, hatten keinerlei Geschmack, was ihre Klamotten anging und auch sonst kein Charisma. Deswegen versuchten sie, die Menschen mithilfe von Salven schlechter Witze, Halbwissen und jeder Menge Dummgeschwätz für sich einzunehmen. Mit den Worten: »Der eine Mantafahrer hat jetzt zu tun«, drehte Bene sich ab und wendete sich wieder seinen anderen Gästen zu.

Als Bene kurz darauf hinter dem Tresen stand und für die Tagungsgäste Caipirinha im Akkord mixte, beobachtete er die drei aus den Augenwinkeln. Katharina stand zwischen seinem Bruder und diesem Tobi. Sie wirkten sehr auf ihr Gespräch konzentriert, doch Bene registrierte gleichzeitig die eindeutig interessierten Blicke, die Tobi Katharina zuwarf. Die hingegen schien davon nichts mitzubekommen. Bene konnte sich nicht vorstellen, dass Katharina an so einem Typen Interesse haben könnte, und ärgerte sich gleichzeitig, dass er daran überhaupt einen Gedanken verschwendete. Konnte ihm schließlich egal sein, was sie trieb. Sie hatten 'ne gemeinsame Nacht gehabt, mehr nicht. Obwohl er nach wie vor nichts gegen eine Wiederholung einzuwenden gehabt hätte, hatte alles andere ihn nicht zu interessieren. Punkt. Kurz entschlossen nahm Bene drei der eigentlich für die Vertriebler gemixten Caipis und stellte sie vor das Komissarentrio, das bislang nur eine Flasche Wasser bestellt hatte: »Da, ich lad euch ein. Ihr seht aus, als könntet ihr was Anständiges gebrauchen.«

Benjamin nickte ihm nur kurz dankend zu, Katharina schenkte ihm ein etwas verkrampftes Lächeln, und Tobias griff mit einem fröhlichen »Danke, das ist doch mal ein Wort!« sofort nach einem der Gläser und nahm einen kräftigen Schluck. Dann sagte er laut: »Mann, ihr seht euch echt zum Verwechseln ähnlich. Tauscht ihr manchmal eure Rollen, um die Leute zu veräppeln? Da muss man ja aufpassen! Wie kann man euch unterscheiden, wenn du nicht gerade deine Barkluft anhast, Benedict? Was meinst du, Katharina, kannst du die beiden auseinanderhalten?«

Neugierig und auf eine Antwort gespannt, blickte Tobias von einem Zwilling zum anderen, während Katharina die Röte ins Gesicht stieg. Sie schaute zu Boden, als würde sie dort die Antwort finden und murmelte dabei irgendetwas wie: »Nö, nicht wirklich.«

Dann ging ein Ruck durch ihren Körper, sie straffte ihre Schultern, schaute Bene direkt in die Augen und sagte: »Ich bin müde. Heute war ein heftiger Tag, ich geh nach Hause.«

»Och nee. Ehrlich? Jetzt wird's doch grad entspannt hier. Bleib noch. Du hast ja auch noch gar nichts getrunken«, drängte Tobias, der seinen Caipi bereits fast geleert hatte und offenbar gerade auf den Geschmack kam.

Katharina schüttelte den Kopf und schlüpfte in ihre Jacke: »Trink du für mich, du scheinst ja eh Durst für zwei zu haben.«

Tobias tat entrüstet, nahm sich dann aber Katharinas unberührtes Glas: »Hm, ist zwar kein guter Tausch, aber du hast es so gewollt.« Er grinste fröhlich und prostete ihr zu. »Ciao, bella!«

»Tschüss, Katharina, bis morgen, schlaf dich aus«, sagte nun auch Benjamin, etwas überrascht von dem schnellen Aufbruch seiner Kollegin. Doch dann runzelte er die Stirn und schaute zu seinem Bruder, der Katharina wortlos hinterher starrte. Offensichtlich hatte er sich gestern Vormittag, als er hier auf der Hotelterrasse den kurzen Wortwechsel zwischen seinem Bruder und Katharina mitbekommen hatte, nicht getäuscht: Die beiden kannten sich. Und zwar näher! Wie viel näher, konnte Benjamin Rehder nur vermuten. Aber wenn Bene sich nicht allzu sehr verändert hatte, dann hatten die beiden sicher nicht nur Karten miteinander gespielt. Und Benes Blick auf Katharina zeugte eindeutig von einer Mischung aus Begehren und Missmut. Hm. Wenn Benjamin es sich recht überlegte – auch Katharinas merkwürdiges Verhalten ihm gegenüber bei ihrer ersten Begegnung im Kommissariat sprach dafür.

Das war ihm ja bereits gestern kurz in den Sinn gekommen. Er würde darüber mit Bene sprechen müssen. Solche Verstrickungen konnte er absolut nicht gebrauchen. Schon gar nicht jetzt, mitten in diesem komplizierten Fall. Zudem kannte er als ihr Vorgesetzter die Personalakte von Katharina. Da war so einiges im Argen, und sie hatte in letzter Zeit viel durchgemacht, da musste jetzt nicht auch noch sein Bruder mitmischen. Außerdem hatte auch er Tobias' offensichtliches Interesse an Katharina registriert. Benjamin Rehder massierte sich die Schläfen und stieß einen Seufzer aus. Er hatte es gewusst: Eine Frau in seiner Abteilung brachte nur Durcheinander, selbst wenn sie eine noch so gute Ermittlerin war. Verdammt aber auch!

21.15 Uhr

Katharina ging mit langsamen Schritten den Stint entlang. Jetzt hatte sie es nicht mehr eilig und müde war sie eigentlich auch nicht. Doch eben wollte sie nur raus aus der Bar. Allein mit sich sein. Nachdenken und zur Ruhe kommen. Bene war ein Fehler gewesen, das hatte sie eigentlich bereits geahnt, seit sie sich aus seinem Bett geschlichen hatte. Befürchtet hatte sie es schon beim ersten Martini in der Kneipe, wenn sie ehrlich war. Nicht, dass sie die Nacht bereute, ganz und gar nicht. Der Sex mit Bene hatte ihr gutgetan, endlich hatte sie sich mal wieder selbst gespürt, hatte wie schon lange nicht mehr das Gefühl gehabt, zu leben. Der letzte Mann, mit dem sie das Bett geteilt hatte, war Maximilian gewesen. Sie hatte ihn kurz nachdem sie in der Münchener Dienststelle angefangen hatte kennen und …

ja, und lieben gelernt. Er war der zuständige Staatsanwalt der Behörde gewesen und eher sachlich veranlagt. Katharina hatte Maximilian geliebt und ihm vertraut. Er war der Mann gewesen, für den sie morgens Rührei gemacht hatte und mit dem sie hatte alt werden wollen. Bis zu dem Tag: Diesem einen Tag, der alles verändert hatte. Kurz tauchte Maximilians Bild in Katharinas Kopf auf, wurde dann jedoch von einem anderen Bild verdrängt. Von Bene, der hinter seiner Bar stand und Cocktails mixte. Bene. Katharinas Körper durchfuhr ein kleiner wohliger Schauer und sie musste sich schütteln. Ihr passte das gar nicht. Benedict Rehder schwirrte ihr im Kopf herum. Das war ihr vorhin in der Hotelbar erschreckend klar geworden, und die Konsequenz daraus würde Chaos heißen. Das fühlte sie. Erneutes Gefühlschaos war das letzte, was sie gerade gebrauchen konnte. Wäre er nicht der Bruder ihres Chefs, wäre es vielleicht okay. Vielleicht … Aber diese Konstellation war denkbar ungünstig, das würde nur zu Stress führen. Andererseits wunderte es sie nicht, dass sie öfter, als ihr lieb war, an Bene denken musste, wo ihr sein Ebenbild den ganzen Tag über begegnete. Mist, konnte denn nicht irgendwas in ihrem Leben mal einfach und unkompliziert sein?

In ihrem Job konnte, ja musste man seine Emotionen manchmal komplett ausblenden, die eigene Person ganz hinten anstellen und lediglich seinen Verstand arbeiten lassen. Das hatte sie schmerzlich gelernt und inzwischen zu ihrer Überzeugung gemacht. Und gerade in den letzten Wochen in München hatte ihr diese Einstellung sehr geholfen. Nach ihrem letzten großen Fall in der bayerischen Metropole war der Job für sie eine Flucht vor den Tatsachen gewesen. und sie war froh darüber gewesen, ihn nicht an den Nagel gehängt zu haben, wie sie es im ersten Schock nach dem Vorfall vorgehabt hatte. Genau der Job, der ihr sekundenschnell alles genommen hatte, gab ihr bis heute jeden Morgen nach dem Aufstehen die Kraft, den Tag zu überstehen und nicht an sich selbst oder die furchtbaren Dinge zu denken, die vorgefallen waren.

Katharina lief ein Schauer über den Rücken bei der Erinnerung an den schrecklichen Vorfall im letzten Jahr. Denn jetzt hatte sie erneut Maximilians Bild vor Augen. Nicht das des netten Maximilians, sondern das des Monsters. In ihrem Kopf begann es zu rauschen, und sofort nestelte sie nervös in ihrer Jackentasche herum, auf der Suche nach einer Zigarette. Inzwischen war sie auf dem leer gefegten Marktplatz angekommen und ließ sich auf einer der Bänke nieder, auf denen vormittags ältere Herrschaften eine Verschnaufpause einlegten und nachmittags Jugendliche die Zeit totschlugen. Katharina streckte ihre langen Beine aus, führte die Zigarette zum Mund und steckte sie an. Rauch gegen das Rauschen im Kopf, so hatte sie es sich zur Angewohnheit gemacht, obwohl es nicht wirklich half. Sie bildete sich aber ein, dass sie dadurch zumindest immer etwas ruhiger wurde, und das war schon eine Menge wert.

Katharina versuchte, alles andere auszublenden und an den Fall zu denken. Nach ein paar tiefen Zügen gelang es ihr tatsächlich, die Morde zumindest in den Vordergrund ihres Gehirns zu drücken. Hatten sie es wirklich mit einem Serienmörder zu tun? Die Zettel mit den Gedichtfragmenten sprachen dafür, aber vielleicht war es auch Zufall, schließlich war der Zettel bei der Wasserleiche nicht sofort entdeckt worden, so wie bei der toten Frau heute Morgen im Wald. Könnte auch sein, dass es sich um mehrere Täter handelte. Wahrscheinlich war es aber nicht, bedachte man, dass alle Zeilen aus ein und demselben Gedicht stammten. Noch könnte aber auch das Zufall sein. Spätestens, wenn sie den Zettel von der getöteten Studentin unter die Lupe nehmen könnten, würden sie mehr wissen. Und dann würden sie aller Wahrscheinlichkeit nach ihre Ermittlungen auf einen einzigen, einen abscheulichen Täter konzentrieren müssen. Auch müssten sie das Gedicht dringend zusammenpuzzeln. Falls die Reihenfolge der einzelnen Fragmente tatsächlich mit der Chronologie der Todeszeitpunkte übereinstimmte und die Fragmente zudem noch, für sich betrachtet, einzelne Botschaften beinhalteten, die in irgendeiner Weise mit den Opfern zu tun hatten, könnten sie möglicherweise sogar auf nächste Opfer schließen und diese schützen. Sie müssten also dringend mehr über die Vergangenheit der Toten herausfinden und jede noch so kleine Auffälligkeit in Verbindung mit dem Gedicht stellen. Hoffentlich kannten sie bald die Identität der Wasserleiche. Und noch etwas sprach dafür, dass sie sich mit dem Zusammensetzen der Zettel beeilen mussten: Sie würden mithilfe der kompletten Botschaften möglicherweise erkennen, wann der Mörder mit seinen Gräueltaten am Ende war. Nämlich hoffentlich dann, wenn auch das Gedicht ausgeschöpft war – sofern er kein weiteres Gedicht in petto hatte. Daran mochte Katharina erst gar nicht denken. Sie mussten ihn einfach so schnell wie möglich finden und ihm sein zerstörerisches Handwerk legen.

An ihrer letzten Dienststelle hatte Katharina nach dem grausamen Vorfall begonnen, sich intensiv mit Täter-Profiling auseinanderzusetzen, und sie wollte das hier unbedingt fortführen. Vielleicht kam das den Ermittlungen auch gerade in diesem Fall zugute, denn in München hatte sie sich damit schon erste Erfolge erarbeitet. Katharina wusste noch nicht genau, wie das Lüneburger Kommissariat aufgestellt war, und ob es einen Profiler vor Ort gab. Doch gleich morgen früh würde sie mit Benjamin darüber sprechen und sich anbieten. Aber sie würde ihm auf jeden Fall sagen, dass sie niemandem dabei in die Quere kommen wollte und natürlich auch, dass sie sich deshalb nicht aus den übrigen Recherchen und Ermittlungen ausklinken würde.

Anfangs hatte sie sich mit dem Thema Profiling aus reiner Neugier und ganz privat beschäftigt. Dann hatte sie in Absprache mit ihrem damaligen Chef einige Fortbildungen besucht. Das hatte unter anderem dazu geführt, dass ihr bisheriges Weltbild ordentlich ins Wanken geraten war. Natürlich war es immer der Täter, der einen Mord beging und Schuld auf sich lud, daran gab es nichts zu rütteln. Doch gerade bei einem Serientäter handelte es sich nicht um Taten im Affekt. In der Mehrzahl fußte die kalte Erbarmungslosigkeit solcher Täter auf kollektiver Schuld. Oft waren diese Täter selbst lange Zeit Opfer gewesen: Opfer ihrer Familie, der gesellschaftlichen Umstände, Opfer aus Mangel an Liebe und oft auch aus selbst empfangener Gewalt. Katharina hatte sich darüber vorher nie so intensive Gedanken gemacht. Sie fand diese Erkenntnisse zwiespältig. Natürlich konnten die sozialen Hintergründe das Täterverhalten oft erklären. Doch gleichzeitig gab es trotz noch so tragischer Hintergründe für Katharina keine Entschuldigung für die Taten eines Mörders. Sie empfand es als Gratwanderung. Erklärung und damit meist auch Hilfe zur Überführung – ja. Rechtfertigung oder Entschuldigung für die Taten – nein.

Katharina schnippte die Zigarette von sich, stand auf und machte sich auf den direkten Weg nach Hause. Sie wollte sich einfach nur noch die Decke über den Kopf ziehen und abtauchen. Morgen würde sie dann wieder mit neuem Elan das Böse auf dieser Welt bekämpfen – und dabei hoffentlich das Böse in ihrem eigenen vergangenen Leben verdrängen können.

23.36 Uhr

Er spürte die wohlige und ihm bereits bekannte Müdigkeit bis in seine Fingerspitzen. Dennoch konnte er sich nicht wie sonst komplett in sie hineinfallen lassen – trotz seines müden Körpers fühlte er sich wie beschwingt. Er wusste natürlich warum, und immer wenn er an dieses ›Warum‹ dachte, breitete sich ein zufriedenes Lächeln auf seinem Gesicht aus. So wie jetzt. Dabei war es der pure Zufall – oder doch eher sein Schicksal, dass ihm vorhin dieser Gedankenblitz gekommen war. Es war auf dem Weg nach Hause gewesen, als er seinen Tag noch einmal im Kopf durchging und sich daran gütlich tat. Und plötzlich war er dann da, dieser Gedanke, dieses Wissen darum, nun endlich das fehlende Detail gefunden zu haben, welches sein Meisterstück perfekt machen würde – endgültig zu einem wahren Kunstakt!

Oh ja, sein Meisterstück: Die ganze Zeit über, die er bereits daran gefeilt hatte, hatte er eine gewisse Unzufriedenheit in sich gespürt. Nicht etwa, weil an dem Ablauf etwas nicht stimmte. Der war so gut wie alle bisherigen auch. Sogar besser, da dieser Fall an sich mehrere Tage dauern musste und er ihn richtig würde auskosten können. Dies war auch der Grund, warum er ihn sich bis zum Ende aufbewahrt hatte, und die anderen vorher hatten stattfinden müssen. Dieser Fall würde die Krönung sein. Sein Lebenswerk vollenden. Aber die Besetzung war bis vor wenigen Stunden eben noch nicht vollkommen gewesen, und er wusste die ganze Zeit, dass sein bisher ausgegucktes Opfer nur die zweite Wahl war. Dabei war gerade die Besetzung so wichtig für sein Gesamtkunstwerk. Jetzt, seit vorhin, kannte er die richtige, und sie war noch besser, als er es sich je vorzustellen gewagt hätte. Und so naheliegend! Wahrscheinlich war er genau deshalb nicht von vornherein darauf gekommen. Bei diesem Gedanken durchfuhr ihn ein Schauer, und in seinem Magen begann es, wie in letzter Zeit so häufig, zu grummeln. Nicht unangenehm, sondern eher so wie damals, als er sich das erste und einzige Mal verliebt hatte. Es war schon lang her. Er war damals auf dem Zenit seiner Pubertät gewesen, hatte aber dieses Gefühl konservieren können. Wenn er es genau nahm, dann war er auch jetzt in einer Art verliebtem Zustand. Denn auf eigentümliche Weise, die ihm, bevor die Dinge ins Rollen gekommen waren und er sein Kunstwerk in Angriff genommen hatte, nicht bewusst gewesen war, verspürte er auch all seinen Opfern gegenüber eine besondere Zuneigung und Verbundenheit – selbst wenn er sie als Protagonisten ihres Alltags verabscheute. Doch letztlich waren sie es, durch die sein Leben erst einen Sinn bekam, weil er sich diese Menschen zu eigen machte. Zu seinen Geschöpfen. Er erinnerte sich noch genau an die Situation, in der er vorher gelebt hatte. Festgesteckt war. Solange er denken konnte. Vor seiner Komposition. Bis dahin hatte er sich einfach nur unfertig gefühlt. Halb. Andere Menschen hatten Seelenverwandte. Er hatte eben seine Opfermenschen, die ihm halfen, sich vollkommen zu fühlen. Dafür dankte er ihnen mit seiner ganzen, besitzergreifenden Liebe.

Er erhob sich von dem mausgrauen Sitzkissen, in das er sich erst vor wenigen Minuten hatte hinein sinken lassen, und hockte sich vor sein Sideboard, aus dem er den Schuhkarton mit den noch nicht eingeklebten Fotos zog. Es waren viele Fotos. Oft zeigten sie dasselbe Motiv und waren im Abstand von nur wenigen Sekunden nacheinander geschossen worden. Er hatte sie bewusst nicht auf einer CD abgelegt, sondern ausgedruckt. Ähnlich wie er E-Books nicht ausstehen konnte, mochte er es nicht, Fotos auf dem Computer anzuschauen. Er war ein sinnlicher Mensch. Er wollte die Dinge erspüren. Außerdem brauchte er sie später sowieso als Ausdruck, um die schönsten davon in sein Album einzukleben. Das machte er aber immer erst dann, wenn ein Werk abgeschlossen war. Am Ende würde er dann seine ganz persönliche Kunst-Enzyklopädie der perfekten Morde besitzen. Und die würde nachklingen. Das würde sein Vermächtnis für die Nachwelt sein.

Wie seine gesamte Wohnung war auch der Inhalt des Kartons penibel ordentlich. Die Fotos waren durch beschriftete Karteikärtchen getrennt und in Gruppen aufgeteilt. Außerdem waren sie innerhalb ihrer Gruppe chronologisch geordnet. So war es besser und er musste nie lang suchen. Er nahm die etwa 150 vorn stehenden Fotos von Lara Jüssen heraus und legte sie rechts neben sich, ohne sie weiter zu betrachten. Die Karteikarte, auf der säuberlich getippt ihr Name stand, zerknüllte er und schmiss sie wie ein Basketballspieler in den etwas entfernt am Schreibtisch stehenden Papierkorb. Treffer.

Er wendete sich wieder dem Karteikasten zu. Seine Hand griff schon nach den jetzt vorn stehenden Bildern, doch noch im Greifen hielt er plötzlich inne und betrachtete seine feingliedrigen Finger. Klavierspielerfinger hatte sie einst seine Mutter genannt – ein Grund mehr, weswegen er nie in Erwägung gezogen hatte, das Klavierspiel zu erlernen. Er beobachtete, wie seine Finger zitterten und bläulich waren vor Kälte, obwohl der gesamte Rest seines Körpers vor Hitze glühte. Schnell schaute er weg, doch ließ er seine Hand über dem Kasten schweben. Er war noch immer zu erregt, um sich seiner Müdigkeit hinzugeben. Auch konnte er in diesem Moment nicht einfach sein übliches Programm abspulen und seinen nächsten anstehenden Fall gedanklich mit in den Schlaf nehmen, um sich darauf vorzubereiten. Er wusste: Wenn er jetzt bereits die Fotos mit seinem nächsten Opfer aus dem Karton holen würde, um sie sich anzuschauen, damit sie Einzug in seine Träume halten könnten, würde er in der Folge einen Fehler machen. Dafür kannte er sich selbst zu gut. Er war zu unkonzentriert, und immerzu schweiften seine Gedanken zu seiner Erleuchtung. Aber er hatte es ja auch nicht eilig. Er könnte ruhig ein paar Tage ins Land ziehen lassen, bis er sich wieder beruhigt hatte. Glücklicherweise hatte er damals – ganz am Anfang – bereits beschlossen, dass die Daten zu vernachlässigen seien. Als hätte er es geahnt. Dennoch, eines musste er jetzt noch tun, um diesen überaus erfolgreichen Tag gebührend abzuschließen. Er wendete sich wieder dem Fotokarton zu. Liebevoll, fast streichelnd, fuhr er von vorn bis ganz nach hinten über die eingereihten Fotos und nahm nun die hinten stehenden mitsamt ihrem Karteikärtchen heraus. Kurz schloss er die Augen, stieß einen Seufzer der Erleichterung aus, öffnete seine Augen wieder, die bereits vom Fieber gerötet waren, stand auf, stellte sich vor den Papierkorb und ließ, ohne sie noch eines weiteren Blickes zu würdigen, die Bilder hineingleiten. Die weggeschmissenen Fotos zeigten ein etwa siebenjähriges Mädchen mit rotblonden Zöpfen. Er würde diese Fotos nicht mehr brauchen. Genauso wenig, wie er die abgelichtete Siebenjährige noch brauchen würde. Endlich ließ er sich wieder in seinen Sitzsack fallen und schlief dort fast sofort ein. Das Fieber hatte endgültig von ihm Besitz ergriffen.

Ich ging übers Heidemoor allein,
Da hört ich zwei Raben kreischen und schrein;
Der eine rief dem andern zu:
»Wo machen wir Mittag, ich und du?«
»Im Walde drüben liegt unbewacht
Ein erschlagener Ritter seit heute Nacht,
Und niemand sah ihn in Waldesgrund,
Als sein Lieb und sein Falke und sein Hund.
Sein Hund auf neue Fährte geht,
Sein Falk' auf frische Beute späht,
Sein Lieb ist mit ihrem Buhlen fort –
Wir können in Ruhe speisen dort.
Du setzest auf seinen Nacken dich,
Seine blauen Augen, die sind für mich,
Eine goldene Locke aus seinem Haar
Soll wärmen das Nest uns nächstes Jahr.
Manch einer wird sprechen: Ich hatt' ihn lieb!
Doch keiner wird wissen, wo er blieb,
Und hingehn über sein bleich Gebein
Wird Wind und Regen und Sonnenschein.«

(Theodor Fontane)

KAPITEL 4: MITTWOCH, 04. MAI 2011

07.30 Uhr

Benjamin stand vor seinem Schreibtisch im Kommissariat und starrte auf die gläserne Trennwand zum Nebenbüro. Er war schon seit sechs Uhr im Präsidium und hatte die Fotos und Fakten der drei Mordfälle an die Scheibe geklebt. Jetzt, da sie davon ausgingen, dass sie es mit einem Serienmörder zu tun hatten, mussten sie versuchen, die Verbindungen zu finden. Wie Katharina es gestern schon gesagt hatte, glaubte auch er nicht daran, dass die Befragung der Angehörigen sie wirklich weiterbringen würde, zumal die Identität des Mannes, den sie aus dem Wasser gefischt hatten, noch immer nicht geklärt war. Sie mussten selbst den Schlüssel finden. Hier im Kommissariat.

Die drei Tathergänge und auch die Opfer selbst hatten vordergründig keinerlei Gemeinsamkeiten. Auch der Abgleich der Wohnadressen der zwei bereits identifizierten Leichen ließ keinen Zusammenhang erkennen. Einzig und allein die Gedichtzeilen wiesen auf denselben Täter in allen drei Fällen hin.

Katharina hatte gepunktet, das musste Benjamin sich eingestehen. Ihre Qualität als Ermittlerin war zurzeit nicht infrage zu stellen. Doch alles andere würde sich zeigen müssen. Er merkte, wie er gedanklich abdriftete, an den vergangenen Abend in der Hotelbar und an seinen Bruder dachte. Aber dafür war jetzt keine Zeit. Gleich würde sein Chef, Stephan Mausner, eintreffen, und dann wollte Benjamin ihn über die neuesten Vermutungen informieren. Lieber wäre es ihm allerdings gewesen, er hätte schon klare Ergebnisse vorzuweisen.

Im Nebenbüro hinter den Fotos an der Glasscheibe tauchte Katharina auf. Sie sah auf die beklebte Scheibe und steckte kurz darauf den Kopf durch die Tür zu Bens Büro.

»Morgen, Ben. Gibt es schon neue Ergebnisse?«

»Hallo, Katharina. Nein, ich hab weder aus der KTU noch von der Spusi bisher was Neues auf dem Tisch. Aber ich muss jetzt auch gleich erstmal zu Mau... zum Chef, um ihm von unserer Vermutung, dass es sich um einen Serientäter handeln könnte, zu berichten. Vielleicht sind die Kollegen danach schon weiter.«

Katharina war bereits wieder auf dem Weg zu ihrem Schreibtisch, als sie sich noch einmal umdrehte. »Ben, ich würde gern kurz mit dir sprechen, es geht um den Fall. Ich könnte vielleicht ...«

Im selben Moment klingelte Benjamins Telefon. »Warte, Katharina ... Rehder? ... Guten Morgen, Chef, ich komme sofort!«

Der Kommissar wendete sich wieder Katharina zu. »Sorry, ich muss rüber. Ruf du Tobi bitte an, er soll, bevor er hierherkommt, als Erstes die Angehörigen abklappern, nach möglichen Verbindungen zwischen unseren Opfern suchen und ihren Lebenswandel checken. Tobi ist gut in so was, der findet besser als jeder andere die skurrilsten Dinge heraus. Seine Nummer findest du auf seinem Schreibtisch. Wir sprechen später!«

Benjamin saß seinem Chef an dessen Schreibtisch gegenüber und hatte ihn soeben über die neuen Erkenntnisse informiert.

»Ein Serienmörder in Lüneburg – das hat uns gerade noch gefehlt!«, stöhnte Stephan Mausner. »Ich werde zusehen, wie viel Unterstützung ich noch für dich und dein Team bekommen kann, damit wir den Kerl so schnell wie möglich dingfest machen können.«

Benjamin wusste, dass sein Chef das Angebot ernst meinte, ebenso aber auch, dass es mit den spontanen Verstärkungen nur selten klappte. »Solange wir noch keine konkretere Spur haben, kann ich mit zusätzlichen Ermittlern nicht viel anfangen. Ein Psychologe wäre vielleicht sinnvoller. Um ein Profil des Täters zu erstellen.«

»Wozu – da hast du doch jemanden im Team«, erwiderte Mausner überrascht. »Frau von Hagemann ist bereits ziemlich vertraut mit den Profiling-Methoden. Okay, sie ist keine ausgebildete Psychologin, aber laut ihrem bisherigen Chef in München hat sie sich da voll reingekniet und durchaus erste Erfolge erzielt.« Mausner sah Ben immer noch irritiert an. »Ben, du kennst doch ihre Personalakte … gibt es Probleme mit der neuen Kollegin, oder traust du ihr das nicht zu?«

Ben war verärgert, verärgert über sich selbst. Natürlich kannte er Katharinas Personalakte und natürlich hätte er da selbst drauf kommen müssen. Vielleicht hatte er sich zu viel mit dem auseinandergesetzt, was ihr in München passiert war, und zu wenig mit dem, was sie als Polizistin ausmachte, entschuldigte er sich vor sich selbst. Doch dann gestand er sich ein, dass es nicht daran lag. Ihn beschäftigten einfach seine privaten Umstände mehr, als es gut war. Er musste das ändern, bevor ihm noch ein gröberer Fehler unterlief. »Keine Probleme, Chef, die Neue macht sich bisher ganz gut. Ich ... ich dachte nur, es könnte zu viel für sie werden, sie steckt schließlich komplett in den laufenden Ermittlungen. Und mit ihrer Vorgeschichte ... aber du hast recht, ich werde gleich mit ihr sprechen.«

Stephan Mausner sah ihn zufrieden an. »Na also, dann ist das Problem doch schon geklärt. Halt mich bitte auf dem Laufenden und versuch um Himmels willen, die Presse aus dem Spiel zu halten, solange es irgendwie geht! Das Schlimmste, was jetzt passieren könnte, wäre eine Massenpanik in Lüneburg, nur weil so ein Schreiberschmutzfink irgendwelche unbestätigten Halbwahrheiten verbreitet. Der Lüneblick hat ja leider schon davon Wind bekommen und fleißig geschrieben, aber noch mehr davon können wir wirklich nicht gebrauchen.«

Als Ben in sein Büro zurückkam, stand Katharina vor der Glaswand und betrachtete konzentriert die gesammelten Fotos und die in Stichpunkten dazu geschriebenen Fakten. Ben kam direkt zur Sache: »Traust du dir zu, ein Profil unseres Täters zu erstellen?«

Erschrocken drehte Katharina sich um. Sie hatte Bens Rückkehr nicht bemerkt.

»Na ja, ehrlich gesagt war es genau das, was ich vorhin mit dir besprechen wollte. Ich hab das in München auch schon gemacht und würde es gern versuchen, wenn du damit einverstanden bist.«

»Bin ich«, antwortet Ben kühler als gewollt, »aber ich kann dich deswegen nicht aus der aktiven Ermittlungsarbeit auskoppeln. Wir brauchen im Moment jeden Mann, ... also ich meine, jede Kraft.«

Katharina musste schmunzeln. »Müh dich mit solchen Floskeln nicht ab, Ben, so feministisch bin ich nicht drauf.«

»Was denn, keine Kampfemanze?« Tobi hatte nur den letzten Satz des Gesprächs aufgeschnappt, als er ins Büro trat, und konnte sich offenbar auch am frühen Morgen einen losen Spruch nicht verkneifen. »Wie schade! Und ich dachte, mit einer weiblichen Kollegin erwartet mich hier nun endlich mal eine richtige Herausforderung als Macho.«

»Du hast Herausforderung en masse, Tobi«, bremste Ben, dem an diesem Morgen der Sinn nicht nach Witzen und flapsigen Sprüchen stand. »Pack den Macho in den Schrank, kram den wachen Ermittler raus und lass dich auf die Herausforderung ein, diesen Serienmörder zu finden. Das sollte dich mehr als genug beschäftigen.«

Tobi sah irritiert zu Ben, hielt dann aber den Mund. Er kannte Ben inzwischen lang genug, um zu wissen, wann es ernst wurde. Und er respektierte seinen Vorgesetzten viel zu sehr, um das Spiel auszureizen, das er am Ende ohnehin nur verlieren konnte.

»Katharina wird ein Profil des Täters erstellen. Sie hat die nötigen Kenntnisse, und wir sparen uns die Zeit, extra einen Psychologen anzufordern«, fuhr Ben fort. »Und du, Tobi, hakst bitte nach, ob KTU und Spusi schon irgendwelche neuen, brauchbaren Ergebnisse für uns haben. Mach da ein bisschen Dampf. Wir müssen zusehen, dass wir irgendwie vorankommen, bevor dieses Schwein erneut zuschlägt. Warst du schon bei den Eltern der Studentin und der Familie von Lara Jüssen?«

»Nein, noch nicht«, antwortete Tobi. »Katharina hat mich auf dem Handy erwischt, als ich schon fast hier war. Nach KTU und Spusi mach ich mich aber gleich auf den Weg.«

08.17 Uhr

Katharina war im Eiltempo auf dem Weg zu ihrer Wohnung unterwegs. Sie hatte Ben gebeten, ein paar Unterlagen holen zu dürfen, die ihr bei der Erstellung des Profils helfen würden. Ein Experte würde solche Hilfsmittel vermutlich nicht benötigen, aber sie war nun mal noch kein erfahrener Profiler. Umso mehr freute sie sich, dass sie die Chance bekommen hatte, ihr Können zu beweisen, und das sogar, ohne selbst darum gebeten zu haben. Bens Stimmung war merkwürdig gewesen, und sie gelangte zu der Erkenntnis, dass es vermutlich noch eine ganze Weile dauern würde, bis sie in der Lage war, ihren neuen Chef richtig einzuschätzen. Das war bei Tobi mit seinen betont lockeren und oberflächlichen Sprüchen einfacher.

Als sie nun durchs Treppenhaus zu ihrer Wohnung ging und in der Tasche nach ihrem Schlüssel kramte, rannte ein kleines Mädchen mit lustigen hellblonden Zöpfen sie beinahe um.

»Hoppla, wer bist denn du?«

»Ich bin Leonie, und wer bist du?« Die Kleine strahlte Katharina fröhlich und keck an.

»Mein Name ist Katharina, ich wohne jetzt hier!«

»Leo, hast du alles, bist du sicher?« Eine junge Frau kam die Treppe hinunter und sah Katharina überrascht aber freundlich an. »Oh, hallo – bist du die Neue hier im Haus? Ich bin Juliane. Leonie und ich wohnen neben dir auf der gleichen Etage.«

»Hallo, ich bin Katharina. Ich hoffe, es war nicht zu laut für euch mit dem Umzugsgewusel.«

»Ach Quatsch, gar kein Problem.« Juliane grinste ihre neue Nachbarin ebenso fröhlich wie zuvor ihre Tochter an. »Warte lieber ab, ob es dir nicht ab und zu wegen uns zu bunt wird. Wenn Leonie mit ihren Freundinnen spielt, ist das manchmal ein ganz schöner Zirkus.«

»Gar nicht!« Leonie verzog das Gesicht und versuchte zu schmollen, musste dann aber selbst grinsen. »Na ja, manchmal vielleicht …«

»Das kriegen wir schon hin, ich bin da nicht so empfindlich.« Katharina zwinkerte der Kleinen zu. Sie freute sich, mit den neuen Nachbarn offensichtlich Glück zu haben. Das hätte viel schlimmer kommen können, und außerdem hatte sie gern Kinder um sich.

»Ich muss jetzt zur Schule.« Leonie zog ihre Mutter am Jackenärmel. »Aber ich kann dich ja demnächst mal besuchen kommen, zusammen mit Laura. Das ist meine beste Freundin, okay?«

»Langsam, Schätzchen«, setzte Juliane schmunzelnd hinzu, »Katharina hat bestimmt Besseres zu tun, als dich und Laura gleich im Doppelpack zu ertragen.« Mit einem Lächeln wendete sie sich verabschiedend an Katharina. »Wenn du was brauchst oder Langeweile hast, klingel einfach bei uns, ja? Und ansonsten laufen wir uns bestimmt hier häufig über den Weg. Leb dich erst einmal ein. Bis bald.«

»Bis dann, und vielen Dank!«, rief Katharina den beiden nach, die bereits auf dem Weg nach draußen waren, während sie selbst den Wohnungsschlüssel aus der Jacke zog und ihre Wohnung ansteuerte. Allen Startschwierigkeiten zum Trotz – die Entscheidung, nach Lüneburg zu gehen, war richtig gewesen, da war Katharina sich inzwischen sicher. Und die fröhliche Juliane mit ihrer offenen Art hatte ihr neuen Mut gegeben. In dieser Nachbarschaft würde sie sich sicher wohlfühlen können.

In der Wohnung angekommen, kramte sie aus den immer noch unausgepackten Kartons die benötigten Unterlagen hervor und machte sich – bepackt mit ein paar Büchern und Ordnern – umgehend auf den Weg zurück ins Kommissariat. Wenn sie heute Abend nach Hause kam, musste sie unbedingt anfangen, sich in ihrer neuen Wohnung einzurichten.

17.13 Uhr

Benjamin Rehder sah erschrocken auf die Uhr. Der Tag war verflogen wie nichts. Katharina hatte sich mit ihren Unterlagen an ihren Schreibtisch zurückgezogen und seit dem frühen Vormittag kaum einen Ton von sich gegeben, so vertieft war sie in ihren Bemühungen, dem Täter ein Profil zu geben. Benjamin war gespannt, zu welchen Ergebnissen Katharina kommen würde, denn nach wie vor fiel es ihm schwer, in den einzelnen Fällen irgendwelche brauchbaren Hinweise auf den Täter zu erkennen, vor allem, da auch Tobis Befragung der Angehörigen nichts ergeben hatte. Ob Katharina sich schon an die einzelnen Gedichtfragmente gemacht hatte? Vielleicht sollten sie doch nicht abwarten, bis die Gerichtsmedizin die jeweiligen Todeszeitpunkte festgestellt hatte.

Ben spürte Nervosität in sich aufsteigen. Das konnte er jetzt gar nicht gebrauchen. Nervös ließ es sich so schlecht denken. Aber nun, da klar war, dass sie bei allen Fällen nach demselben Täter suchten, stieg die Befürchtung, dass noch weitere Morde folgen könnten. Als das Telefon auf seinem Schreibtisch klingelte, erschrak er genau aus diesem Grund, denn die letzten Anrufe hatten ihn fast jedes Mal über einen weiteren Mordfall informiert.

»Rehder«, meldete Ben sich alarmiert.

»Hi, Ben, ich bin's, Alex. Wie sieht's aus – Lust auf ein gutes Glas Wein nach Feierabend?«

Benjamin war erleichtert. Kein weiterer Mord, sondern sein ältester und bester Freund. Alexander schien irgendwie einen Sensor zu haben, der ihm sagte, wann Ben ihn brauchte. Und jetzt war so ein Moment. Ben wollte unbedingt mit ihm über Benedict reden, denn Alexander kannte die Zwillinge schon seit der Schulzeit und somit auch die ganzen unschönen Geschichten der Vergangenheit. Mit ihm konnte er ohne Vorbehalte reden und mal loswerden, was ihm durch den Kopf ging, seit Bene so unerwartet wieder in Lüneburg aufgetaucht war. Daher antwortete er, ohne zu zögern: »Hi, Alex, perfektes Timing, das kann ich brauchen. Komm doch vorbei, ich koch uns was, und wir machen es uns einfach ein bisschen gemütlich. Es gibt Neuigkeiten.«

»Na, da bin ich gespannt. Ich bin gegen 19.00 Uhr bei dir – okay?«

»Perfekt, ich freu mich, Alex!«

Benjamin legte gerade den Hörer auf, als Tobi hereinkam. »Chef, ich hab endlich ein paar Neuigkeiten aus der KTU und der Pathologie, nachdem die ja heut Morgen noch nicht viel liefern konnten, diese Schnarchnasen. Aber meine Drängelei scheint geholfen zu haben!«

»Okay, dann lass uns rübergehen zu Katharina«, antwortete Ben und schaute durch die Glasscheibe ins Nebenbüro, in dem die neue Kollegin noch immer konzentriert vor sich hin arbeitete. »Dann sind wir gleich alle auf dem neuesten Stand. Ich hoffe nur, das bringt uns auch weiter!«

Viel hatte Tobi nicht zu berichten. Zwar waren jede Menge Fasern an Lara Jüssens Kleidung gefunden worden, doch woher die stammten, würde nicht so schnell zu klären sein. Am auffälligsten waren Fasern von Lammfell gewesen, die vor allem an ihrem Rock hafteten. »Das könnte eine Spur sein«, meinte Tobi bedächtig. »Denn wer setzt sich bei diesem Wetter schon auf ein Lammfell. Ich hab aber noch etwas. Die Pathologie hat bestätigt, dass direkt vor und nach Lara Jüssens Tod keine sexuellen Handlungen an ihr vorgenommen worden sind. Trotzdem wurden Spermaspuren an ihr gefunden. Aber jetzt kommt es: Es handelt sich um Hundesperma!«

»Hundesperma?«, entfuhr es Katharina. »Was hat denn das zu bedeuten?«

»Ich nehme an, das ist eine zusätzliche Botschaft von unserem Mörder«, Ben schluckte. »Lara war kein unbeschriebenes Blatt hier in Lüneburg. Sie war bekannt dafür, es mit der Treue nicht so genau zu nehmen.«

»Das heißt im Umkehrschluss, dass der Mörder Lara Jüssen oder zumindest ihren Lebenswandel gekannt haben muss. Sie war also tatsächlich kein zufälliges Opfer«, schloss Katharina mit leiser Stimme.

Ben nickte: »Wahrscheinlich ist das so. Wir müssen dringend mit ihrem Mann sprechen!«

18.23 Uhr

»Hallo, Katharina!«

Fast wäre der Kommissarin der große Karton aus den Händen gerutscht, so erschrocken war sie, als sie die schwere Haustür aufgedrückt hatte und im Treppenhaus sofort von der kleinen Leonie überrascht wurde.

»Hallo, Leonie! Mann, jetzt hast du mich aber erschreckt!«

»'tschuldigung. Das ist übrigens Laura, meine allerbeste Freundin!« Leonie drehte sich strahlend zu einem zweiten Mädchen um und nahm es herzlich in den Arm. Laura wirkte etwas schüchterner als die aufgekratzte Leonie, sah ihr ansonsten aber verdammt ähnlich. Auch sie trug lange blonde Zöpfe und war fast genauso gekleidet wie ihre Freundin. Allerdings fehlten ihr die lustigen Sommersprossen, die bei Leonie den liebenswert frechen Charakter noch unterstrichen.

»Hallo, Laura«, wendete Katharina sich dem Mädchen zu. »Ich kann dir jetzt leider nicht die Hand geben, wie du siehst, aber ich freu mich, dich kennenzulernen! Ich hab Leonie erst einmal kurz gesehen, aber da hat sie mir sofort von dir erzählt!«

»Klaro, wir gehören ja auch zusammen!« Leonie plapperte schon wieder los, bevor Laura überhaupt etwas sagen konnte.

»Was ist denn da in deinem Karton? Dürfen wir mit zu dir kommen?« Leonie versuchte, einen Blick in den Karton zu werfen.

»Tut mir leid, ihr zwei, heute wird das nichts. Eigentlich wollte ich meine Wohnung fertig einrichten, aber jetzt muss ich doch noch arbeiten. Der Karton ist voller Akten und Bücher, damit hab ich noch eine Weile zu tun. Aber nächstes Mal klappt's bestimmt, versprochen!«

»Okay, dann tschüss! Komm, Laura, dann gehen wir noch zu mir.« Und schon waren die beiden Mädchen das Treppenhaus hochgesprungen und hinter Katharinas Nachbartür verschwunden.

Katharina brauchte mit ihrem schweren Karton etwas länger zu ihrer Wohnung. Oben angekommen stellte sie den Karton vor der Tür ab und schloss auf. Sie hatte sich für den Abend tatsächlich noch einiges vorgenommen.

Katharina lächelte traurig vor sich hin, während sie die mitgebrachten Unterlagen auf dem Wohnzimmertisch ausbreitete. So eine Freundschaft war etwas Wunderbares. Wie wertvoll sie war, merkte man vor allem, wenn man sie verlor … Schnell versuchte sie, die dunklen Gedanken aus dem Kopf zu verbannen, denn sie wusste, wie tief sie sonst – wieder einmal – darin versinken würde. Das konnte sie sich heute nicht erlauben. Die Unterlagen hatte sie nicht umsonst mitgenommen. Nachdem Tobi am späten Nachmittag mit einigen neuen Erkenntnissen im Kommissariat aufgetaucht war, hatte sie sich vorgenommen, am Abend noch alles zu ihren eigenen ersten Analysen hinzuzufügen. Am nächsten Morgen wollte sie ihrem Chef ein erstes Profil präsentieren. Er sollte sehen, was sie konnte. Auch die Gedichtzeilen wollte sie gleich noch mit den vorhin im Kommissariat eingetroffenen Todeszeitpunkten der Opfer vergleichen.

Sie ging zum Kühlschrank, schenkte sich einen großzügigen Martini ein, schnappte sich zusätzlich eine große Flasche Wasser und machte es sich auf dem großen Sofa bequem. Unter Umständen lag noch ein langer, arbeitsintensiver Abend vor ihr, aber das war ihr egal. Katharina wollte Benjamin beweisen, dass sie hierher gehörte. Und sich selbst wollte sie beweisen, dass sie hier ihren neuen Lebensmittelpunkt gefunden hatte – es war endgültig Zeit für einen kompletten Neustart.

19.21 Uhr

Noch immer schüttelte ihn das Fieber. Diesmal war es stärker und wollte nicht vorübergehen. Es war das erste Mal, dass er es nicht anhaltend genießen konnte. Aber es war auch das erste Mal, dass ihm nach einem abgeschlossenen Fall wider Erwarten keine Pause vergönnt war. Und es war das erste Mal, dass er zwei Fälle auf einmal parallel im Kopf bearbeitete. Ja sogar den einen, der noch gar nicht dran war, gedanklich vorzog.

Den ganzen Tag über hatte er sich nicht konzentrieren können. Deswegen konnte er nichts gegen sich selbst tun und sich erst einmal zufrieden zurücklehnen, um seine letzte Tat gebührend zu genießen, so wie er es die ersten beiden Male getan hatte. Natürlich widerstrebte ihm das im Grunde, aber es war nicht zu ändern. Gestern noch hatte er sich Zeit lassen wollen, doch sein innerer Motor lief wie von selbst. Brachte ihm die Inspirationen und zwang ihn zum Handeln. Er wusste, woran das lag und hatte sich deswegen mit seinem Inneren schnell wieder versöhnt: Gestern, wie durch einen Blitz, war ihm endlich die finale Eingebung zuteil geworden, jetzt endlich gehörte die Besetzung für seinen letzten Akt so untrennbar perfekt zu ihm, wie Erinnerungen zu einem Menschen. So hatte er sich hochgequält, sein Arbeitsmaterial zusammengepackt und war doch noch einmal losgezogen. Obwohl sich der Tag bereits dem Ende zugeneigt hatte und es gut sein konnte, dass er unverrichteter Dinge wieder würde abziehen müssen. Dessen war er sich vorhin durchaus bewusst gewesen. Jetzt stand er mitten in der Altstadt an der Ecke eines kleinen Ladens, der allerlei getöpferten Schnickschnack, den keiner brauchte, verkaufte, und schaute sich scheinbar die Auslage durch das schlecht geputzte Schaufenster an, während er auf sie wartete: Sein letztes Opfer, über das er jetzt, getrieben durch sich selbst, die Recherche zur Vollendung seiner Kunst-Enzyklopädie angehen musste.

Sein Herz klopfte so stark unter der leichten Windjacke, dass er meinte, gleich würde es aus seinem Körper herausspringen, gegen die Schaufensterscheibe prallen und sie klirrend zerbersten lassen. Sicherheitshalber ging er einen Schritt zurück und nahm Abstand von der Scheibe. Gerade eben so viel, dass er nach wie vor als später Schaufensterbummler wahrgenommen werden konnte. Er war aufgeregt, wie zu früheren Dezemberzeiten, als er noch an den Weihnachtsmann geglaubt hatte. Aber immerhin ging es hier um die ersten konkreten Vorbereitungen für sein Meisterstück! Er schloss die Augen, atmete dreimal tief durch und befahl sich selbst, sich zu beruhigen. Er konnte sich keinen noch so winzigen Patzer erlauben. Als er seine Augen wieder öffnete, sah er sich einem Gesicht gegenüber, dessen Betrachtung er noch nie lohnenswert gefunden hatte. Es stellte nichts dar und heute war es noch grauer als sonst. Er runzelte die Stirn. Sein Spiegelbild, überzogen von Schlieren, die es leicht verzerrten, tat es ihm gleich. Schnell schaute er weg und konzentrierte sich auf das, was da hoffentlich gleich kommen würde.

Er hatte sich wieder in der Gewalt und fühlte sich nun auf seinem Beobachtungsposten wie eine urbanisierte Raubkatze auf der Pirsch. Allerdings mochte er generell keine Tiere. Er hatte sie früher zu sehr bewundert, und das war ihm noch immer zuwider: Einem Geschöpf Bewunderung zollen – bah! Bewunderung hieß, Angst haben. Kuschen. Heutzutage hatte er seinen Weg, sein Auskommen mit den Tieren gefunden, seine Angst überwunden, indem er sich selbst zum Tier gemacht hatte und noch darüber hinaus. Es war gar nicht so schwer gewesen. Er hatte sie einfach genau studiert. Und dann getötet. Inzwischen konnte er sein, was er wollte. Jegliches Tier in Menschengestalt konnte er leben, seinen menschlichen Verstand mit dem Instinkt des Tieres, in dessen Rolle er schlüpfte, verknüpfen und sich über alles in der Welt erheben. Mal war er eine Schlange, oft der schlaue Fuchs oder das anpassungsfähige Chamäleon und in Situationen wie dieser eine Raubkatze. Tiere folgten ihrem Instinkt. Sie kannten keine Hemmungen, sie kannten nur ihren Trieb, der hieß: Zum Überleben rauben oder sterben, töten oder getötet werden. Dabei waren sie nicht von ihrem Weg abzubringen. So wie er, was ihm auch den Umgang mit Menschen enorm erleichterte. Menschen negierten ihren Instinkt. Sie lernten es von klein auf und ließen sich deswegen von einem wie ihm auf einfachste Weise manipulieren, meist ohne es überhaupt zu bemerken. Er tat dies jeden Tag. Nicht erst, seit er seine Enzyklopädie in Angriff genommen hatte.

Die Erinnerung schoss ihm geradewegs in den Kopf: Er war noch ein Junge gewesen. Seinerzeit, als er herausgefunden hatte, wie er mit dem Phänomen des tierischen Lebens umgehen musste, um es zu verinnerlichen und zu beherrschen im doppelt gemeinten Sinne. Damals hatte seine Mutter ihn ins Bett gesteckt. Es war helllichter Tag gewesen, doch er hatte ein paarmal zu oft gehustet. So hatte sie ihm einen Holunderblütentee mit Honig in den Rachen gezwungen, einen Schal viel zu fest um seinen Hals geschnürt, die schwere Daunendecke und das Kissen aufgeschüttelt und ihn mitsamt eines feuchten Kusses auf seine unwillige Stirn in die Laken gedrückt. Bevor sie sein Zimmer verlassen hatte, hatte sie die Vorhänge zugezogen und ihm aufgetragen, zu schlafen. Natürlich hatte er es nicht getan. Er hatte die Augen aufgerissen und sich gezwungen, dem Schlafbefehl zu widerstehen. Er hatte seinen Blick im Zimmer schweifen lassen und den Lichtstrahl, der messerscharf und dünn wie eine Papierseite aus dem Spalt der Gardinen durch die Fenster drang, verfolgt. Er hatte angefangen, die feinen Staubflocken, die den Strahl umwirbelten, von oben nach unten zu zählen, wurde dann jedoch gestört. Ameisen. Überall Ameisen. In Reih und Glied, wie auf parallele Ketten geschnürt, kamen sie unter dem Schrank hervor und sammelten aus seinem Dreck ihre überlebensnotwendigen Vorräte zusammen. Der Strahl zeigte wie ein Pfeil auf das tierische Volk. Im ersten Moment ekelte er sich. Die Vorstellung, die Ameisen würden sich bald an ihm gütlich tun, hatte ihn sich schütteln lassen. Doch dann hatte er allmählich begriffen, warum das Schicksal ihn gerade jetzt ins Bett verbannt und den Strahl geschickt hatte. Und die Ameisen. Wie eine Welle war das Wissen sachte in ihm emporgestiegen. Er sollte es sehen. Er sollte verstehen. Er sollte sich den Strahl zunutze machen und durch die Ameisen lernen. Plötzlich hatte er gewusst, was er zu tun hatte und in Zukunft tun musste, um seine Überlegenheit deutlich und nach außen spürbar zu machen. Bis heute hatte er sich daran gehalten.

Den Strahl fixierend hatte er sich, damals noch in einem schmächtigen Körper steckend, langsam aus seinem Bett hervor gewühlt, war geräuschlos zu seinem Schreibtisch getappt, hatte die dort bereits wartende Lupe ergriffen und sie sacht in den scharfen Streifen Licht geschoben. Vorsichtig hatte er das Lupenglas justiert, den Strahl gebrochen, auf die mickrigen Tierchen gerichtet und seinen Lernauftrag ausgeführt. Er würde den sanften und doch so mächtigen Zisch, den das erste Insekt, der Anführer der ersten Kette, bei seinem Verenden von sich gab, niemals vergessen. Es war das Geräusch seiner eigenen Befreiung gewesen, der erste vernichtende Schritt zur Machtübernahme über alle Kreaturen.

Wie ein Wunder war er den Nachmittag über nicht in seinem Zimmer gestört worden und hatte sich ganz seiner Übung hingeben können. Die darauffolgenden Stunden hatte er trunken vor Glück damit verbracht, aus dem Zischen eine Art eigene Herrschafts-Musik zu komponieren. Jedes verendete Insekt war eine Note: Zisch-Pause-Zischzischzisch-Pause-Zisch… Er musste damals stark an sich halten, um nicht mitzusummen. Inzwischen hatte er sich besser im Griff.

Später hatte es in seinem Jungenzimmer verbrannt gerochen. Er hatte den Geruch in sich eingesogen. Er mochte ihn. Es war der Geruch seiner Macht, den er noch immer, auch hier ins Schaufenster blickend, schmecken konnte. Aber das war es nicht allein. Der Geruch sagte noch mehr über seine Tat aus: Er hatte über den Instinkt der Kreaturen gesiegt. Mit Verstand und Beharrlichkeit. Er hatte ihren vorherbestimmten Weg, von dem sie trotz der ausgehenden Gefahr nicht abweichen konnten, beobachtet und sie dann getötet – Zisch-Pause-Zischzischzisch.

Nach den Ameisen hatte er sich dann an größere Tiere herangewagt. Auch die hatte er über kurz oder lang besiegt. Den Hasen vom Hausmeister in der Schule, die täglich am Ufer der Ilmenau streunende Katze mitsamt ihren Flöhen und auch den Pudel der alten Frau, für die er stets einkaufen gehen musste, und der ihn Monate zuvor in die Hand gebissen hatte.

Heute war er vollkommen geschult, und die einstige quälende Bewunderung und Angst gegenüber Tieren war in Herrschaft über alle Lebewesen übergegangen, die er gerade jetzt wieder, in diesem Moment, in sich fühlte.

Das quietschende Geräusch einer schweren Tür unterbrach jäh seine Gedanken. Sein Kopf ruckte in die Richtung, aus der das Geräusch gekommen war, und er fühlte, wie die Knorpel in seinem Nacken knackten. Aber das war jetzt egal. Sein Herz machte einen Freudenhüpfer. Das Warten hatte sich gelohnt: Sie war es, die da eben aus der Mietshaustür trat. Er hatte sie sofort erkannt. Ihr kleiner Körper wirkte angespannt unter der Last der beiden Tüten, die sie mit sich schleppte. Sie rief noch etwas in das Treppenhaus hinein, was er über die Entfernung nicht verstehen konnte, dann schnappte die Tür hinter ihr zu, und sie ging in Richtung des steinernen Torbogens, dorthin, wo im Hinterhof des Hauses sicherlich die Mülleimer ihr schmutziges Dasein fristeten und in Kürze die Tüten aus ihren Händen schlucken würden. Er musste sich beeilen, damit sie nicht gleich aus seinem Blickfeld verschwand – schließlich konnte er ihr schlecht in den Hinterhof, in dem es auch Hinterhäuser mit Fenstern und neugierigen Menschen dahinter gab, folgen. Auch wollte er noch gar keinen weiteren Kontakt zu ihr. So reichte es ihm im Moment vollkommen. Sein innerer Auftrag war es heute lediglich, für seinen Karteikasten neue Fotos, die richtigen, die mit der perfekten Besetzung für sein Meisterstück, zu schießen. Die Kamera war schon bereit. Jetzt führte er sie an sein Auge und schoss mehrere Sequenzen in Folge von ihr. Die untergehende Sonne reflektierte das Licht auf ihren blonden Zöpfen, doch das würde später beim Betrachten nicht stören. Ihm kam es jetzt nicht auf die Qualität der Fotos an. Es zählte nur, sie schon einmal gefangen zu halten. Heute im Bild – bald schon mehr als das.

Kaum hatte er seine Fotos geschossen, verschwand die Kleine auch schon durch den Torbogen. Er schaute auf seine Armbanduhr. Es war fünf Minuten nach halb acht. Er fühlte kurz in sich hinein. Das Fieber war noch immer in ihm. Es war nicht stärker geworden, und so schnell würde es nicht gehen. Das wusste er, dennoch hatte er es die letzten Minuten überhaupt nicht in sich bemerkt. Jetzt, sich des Fiebers erneut bewusst, sehnte er sich wieder nach seinem Bett. Andererseits war er nun schon einmal hier draußen in Lüneburgs Gassen. Er müsste nur einen kleinen Schlenker auf seinem Nachhauseweg machen, dann könnte er der Alten auch noch einen kurzen Besuch abstatten. Ja, warum eigentlich nicht? Er würde diesen Fall einfach schnell hinter sich bringen und sich dann voll in sein Meisterstück, zu dem er jetzt gerade den ersten Schritt gesetzt hatte, stürzen. Ja, so war es richtig, so befahl es ihm sein Inneres, das keinen Zeitaufschub mehr duldete. Er würde einen Termin für morgen mit der Alten vereinbaren. Es würde gehen, das meiste hatte er hierfür ohnehin schon vorbereitet. Außerdem würde er heute noch ein paar zusätzliche Bilder von ihr knipsen – sie stand ihm doch so gern Modell, und seine Kamera hatte er sowieso dabei.

Er setzte sich in Bewegung und schlug die Richtung zur Michaeliskirche ein, in deren Nähe die ›Herberge Plus‹ lag, ein Obdachlosenwohnheim. Die Alte trieb sich um diese Uhrzeit stets dort herum. Nicht etwa, um noch einen Nachschlag aus der Suppenküche zu ergattern oder ein warmes Plätzchen, sondern um an dem hier eigens zu diesem Zweck errichteten Obelisken zu knien und ihres toten, nie aufgefundenen Saufkumpans zu gedenken. Wenn sie wüsste …!

20.34 Uhr

»Mann, war das lecker!« Alex schob den leeren Teller von sich weg und lehnte sich entspannt auf dem Sofa in Bens Wohnzimmer zurück. »Das war das beste Steak, das ich seit Langem gegessen hab, du Meisterkoch!«, fügte er hinzu und strich sich über den gut gefüllten Bauch.

Ben lächelte vor sich hin, während er das schmutzige Geschirr in die Küche brachte. Es war gut, dass Alex gekommen war. Allein seine Gegenwart brachte Ruhe und Bodenhaftung in Bens Gedanken. Alex hatte pünktlich um 19.00 Uhr in der Tür gestanden, zuverlässig wie eh und je. Auch er schien sich sehr auf einen Männerabend mit seinem besten Kumpel gefreut zu haben und übertrug seine gute Laune auf Ben. Während die Steaks in der Pfanne brutzelten und Ben sich um die restlichen Zutaten gekümmert hatte, waren die Gespräche fröhlich und oberflächlich geblieben. Das übliche Geplänkel, nachdem man sich einige Zeit nicht gesehen hatte. Als Ben nun ins Wohnzimmer zurückkehrte, sah Alex ihn erwartungsvoll an. »So, mein Freund – nun schieß mal los. Du sagtest, es gibt Neuigkeiten?«

»Ja, das kann man wohl sagen – ob du es glaubst oder nicht, Benedict ist wieder da!«

»Ach Quatsch!« Alex' Gesicht zeigte eine Mischung aus Überraschung und Misstrauen. »Einfach so? Oder steckt er wieder in der Klemme und braucht deine Hilfe? Wäre ja irgendwie nicht so ganz unwahrscheinlich, nach allem, was er sich geleistet hat.«

»Ich weiß schon, was du meinst«, räumte Ben ein. »Aber ich glaube tatsächlich, dass er sich geändert hat. Er stand plötzlich zufällig vor mir, ich wusste bis dahin selbst nicht, dass er wieder in Lüneburg ist. Und du kannst mir glauben, das war nicht gerade die angenehmste Situation. Aber inzwischen haben wir geredet. Er hat hier einen Job und er scheint es ernst zu meinen. Hoffe ich wenigstens …«

Ben schenkte Alex und sich selbst etwas von dem guten Rotwein nach, den er extra bei seinem Lieblingsweinhändler in der Altstadt nahe des Rathausmarktes für diesen Abend besorgt hatte. »Halt mich meinetwegen für verrückt, aber er ist, glaub ich, erwachsen geworden.«

Alex betrachtete seinen besten Freund von der Seite. »Dein Wort in Gottes Ohr, Ben. Ich hoffe, du täuschst dich nicht.«

Alex hatte einen Großteil seiner Jugend mit den Zwillingen verbracht, jedoch Benjamin von Anfang an näher gestanden als Benedict. Die Geschichte, die Benedict dann abzog, bevor er die Stadt verließ, hatte Alex ihm nie verziehen. Zu direkt hatte er mit ansehen müssen, wie es Ben dabei ergangen war. Ebenso wie er in vorderster Front miterlebt hatte, wie einige Jahre später Bens Ehe auf hässliche Art in die Brüche gegangen war. In seinen Augen war es höchste Zeit, dass Benjamin mal auf der Sonnenseite des Lebens stand, und diese Neuigkeiten schienen für ihn nicht die besten Voraussetzungen dafür zu sein.

»Und wie steht's mit der neuen Kollegin? Die müsste doch inzwischen bei dir angefangen haben, oder?«, versuchte Alex das Thema zu wechseln, unwissend, dass er damit in das nächste Minenfeld trat. Doch Ben war froh, endlich einmal über all die Geschehnisse der letzten Tage reden zu können. Zumal Alex, der im nahegelegenen Hamburg als Werbeleiter einer großen Versicherung sein Geld verdiente, zwar sein bester Freund, aber in diesem Fall ein Außenstehender war.

22.45 Uhr

Im Gegensatz zu seiner ersten Abendschicht an der Bar hatte Bene heute nicht allzu viel zu tun, und so war es für ihn okay, dass seine Kollegin Jana Helm ihn nach wie vor nicht unterstützte. Die Vertriebstruppe war am Morgen abgereist, und sonst hatten bisher nur wenige Gäste den Weg zu ihm gefunden. Natürlich, hier und da hatten einige draußen auf der Hotelterrasse gesessen, doch die meisten waren nach einem kleinen Cocktail weitergezogen. Das lag sicherlich an dem ungewöhnlich warmen Maitag mit knapp über 25 Grad Celsius, den sie heute wieder gehabt hatten: Das typische Wetter, das die Menschen an den Stint zog – das über Niedersachsens Grenzen hinweg bekannte Lüneburger Kneipenviertel. Bene hatte dort früher selbst viele Abende und lange Nächte verbracht, allerdings nicht nur bei solch herrlichem Wetter wie in diesem sprichwörtlichen Wonnemonat.

Eben gerade hatte der letzte Gast gezahlt, und Bene trat hinter seiner Bar von einem Fuß auf den anderen, wie bestellt und nicht abgeholt. Die Flaschen auf den Regalen standen in Reih und Glied mit dem Etikett fein säuberlich nach vorn gerichtet, alle Gläser waren gespült und der Tresen blitzblank poliert. Bene langweilte sich – ein Zustand, den er überhaupt nicht leiden konnte, aber er würde hier ausharren müssen, bis seine Schicht beendet war. Frühestens um 1.00 Uhr, spätestens um 3.00 Uhr – so stand es in seinem Arbeitsvertrag.

Gelangweilt schnappte er sich den Lüneblick vom heutigen Tag. Gleich auf dem Titel sprang ihn die Schlagzeile über den gestrigen Mord an: ›Wieder eine Tote in der Region Lüneburg – die Polizei tappt im Dunkeln.‹ Bene las den Artikel aufmerksam bis zum Ende durch. Der Reporter, kein anderer als Toffi, alias Christofer Saalbach, hatte nicht an entsetzlichen Einzelheiten bei der Beschreibung der Leiche von Lara J. gespart. Lara J.: Bene dachte sofort an Lara Jüssen. Mit Mädchennamen hatte sie früher Diekmann geheißen. Toffi dürfte sie auch gekannt haben, zumal in dem Artikel ein paar Dinge standen, die sehr gut auf Lara passten. Außerdem kam Lara aus Lüneburg und war schon zu Jugendzeiten ein echt heißer Feger und bei der Wahl ihrer Männer nicht gerade zimperlich gewesen. Obwohl, wenn Bene es sich recht überlegte – diesen widerlichen Schleimer Toffi hätte wohl selbst Lara Diekmann, verheiratete Jüssen, nicht einmal mit der Kneifzange angefasst. Vielleicht war der Artikel deshalb so boshaft geschrieben? Toffi hatte nämlich nicht nur über das Aussehen von Lara, den Mord und den Fundort der Leiche berichtet, sondern auch schmutzige Details aus Laras Privatleben veröffentlicht. Da war zum Beispiel die Behauptung, dass Lara ihrem Gatten untreu gewesen war und eine Affäre mit einem Geschäftsmann aus Bardowick gepflegt hatte.

Irgendwie huschten Benedicts Gedanken plötzlich zu Katharina. Sie wurde zwar mit keinem Wort im Artikel erwähnt, aber als Bene über Lara nachsann, erschien plötzlich die Kommissarin vor seinem inneren Auge. Er versuchte, das Bild der rothaarigen Kommissarin zu verdrängen, doch es gelang ihm nicht. Zäh wie ein Kaugummi flutschte es immer wieder nach vorn. Katharina war so ganz anders als Lara. Ein bisschen erinnerte sie Bene an Julie. Wenn die beiden sich kennen würden, wären sie vermutlich gute Freundinnen. Ohne lang darüber nachzudenken, griff Bene jetzt in seine Hosentasche, holte sein Handy hervor und wählte die Nummer der Telefonauskunft. Was sollte schon passieren? Mehr als eine Abfuhr konnte er sich schließlich nicht holen. Tatsächlich fand die Auskunft rasch die gewünschte Nummer. Bene ließ sich direkt weiterverbinden und gleichzeitig die von ihm erfragte Telefonnummer nebst Adresse auf sein Handy senden. Es klingelte mehrmals, bevor jemand am anderen Ende den Hörer abnahm.

»Von Hagemann«, meldete sich eine zurückhaltende Stimme.

»Katharina? Ich bin's, Bene.«

Bene hatte seine wenigen Worte langsam ausgesprochen, weil er selbst nicht so genau wusste, was er eigentlich mit seinem Anruf bezwecken wollte. Jetzt war er verstummt und wartete gespannt darauf, wie Katharina reagieren würde.

»Bene? Benedict Rehder? Damit hab ich ja nun gar nicht gerechnet!«

Zumindest wirkte Katharina nur überrascht, aber keineswegs abweisend, was Bene mit Genugtuung registrierte.

»Ich hoffe, du hast noch nicht geschlafen und ich stör dich nicht. Es ist ja schon ziemlich spät.«

»Nein, du störst nicht, und äh, ich hab noch nicht geschlafen. Ich arbeite noch. Was … was kann ich für dich tun?«, antwortete Katharina nun doch etwas reserviert. Sie konnte sich überhaupt keinen Reim darauf machen, warum Bene sie anrief. Und woher hatte er ihre Telefonnummer? Sie erinnerte sich nicht daran, sie ihm gegeben zu haben. Bevor sie weiter darüber nachdachte, hatte ihr Mund auch schon die Worte hervorgebracht: »Woher hast du eigentlich meine Nummer? Hat dein Bruder … hat Ben sie dir gegeben?«

Bene konnte sich einen Lacher nicht verkneifen: »Ben? Nein, so dicke, dass er mir die Nummer seiner Kollegin gibt, sind wir noch nicht wieder. Ich hab sie von der Auskunft. War also ganz einfach und ganz anonym, falls es das ist, was du wissen willst.«

»Nein, also, ja, ach so«, stotterte Katharina in den Hörer. Dann fing sie sich wieder: »Also: Was kann ich für dich tun?«

Nun war es an Bene, herumzustottern: »Ich… ich dachte, na ja, also wenn du Lust hast, dachte ich, dass wir uns noch kurz auf einen Absacker oder so sehen könnten?«

»Oh. Ach so. Ähem, das ist … das wär …« Katharina wusste nicht, was sie antworten sollte. Hatte sie Lust, Bene zu sehen? Hatte sie nicht gerade gestern noch gedacht, dass er genau der Typ Mann war, der Aufruhr in ihr Leben bringen würde, auf den sie gern verzichten könnte? Auf der anderen Seite hatte sie seit ihrer gemeinsamen Nacht immer wieder an Bene denken müssen. Katharina ließ ihren Blick über ihren Wohnzimmerboden schweifen, auf dem lauter Papierstapel, Bücher und geöffnete Ordner herumlagen: Das Profil, das sie vom Serientäter erstellen wollte, war fast fertig, und Bene war auf jeden Fall eine willkommene Abwechslung von den üblen Dingen, mit denen sie sich gerade beschäftigte. Und was sollte es schon? Treffen konnte sie Bene ja, aber auf den Absacker würde sie diesmal verzichten. Zumindest wenn er aus Alkohol bestand.

Katharina seufzte einmal tief auf, dann sagte sie: »Okay. Treffen wir uns. Allerdings hab ich noch eine Weile zu arbeiten. So in zwei Stunden? Aber nur kurz, ich muss morgen früh raus.«

Katharina hatte so lang geschwiegen, dass Bene nicht mit einer Zusage gerechnet hatte. Vielmehr hatte er sich schon auf eine Abfuhr eingestellt, deswegen war seine Freude nun umso größer: »Toll! Und eine Stunde: Das passt perfekt! Ich muss bis ein Uhr arbeiten. Heute ist hier nicht viel los. Und wenn du nicht so lang willst – was hältst du davon, wenn ich nachher einfach bei dir vorbeikomme? Dann musst du nicht mehr raus. Den Absacker bring ich natürlich mit. Der geht aufs Haus.«

»Ja gut«, sagte Katharina gedehnt. Erst als Bene von ein Uhr gesprochen hatte, war ihr bewusst geworden, wie spät es bereits war. War sie denn verrückt geworden? Sie brauchte so dringend ihren Schlaf, und dass Bene nach einer halben Stunde wieder gehen würde, glaubte sie selbst am wenigsten. Allerdings würde sie später sicherlich sowieso nicht gleich schlafen können. Dafür war das Thema, an dem sie arbeitete, zu aufwühlend. Außerdem mochte sie jetzt keinen Rückzieher mehr machen. Das wäre ihr vor Bene irgendwie peinlich gewesen. Wieso, wusste sie selbst nicht so genau. Vielleicht, weil es so wenig tough gewirkt hätte. Katharina zog ihre Schultern hoch, stieß einen kaum hörbaren Seufzer aus und nannte Bene ihre Adresse. Bene unterbrach sie nicht, um ihr zu sagen, dass er die Anschrift bereits von der Auskunft bekommen hatte. Vielmehr tat er so, als würde er Katharinas Adresse notieren.

23.57 Uhr

Als Ben die Tür hinter Alex schloss, fühlte er sich extrem erleichtert. Er hatte in Ruhe erzählt, und sein Freund hatte zugehört. Einfach nur zugehört und verstanden. Sie hatten beide schon immer eine sehr ähnliche Denkweise gehabt, was viele Erklärungen zwischen den Zeilen überflüssig machte. Den ganzen Abend hatten sie geredet. Über Bene, über Katharina, über die Mordfälle. Und über Julie.

Alex war der Einzige, der damals alles mitbekommen hatte, auch Julies Schwangerschaft kurz nach Benes Weggang aus Lüneburg. Ben hatte ihm nie konkret gesagt, wer der Vater war, doch ihm war von Anfang an klar, dass Alex es wusste, jedoch genug Feingefühl besaß, nie eine verbindliche Aussage dazu zu fordern. So hatte Ben sein Versprechen gegenüber Julie nie brechen müssen und hatte trotzdem gewissermaßen einen Vertrauten. Das hatte ihm in den Jahren sehr geholfen und er war in der Vergangenheit auf diese Weise ganz gut damit klar gekommen, doch jetzt lag ihm dieses Thema erneut schwer im Magen, denn er wusste nicht, wie er die Sache angehen sollte. Jetzt, da Bene wieder in der Stadt war. Sollte er sie überhaupt angehen oder lieber passiv abwarten?

Ben schenkte sich noch einen letzten Schluck Rotwein ein, sah aus dem Fenster über die Lichter der sommernächtlichen Stadt und begriff, dass er dieses Problem heute nicht mehr würde lösen können. Er leerte das Glas, stellte es in die Küche und machte sich auf den Weg ins Schlafzimmer. Höchste Zeit, ein paar Stunden zu schlafen, ohne dass wirre Gedanken ihn daran hindern konnten. Ben hoffte darauf, dass der Rotwein dabei helfen würde, denn bereits in wenigen Stunden warteten drei Mordfälle darauf, geklärt zu werden.

Wie doch so still dir am Herzen
Ruhet das Kind!
Weiß nicht, wie Mutterschmerzen
So herbe sind.
Auf Stirn und Lippen und Wangen
Ist schon vergangen
Das süße Rot;
Und dennoch heimlicherweise
Lächelt es leise –
Leise
Küsset der Tod.

(Emanuel Geibel)

KAPITEL 5: DONNERSTAG, 05. MAI 2011

01.12 Uhr

Katharina hatte die vielen Papiere auf ihrem Fußboden im Wohnzimmer zu zwei Haufen zusammengelegt. Den kleineren würde sie morgen mit ins Kommissariat nehmen und den weitaus größeren hoffentlich bald hier zu Hause in einem Regal verstauen können, das sie allerdings noch kaufen musste. Als sie gerade über die mögliche Größe des Regals nachdachte, klingelte es an der Tür, und zwar gleich viermal. Was war das denn für eine Eigenart – etwa Benes spezielle Art von Humor? Bevor Katharina den Summer für die untere Eingangstür betätigte, schaute sie noch schnell in den mannshohen, mit einem dicken verschnörkelten Goldrahmen eingefassten Spiegel, den sie gleich bei ihrer Ankunft in der neuen Wohnung von den Möbelpackern hatte aufhängen lassen. Er war eines der wenigen Erinnerungsstücke, die sie aus ihrem Elternhaus mitgenommen hatte – damals nach München und jetzt hierher nach Lüneburg: ein Erbstück ihrer Großmutter, an der Katharina sehr gehangen hatte. Der Spiegel zeigte ihr ein fahles Gesicht, umrahmt von zerzausten Locken. Katharina zog sich selbst eine Schnute. Jetzt war es eh zu spät, sich noch herzurichten. Bene würde so mit ihr vorlieb nehmen müssen.

Als Katharina Schritte auf der Treppe ausmachen konnte, öffnete sie die Tür und trat einen Schritt zur Seite. Gegen ihren Willen war sie aufgeregt, und ihr Herz klopfte so laut, dass sie meinte, Bene müsste es hören. Unwillkürlich trat sie noch weiter zurück, lächelte ihm zaghaft zu und sagte: »Nur hereinspaziert«, als wäre es das Normalste von der Welt, um diese Uhrzeit noch Besuch zu empfangen. Aber was Besseres fiel Katharina einfach gerade nicht ein. Sie war schon froh, überhaupt einen Ton herauszubringen. Bene hingegen schien alles andere als gehemmt. Selbstbewusst trat er auf Katharina zu, umarmte sie und drückte ihr ein Küsschen auf die Wange. Dann schwenkte er mit hoch erhobenem Arm eine Tüte in der Luft.

»Martini, Oliven und eine Flasche Prosecco, falls dir eher danach ist. Nur Eis hab ich keines dabei. Dafür bist du zuständig«, erklärte er und strahlte sie aus seinen blauen Augen an.

»Oh, dann meintest du das also ernst mit dem Absacker? Also, ich werde da passen und mich an Wasser halten. Ich möchte einen klaren Kopf behalten«, erwiderte Katharina, während sie ins Wohnzimmer vorausging. Darum sah sie auch nicht Benes auf ihr ruhenden Blick, als er in ihrem Rücken fragte: »So schlimm?«

Bene meinte Katharinas Arbeit, doch sie missverstand ihn. Abrupt blieb sie stehen, drehte sich zu ihm um und erklärte: »Nein, so hab ich das doch nicht gemeint. Das mit uns neulich, das … das war sehr, äh, schön und ich mag dich. Aber ich meine, wir kennen uns doch noch gar nicht und, also, was ich eigentlich sagen will, ist … Also ich muss morgen einfach einen klaren Kopf haben, wegen dieser Morde und …«

Bene musste schmunzeln. Er fand Katharina richtiggehend süß, als er sie so in Erklärungsnotstand sah, wobei *süß* normalerweise nicht zu seinem Wortschatz gehörte. Vor allem dann nicht, wenn er eine attraktive Frau beschrieb, und dass Katharina attraktiv war, konnte er auch jetzt nicht leugnen, obwohl sie gerade etwas müder aussah, als bei den bisherigen wenigen Gelegenheiten, an denen er sie getroffen hatte. Doch dieses Zerstreute stand ihr. Sie wirkte verletzlich, und Benes Beschützerinstinkt regte sich. Aus dieser Regung heraus zog er sie sanft an sich und küsste sie, ohne groß nachzudenken oder gar zu fragen. Katharina ließ es geschehen.

08.30 Uhr

Sowohl Katharina als auch Ben sahen übernächtigt aus, als sie sich, zusammen mit dem recht munteren Tobi, an den Besprechungstisch im Kommissariat setzten. Als Tobi dahingehend eine süffisante Bemerkung machte, ob die beiden zusammen die Nacht zum Tage gemacht hätten, ahnte er nicht, wie nah er der Wahrheit war. Mir nichts dir nichts knallrot geworden, erklärte die Kommissarin forsch, dass sie bis nach Mitternacht über ihren Aufzeichnungen und den Akten gehockt hatte, um sich ein Bild des gesuchten Serienmörders zu machen. Was danach geschehen war, ließ sie geflissentlich weg. Rehder brummte nur unwirsch in Tobis Richtung, für solch derbe Witze habe er jetzt nicht die Muße, und forderte Katharina mit einer Handbewegung auf, ihre Ergebnisse zu präsentieren. Katharina schob den Gedanken an die letzten Stunden ihrer Nacht rasch beiseite und sammelte sich kurz. Sie stand unter Druck. Es musste ihr gelingen, ein anständiges Profil des Täters verständlich darzulegen. Um ihn schnell zu finden, um Ben von ihrer Professionalität zu überzeugen, um sich selbst zu beweisen, dass sie es konnte. Sie kam sich zwischenzeitlich vor wie das junge Mädchen, das genau diesen Druck jahrelang von seinem Vater hatte ertragen müssen. Davon hatte sie sich befreit, als sie von Hamburg nach München gegangen war. Und wofür? Dafür, dass sie sich nun selbst damit quälte! Schnell kippte sie den starken Kaffee hinunter, verdrängte die Erinnerung an die Auseinandersetzungen mit ihrem Vater und sah Ben so selbstsicher an, wie es ihr in diesem Moment möglich war.

»Katharina, was kannst du uns über unseren Täter sagen?« Ben sah sie gespannt und auffordernd an.

»Na ja, ich bin noch nicht ganz damit durch, aber in den Ansätzen bin ich mir … ziemlich sicher.« Verdammt! Katharina ärgerte sich über sich selbst. Genau diese Unsicherheit hatte sie auf Teufel komm raus vermeiden wollen.

»Also, ich bin mir sicher bezüglich folgender Randdaten«, versuchte sie es erneut und mit deutlich kräftigerer Stimme. »Unser Täter ist definitiv ein Mann, aber da waren wir uns vermutlich ohnehin wegen des zum Teil brutalen Vorgehens einig.«

Katharina konnte förmlich sehen, wie ihr Chef innerlich stöhnte. Für diese wenig überraschende Einsicht brauchte er keinen Profiler und schon gar keine neue Kollegin, die ihre Zeit mit Dingen verschwendete, die sie offensichtlich überforderten. Genau diese Gedanken vermutete sie in seinem Kopf und sie konnte es sogar verstehen. Noch so eine ›Erkenntnis‹, und er würde das Ganze abbrechen. Doch dazu würde sie ihm keine Gelegenheit geben.

»Unser Mann ist zwischen 30 und 50, eher unscheinbar. Er würde gern im Mittelpunkt stehen, schafft es aber im normalen Leben nicht. Er hat ein geregeltes Leben, vermutlich sogar einen nicht allzu schlechten Job, aber eben nichts, womit er wirklich hervorsticht. Denn genau das versucht er jetzt durch die akribisch geplanten Morde. Die Nummer mit den Gedichten zeigt, dass er sehr überlegt und vor allem geplant handelt. Er ist kein spontaner Mensch und kann mit überraschenden Situationen vermutlich schlecht umgehen. Gleichzeitig spricht diese Herangehensweise dafür, dass wir es mit einem ziemlich intelligenten Kerl, höchstwahrscheinlich studiert, zu tun haben, der jedoch in festen Strukturen denkt und aller Wahrscheinlichkeit nach auch lebt. Er überlässt nichts dem Zufall und könnte mit diesem auch nur schlecht umgehen.« Katharina merkte, dass sie sich in Rage geredet hatte und spürte, dass Hitze in ihr aufstieg. Die Folge davon kannte sie: rote Flecken verteilten sich dann über ihren Hals, für jeden deutlich sichtbar. Sie hasste das, konnte es aber nicht steuern. Zumindest hatte sie jetzt aber das Ergebnis ihrer nächtlichen Arbeit rausgebracht.

»Nicht schlecht, Kollegin! Die Nachtschicht scheint sich gelohnt zu haben«, unterbrach Tobi das auf Katharinas Worte folgende Schweigen. »Und wie ist sein Sternzeichen?«, setzte er grinsend hinzu.

»Keine Zeit für Späße, Tobi«, unterbrach Ben seinen Kollegen und zog unwillig seine rechte Augenbraue hoch. »Aber ich gebe ihm recht, Katharina. Das war saubere Arbeit und ein gutes, erstes Täterprofil.«

»Das Sternzeichen werden wir spätestens dann kennen, wenn wir ihn haben! Allerdings tippe ich auf Jungfrau, denn das passt zu solchen Typen. Ich hoffe, ich trete damit jetzt keinem der Anwesenden auf den Schlips!«, erwiderte Katharina deutlich frecher, als sie eigentlich wollte. Warum musste Tobi sie aber auch provozieren?

Tobias räusperte sich gekünstelt: »Doch, mir. Ich bin nämlich Jungfrau. Zumindest vom Sternzeichen her.« Er lachte, doch es klang nicht ganz ehrlich.

»Sorry, Tobias, das musst du abkönnen. Ich bin mir absolut sicher mit dem, was ich euch eben gesagt habe. Aber mehr war in der Kürze der Zeit noch nicht drin. Ich hoffe, dass wir noch weitere Hinweise bekommen, die ich einbringen kann, und werde natürlich dran bleiben.« Katharina sah Ben nun direkt an, obwohl es ihr schwerfiel, doch sie glaubte, in seinen Augen zum ersten Mal so etwas wie ehrlichen Respekt zu erkennen. Und irgendwie auch einen Ansatz von Sympathie …

15.47 Uhr

Katharina ging forschen Schrittes durch die Große Bäckerstraße, ohne die vielen einladenden Geschäfte und den Trubel in der belebten Fußgängerzone auch nur eines Blickes zu würdigen. Sie wollte einfach nur in ihre Wohnung, nach Bummeln stand ihr nicht der Sinn. Das hätte ihr schlechtes Gewissen nur noch verstärkt. Ben Rehder hatte sie für heute nach Hause geschickt, mit dem tatsächlich freundlich wirkenden Hinweis, dass die Nachtschicht für die Erstellung des Profils ihre Spuren hinterlassen habe, und sie erst morgen früh wiederkommen solle. Bis dahin würden er und vor allem Tobi weitermachen. Nur Katharina selbst konnte das schlechte Gewissen erklären, denn sie allein wusste, dass ihr Schlafmangel nicht ausschließlich mit ihrer Tätigkeit als Profilerin zu tun hatte. In der Tat war sie aber zu müde gewesen, um sich der gut gemeinten Anweisung ihres Chefs zu widersetzen. Also hatte sie ihre Sachen gepackt und sich auf den Weg nach Hause gemacht. Nach Hause …

Sie bog in die Münzstraße ein. Die Straße, in der sie seit ihrer Ankunft ein neues Zuhause zu finden versuchte. Doch das begehrte Gefühl von ›nach Hause kommen‹ war für die junge Kommissarin noch in weiter Ferne. Sie fragte sich, ob sie das hier überhaupt erreichen würde, und schalt sich selbst gleichzeitig für ihre Ungeduld. Was hatte sie denn erwartet? Dass sie nach wenigen Tagen in einer neuen Stadt, nach allem was passiert war, einfach einen sauberen Neustart hinlegen würde? Sie musste einfach ihre Erwartungen zurückschrauben, sonst würde sie hier nie glücklich werden. Und dabei war sie in der vergangenen Nacht für ein paar kurze Stunden gar nicht so weit davon entfernt gewesen … vom glücklich sein … Katharina hing noch immer ihren Gedanken nach, als sie die schwere Haustür des Mehrfamilienhauses aufschob und den Schlüssel zu ihrer Wohnungstür aus der Tasche zog. Die Tür zur Nachbarwohnung war nur angelehnt, und sie glaubte, die Stimme ihrer Nachbarin Juliane und ein weinendes Kind zu hören. Gerade als Katharina den Schlüssel ins Türschloss schieben wollte, hörte sie Juliane aufgeregt, aber bestimmt sagen: »Dann rufe ich jetzt die Polizei!«

Das konnte Katharina beim besten Willen nicht ignorieren. Mit zwei Schritten war sie an Julianes Wohnungstür angelangt, klopfte beherzt an die offene Tür und rief: »Juliane, Leonie – alles in Ordnung bei euch? Ich bin's, Katharina von nebenan!«

Sie hatte das letzte Wort kaum beendet, als Juliane mit geröteten Wangen und leicht panischem Blick vor ihr stand und sagte: »Laura ist verschwunden – sie ist weg, einfach weg!«

Mit den Worten »Ich bin Polizistin, und du erzählst mir jetzt erstmal alles in Ruhe«, schob Katharina ihre Nachbarin mit sanftem Druck in deren Wohnzimmer, wo Leonie mit einer weiteren Frau, deren Gesicht tränenüberströmt war, auf dem Sofa saß.

»Das ist Yvonne, Yvonne Ronneburg, die Mutter von Laura«, erklärte Juliane. Und an Yvonne gewandt: »Das ist Katharina, meine neue Nachbarin. Sie sagt, sie ist Polizistin und wird uns sicher helfen können. Nicht wahr?«

Juliane schaute Katharina mit einem flehenden Blick an. Dann wanderten ihre Augen auffordernd zurück zu Yvonne. Lauras Mutter war jedoch allem Anschein nach nicht in der Lage, mehr zur Situation zu erklären. Sie schluchzte auf und verließ das Wohnzimmer in Richtung Bad, wie Katharina vermutete. Etwas irritiert war sie darüber schon, denn das Verhalten erschien ihr extrem panisch für den jetzigen frühen Zeitpunkt. Doch Julianes Worte erklärten die Reaktion der jungen Mutter sofort: »Yvonne ist Witwe. Ihr Mann ist vor zwei Jahren bei einem Autounfall ums Leben gekommen. Na ja, und jetzt hat sie natürlich umso mehr Angst um Laura.«

»Das verstehe ich vollkommen«, erwiderte Katharina und musste schlucken. Dann war sie wieder ganz Polizistin: »Aber jetzt erzählt mir doch bitte erst einmal, was überhaupt passiert ist, okay?«

Bereits wenige Minuten später konnte Katharina sich ein besseres Bild von der Lage machen. Leonie und Laura waren nach der Schule wie immer ein Stück ihres Heimweges zusammen gegangen und hatten sich dann in der Großen Bäckerstraße getrennt. Leonie musste rechts herum, um dann etwas später links in die Münzstraße einzubiegen. Laura ging die Große Bäckerstraße links entlang in Richtung Bardowicker Straße, wo sie mit ihrer Mutter in einem Mehrfamilienhaus neben der Tankstelle wohnte. Die Mädchen hatten sich wie üblich – so hatte Leonie es ihrer Mutter geschildert – noch zugewunken und sich für den Nachmittag zum Spielen bei Leonie verabredet. Als Lauras Mutter um 15:00 Uhr von der Arbeit gekommen war, hatte sie eine leere Wohnung vorgefunden. Normalerweise saß Laura am Küchentisch und machte dort ihre Hausaufgaben. Oft ging sie auch direkt nach der Schule mit zu Leonie, aber nie, ohne das vorher mit ihrer Mutter abzusprechen. Yvonne hatte spontan gedacht, sie hätten sich vielleicht missverstanden, doch als sie bei Juliane anrief, um zu fragen, ob Laura dort sei, musste sie mit Erschrecken feststellen, dass hier mehr als ein simples Missverständnis vorlag. Sie hatte sofort bei anderen Freundinnen von Laura angerufen, doch niemand hatte sie nach der Schule noch gesehen. Daraufhin hatte Yvonne einen Zettel für Laura auf dem Küchentisch hinterlassen, falls sie dort auftauchen würde, und war dann im Laufschritt bei Juliane angekommen.

»Ist das schon mal vorgekommen, also ich meine, könnte es vielleicht sein, dass Laura weggelaufen ist?«, fragte Katharina vorsichtig.

»Nein, auf gar keinen Fall!« Yvonne kam gerade ins Wohnzimmer zurück und sah Katharina nicht unfreundlich, aber sehr bestimmt an. »Laura würde niemals einfach wegbleiben, ohne mir Bescheid zu geben. Und wir hatten auch keinen Streit, der ihr einen Grund zum Weglaufen gegeben hätte, falls das die nächste Frage gewesen wäre!«

Katharina wusste, dass Eltern diese Variante in der Regel immer zuerst abstritten, aber ihr Gefühl sagte ihr in diesem Fall, dass Yvonne weder log noch übertrieb. Sie schien sich absolut sicher zu sein, dass ihrer Tochter etwas zugestoßen war.

»Katharina, wie geht es denn jetzt weiter?« Juliane sah ihre Nachbarin fragend an. »Gerade als du gekommen bist, wollte ich einen Freund anrufen, der bei der Polizei ist. Ben Rehder – vielleicht kennst du ihn ja.«

Katharina versuchte so gut es ging, ihre maßlose Überraschung zu überspielen: »Ja, könnte man sagen … er ist mein Chef. Ich werde ihn selbst informieren, okay? Eigentlich ist es für eine Vermisstenanzeige noch zu früh, aber in diesem Fall… Ich bin gleich wieder da.«

Mit diesen Worten stand sie auf und ging auf den Hausflur hinaus. Was war das wieder für ein merkwürdiger Zufall, dass Ben nun ausgerechnet ihre Nachbarin kannte? War Lüneburg so klein, dass hier jeder jeden kannte? Aber das sollte im Moment nicht ihre Gedanken blockieren. Sie wählte die Durchwahl ihres Chefs, der schon nach dem zweiten Klingeln am Apparat war: »Rehder, Kripo Lüneburg?«

»Ich bin es, Katharina. Pass auf, ich mache es kurz: Meine Nachbarin ist Juliane, du scheinst sie zu kennen. Sie hat eine Tochter, Leonie, und die beste Freundin von Leonie ist seit ein paar Stunden spurlos verschwunden. Was soll ich …?«

Ben ließ Katharina ihren Satz nicht beenden, sondern

rief ihr ein schnelles »Ich bin gleich da!« entgegen und legte auf. Am anderen Ende der Leitung ließ er eine nun noch verwirrtere Katharina zurück, die sich fragte, ob sie diesen Mann wohl irgendwann würde einschätzen können.

16.39 Uhr

Ben war bereits wenige Minuten nach dem Anruf von Katharina in Julianes Wohnung angekommen. Dort hatte er sich die Situation kurz schildern lassen und es sogar geschafft, Lauras Mutter etwas zu beruhigen und sie dazu bewogen, in ihre eigene Wohnung zurückzukehren. Offiziell für den Fall, dass Laura dort auftauchen oder anrufen würde. Inoffiziell, weil er wusste, dass ein potenzieller Entführer sich vermutlich dort melden würde, um Kontakt aufzunehmen. Später würde er noch ein Team in die Ronneburg'sche Wohnung schicken, um eine Fangschaltung einzurichten. Natürlich wollte Ben nicht vom Schlimmsten ausgehen, doch er war schon zu lange bei der Polizei, um nicht alle Möglichkeiten im Auge zu haben. Außerdem kannte er Laura flüchtig durch Leonie und hielt es ebenfalls für unwahrscheinlich, dass die Kleine einfach so weggelaufen war. Leonie selbst hatte ihm gerade eben noch einmal glaubhaft versichert, dass es sich nicht etwa um einen dummen Streich handelte. Nötig wäre das nicht gewesen, denn er hatte Leonie ihre Angst angesehen, auch wenn sie bisher sehr tapfer mit der Situation umging.

Ben hatte Katharina gebeten, jemanden zu organisieren, der alle Krankenhäuser abtelefonierte und auch auf dem Präsidium nachzufragen, ob eventuell eine passende Unfallmeldung vorlag. So hatte er bisher auch noch nicht erklären müssen, woher er Juliane und Leonie kannte. Er war selbst allerdings mehr als überrascht gewesen, als er den Anruf seiner Kollegin entgegengenommen hatte. Was für ein eigenartiger Zufall, dass Katharina ausgerechnet in die Nachbarwohnung von Julie eingezogen war. Die ganzen letzten Tage waren merkwürdig. Zum einen diese furchtbare Mordserie; dann die unerwartete Rückkehr von Benedict; Katharina, die er nach wie vor nicht recht einzuordnen wusste … Es wurde Zeit für klare Verhältnisse – und Ben wusste, dass er selbst seinen Teil dazu beitragen musste. Wohl war ihm bei dem Gedanken daran allerdings nicht.

16.45 Uhr

Während Ben in der Küche mit Juliane sprach, hatte Katharina sich neben Leonie auf das Sofa gesetzt. Die Kleine war wirklich erstaunlich tapfer, wenn auch sehr still, was unter normalen Umständen bestimmt so gar nicht ihrem Wesen entsprach. Katharina wollte sie nicht mehr als nötig mit der Situation quälen, aber sie hoffte, durch die beste Freundin von Laura vielleicht noch irgendetwas herauszufinden, was ihnen bei der Suche nach dem verschwundenen Mädchen helfen könnte. So fragte sie: »Leonie, sag mal, weißt du noch, was Laura heute getragen hat, also ihre Kleidung, meine ich?«

Leonie wirkte beinahe forsch, als sie prompt antwortete: »Na klar, als Frau merkt man sich so was doch immer!«

Katharina musste ein Schmunzeln unterdrücken, doch schnell riss sie sich zusammen. Es war momentan einfach nicht angebracht. Leonie fuhr direkt fort: »Wir hatten ausgemacht, dass wir heute beide einen Rock anziehen, weil das Wetter so schön ist. Ich hatte meinen Jeansrock an, und Laura einen blauen Stoffrock, wo unten so ganz kleine Rüschen dran sind. Der ist total chic! Und stell dir vor, Katharina – ohne uns abzusprechen, hatten wir beide das gleiche T-Shirt an. Das haben wir uns vor ein paar Wochen zusammen ausgesucht, mit *Hello Kitty* drauf! Das war lustig, weil wir ja auch den gleichen Schulranzen haben.«

Katharina stutzte, wusste aber selbst nicht so recht, warum. »Dann habt ihr euch ja heute ziemlich ähnlich gesehen, ihr zwei.«

»Klar, so wie es bei besten Freundinnen eben ist«, antwortet Leonie, als wäre es das Selbstverständlichste auf der Welt. »Aber Laura hatte keine Jacke dabei, und als ihr nach der Schule kalt wurde, hab ich ihr meine geliehen. Mir ist nämlich nicht so schnell kalt, und ich weiß, dass Laura die total toll findet, weil sie knallpink ist! Damit fällt man gleich immer auf und …«

»Moment mal kurz, Leonie«, fiel Katharina dem Mädchen ins Wort. »Mal sehen, ob ich das jetzt richtig verstanden habe: Du bist heute Morgen mit dieser coolen Jacke zur Schule gegangen, aber auf dem Rückweg hat Laura sie angehabt. Und ihr habt beide den gleichen Ranzen und hattet heute auch noch das gleiche T-Shirt an, ist das so richtig?«

»Ja, sag ich doch. Aber wieso willst du das so genau wissen?«

»Nur so«, versuchte Katharina abzulenken, »ich hab mir gerade vorgestellt, wie toll ihr zwei ausgesehen haben müsst!«

In Katharinas Kopf ratterte es. Ein Gedanke hatte sich festgebissen, aber sie wusste nicht, ob sie vielleicht voreilige Schlüsse zog. Auf jeden Fall musste sie mit Ben darüber sprechen. So schnell wie möglich!

16.53 Uhr

Bene sah auf seine Uhr. Wenn er pünktlich um 17.00 Uhr seine Abendschicht antreten wollte, musste er sich beeilen. Er setzte sich in Bewegung und lief die wenigen Ecken zum Hotel Heideglanz im Laufschritt. Hier und da kamen ihm schlendernde Passanten entgegen, denen er geschickt auswich. Kurz vor dem Hotel verlangsamte er sein Tempo wieder. Er hatte keine Lust, dass ihn zufällig einer der anderen Hotelangestellten oder gar der Direktor so abgehetzt ankommen sah – nach wie vor war es Bene sehr wichtig, sich einen zuverlässigen Ruf bei seinem neuen Arbeitgeber aufzubauen, und Pünktlichkeit und damit verbunden die weise Voraussicht, rechtzeitig von zu Hause loszugehen, gehörten für ihn dazu. Nur an der konsequenten Umsetzung musste er wohl noch etwas arbeiten. Vor dem Eingang des Hotels wurde Bene aber doch wieder nervös: Eine ältere Frau, die trotz des Wetters ein Kopftuch trug, mühte sich mit ihrem mächtigen Koffer ab und versperrte ihm den Hoteleingang. Als sie Bene Hilfe suchend ansah, blitzte etwas in ihren Augen auf, sie sagte jedoch nichts. Ihrer Kleidung nach sah sie zwar nicht wie ein typischer Hotelgast aus, doch sie wollte zweifelsfrei hinein. Da der Portier weit und breit nicht zu sehen war, nahm Bene kurz entschlossen die Sache selbst in die Hand. Mit einem großen Schritt war er bei der Frau, hob den Koffer an, der so schwer war, als ob sie ihr ganzes Hab und Gut darin verstaut hätte, und marschierte mit einem Seufzer ins Foyer. Die Frau folgte ihm mit gesenktem Kopf und murmelte etwas wie: »Danke. Solche Menschen findet man selten.«

Bene hörte kaum hin. Er hatte es eilig. Schnell ging er mitsamt dem Koffer an die Rezeption und stellte ihn dort ab. Als er mit einem zu der Frau gewandten kurzen Nicken an seinen Bartresen verschwinden wollte, hielt ihn die Kollegin vom Empfang mit den Worten »Wart mal kurz« auf. Sie beugte sich nach unten und hievte ein großes Paket hervor.

»Hier, das ist gerade für dich abgegeben worden«, gab sie etwas mürrisch von sich, musterte ihn leicht provozierend und setzte hinzu: »Ist übrigens nicht üblich, dass wir für euch irgendwelche privaten Sendungen in Empfang nehmen, nur dass das gleich klar ist! Was ist denn da überhaupt drin? Hast du dir bei eBay ein neues Outfit ersteigert?«

Bene nahm das Paket schweigend entgegen und verkniff sich einen bissigen Kommentar. Sah er vielleicht so aus, als würde er gebrauchte Klamotten von fremden Leuten bestellen? Egal, sollte die Tante vom Empfang denken, was sie wollte. Sie war sowieso nicht sein Typ. Er würde sich auch nicht provozieren lassen und vielleicht noch seinen Job riskieren. Diesmal nicht. Mit dem Paket im Arm ging er endlich an die Bar, verstaute es dort in einer Ecke, band sich seine lange, dunkelrote Schürze um, checkte den Bestand und traf die üblichen Vorbereitungen. Die ersten zwei Stunden hatte er heute allein Dienst, aber zurzeit war die Bar gähnend leer. Vermutlich würden sich die ersten Gäste bei dem herrlichen Wetter erst in einer Stunde, pünktlich zur Happy Hour, einfinden.

Bene nutzte die Zeit, um das Paket zu öffnen, denn er hatte nicht die geringste Ahnung, was darin sein konnte. Zu seiner Verwunderung waren auch weder ein konkreter Absender noch eine Briefmarke auf dem Paket, es stand nur ›B. R.‹ drauf. Mehr nicht. ›B. R.‹ konnten auch die Initialen anderer sein, doch die Kollegin vom Empfang hatte ja deutlich gesagt, dass das Paket für ihn abgegeben worden war. Also dann … Bene riss das Packpapier ab und öffnete den großen Karton, der sich darunter verbarg. Zum Vorschein kam ein knallbunter Schulranzen – pink, mit vielen schnörkeligen Verzierungen. So einer, wie Bene ihn schon auf dem Rücken kleiner Mädchen gesehen hatte, wenn er in den letzten Tagen durch die Stadt gelaufen war. Aber wer, um Himmels willen, schickte ihm einen Schulranzen? Sollte das ein dummer Scherz sein? Bene war drauf und dran, das sperrige bunte Ding einfach draußen in die große Mülltonne zu schmeißen, als ihm auffiel, dass der Ranzen nicht neu, sondern gebraucht aussah. Er war noch gut in Schuss, aber an manchen Ecken war er abgestoßen, und ein paar Flecken waren auch drauf. Vielleicht lag hier einfach eine Verwechslung vor, und das Paket war für eine ganz andere Person bestimmt. Leicht genervt öffnete Bene die Schultasche, in der Hoffnung, irgendwo vielleicht einen Hinweis auf den Besitzer zu finden, doch der Ranzen war leer. Kein Buch, kein Heft oder Stift. Ein paar Krümel waren alles, was Bene am Boden des Ranzens ausmachen konnte. Komisch. Als er gerade resigniert aufgeben wollte, blitzte in einem der seitlichen Reißverschlussfächer ein Stück Papier hervor. Bene fischte es heraus, faltete es auseinander und las die mit einer recht krakeligen Kinderhandschrift geschriebenen Zeilen auf dem weißen Notizzettel:

›*Betet und sünt meine Kinder, denn noch nie hat die macht meines Plans begonnen sich so deudlich zu zeigen wie heute.*‹

Was war das denn Kryptisches? Ein Zitat? Oder der Ausschnitt aus einem düsteren Gedicht? Bene wusste allmählich nicht mehr, was er denken oder tun sollte. Ein Gedicht in einer Schultasche, okay – das war nicht zwingend ungewöhnlich, schließlich lernte man so was auch in der Schule. Bene hatte das selbst noch in unangenehmer Erinnerung, denn das war nie sein Ding gewesen. Aber diese Zeilen? In einem ansonsten leeren Kinderranzen? Irgendwie passte das nicht, obwohl sie eindeutig von einem Kind geschrieben waren. Dafür sprachen neben der typischen Kinderhandschrift auch die Rechtschreibfehler in dem Text. Aber es hörte sich so sektenmäßig an. Als ob da jemand bekehrt werden sollte. Von wegen beten und sühnen und so. Na ja, eigentlich konnte es ihm egal sein, denn das brachte ihn in jedem Fall nicht weiter. Außerdem war er sich jetzt sicher, dass der Ranzen gar nicht für ihn bestimmt war. Die Kollegin vom Empfang hatte sich bestimmt verhört, als das Paket abgegeben worden war. Dennoch kam ihm die Sache merkwürdig vor. Bene schaute noch einmal alle Fächer durch, aber nirgends fand er einen Hinweis oder gar einen Namen. Er beschloss, sich später oder am nächsten Tag darum zu kümmern. Er brachte den Ranzen zu seinem Spind hinter der Bar und kehrte an seinen Arbeitsplatz zurück. Noch immer war kein Gast an der Bar und er hatte nichts zu tun. Diese Momente hasste er maßlos, denn das war für ihn verschwendete Zeit, auch wenn sie ihm bezahlt wurde. Er sah sich kurz um, ob Jan Gronau, sein Chef, irgendwo in der Nähe war. Als er weder ihn noch irgendwelche Kollegen erblicken konnte, schnappte er sich sein Handy und drückte die Wahlwiederholungstaste. Seit seinem spontanen Anruf bei Katharina in der letzten Nacht hatte er sein Handy nicht mehr benutzt. Und obwohl es noch nicht lange her war, dass er ihre Wohnung verlassen hatte, war ihm danach, ihre Stimme zu hören.

17.02 Uhr

Katharina hatte Leonie gebeten, im Wohnzimmer auf sie zu warten, während sie kurz mit Ben sprechen wollte. Auf dem Weg zu ihm in die Küche klingelte ihr Handy. Sie erwartete die Rückmeldung vom Kommissariat zu der Abfrage in den Krankenhäusern und meldete sich, ohne vorher aufs Display zu schauen.

»Von Hagemann, hallo?«

»So förmlich heute, Frau von Hagemann?« Bene war froh, das Gespräch mit einem lockeren Spruch beginnen zu können, denn beim ersten Freizeichen hatte er bereits Zweifel gehabt, ob es richtig war, Katharina anzurufen. Bevor er es sich jedoch hatte anders überlegen können, hatte Katharina sich auch schon am anderen Ende der Leitung gemeldet. Normalerweise rief er nie am nächsten Tag bei einer Frau an – er wurde angerufen. Aber er konnte ja mal eine Ausnahme machen …

»Bene?«, fragte Katharina mit einer Mischung aus Überraschung, Freude und Verärgerung. Sie hatte jetzt wirklich Wichtigeres zu tun, als Privatgespräche zu führen, erst recht, da Benes Bruder sich nur ein paar Meter entfernt aufhielt. Prompt lenkte sie ihren Schritt in Richtung Haustür, um Bene abwimmeln zu können, ohne dass ihr Chef es mitbekommen würde.

Bene merkte sehr wohl, dass sein Anruf bei Katharina keine übermäßige Freude auslöste und versuchte, seine aufkeimende Unsicherheit zu überspielen, indem er einfach losredete: »Stell dir vor, was mir gerade Merkwürdiges passiert ist! Jemand hat mir ins Hotel einen Schulranzen mit einem ganz komischen Geschreibsel darin geschickt. Irgendwas aus ’nem Gedicht oder ein Zitat oder so ein Quatsch. Und das Teil ist ein furchtbar bunter Ranzen für kleine Mäd…«

Katharina fiel ihm ins Wort, so deutlich wie nötig und gleichzeitig so leise wie möglich. »Bene, ich kann nicht, ich stecke mitten in … Moment mal, was hast du da gerade gefaselt? Ein Gedicht?« Katharina hatte ihm nicht aufmerksam zugehört, aber die Satzfetzen Kind, Schulranzen und Gedicht hatten sie hellhörig werden lassen.

»Na, ich sag doch, ich hab hier ins Hotel ein Paket geschickt bekommen«, antwortet Bene, froh über eine Reaktion von Katharina, obwohl ihm das *gefaselt* nicht gefiel. »In dem Paket war ein bonbonfarbener Schulranzen, und in dem Ranzen steckte ein Zettel mit einem blöden Zeug drauf geschrieben. Ich hab’s nur gefunden, weil ich …«

Schon wieder schnitt Katharina ihm unvermittelt das Wort ab. »Bene, was genau steht auf dem Zettel, und wie sieht der Ranzen aus – bitte, ich muss das wissen!«

Jetzt war es Bene, der irritiert war. »Ich krieg das nicht mehr ganz genau zusammen, ich hab den Ranzen weggestellt. Irgendwas mit beten und sühnen und mit Kindern. Ach ja, und Machtplan, oder so. Abgefahren, oder? Und der Ranzen ist schreiend pink und hat lauter weiße Schnörkel, halt so einen Mädchenkram drauf. Warum, zum Teufel, ist denn das jetzt so wichtig, Katharina?«

»Bene, pass auf«, antwortete Katharina energisch, während ihr Blick im Flur der Wohnung auf den Ranzen von Leonie fiel. Er war pink, mit weißen floralen Elementen und weißen Kanten an den Außen- und Seitentaschen. »Es kommt gleich jemand von meinen Kollegen bei dir im Hotel vorbei und holt den Ranzen ab, okay? Ich kann hier nicht weg, aber ich brauche den Ranzen. Bitte gib ihn einfach mit und stell keine Fragen, ich erkläre es dir später.«

Katharina drückte ohne weitere Verabschiedung oder Erklärung die Taste, die das Gespräch beendete, und merkte, wie ihre Beine zitterten. Zu ihrem ersten Gedanken, den das Gespräch mit Leonie hervorgebracht hatte, war nun ein noch weit schlimmerer Verdacht hinzugekommen. Und das ausgerechnet von Bene! Sie musste jetzt sofort Ben informieren, wie auch immer sie das sauber hinbekommen sollte, war im Moment eher egal. Jetzt ging es einzig und allein darum, Lauras Leben zu retten.

17.03 Uhr

Beinahe bedächtig schob er seinen Einkaufswagen durch den riesigen Supermarkt, der etwas außerhalb Lüneburgs nahe der Dahlenburger Landstraße lag. Normalerweise ging er hier nicht einkaufen, doch im Moment war es besser, in der Anonymität zu versinken. Heute kaufte er nicht nur für sich ein. Sicherlich würde es dennoch nicht viel sein, denn auch hier musste er darauf achten, was er in seinen Einkaufswagen lud. Lüneburg war klein, und trotz anonymer Supermarktfiliale musste er auf der Hut vor den neugierigen Blicken dieser Kleinstädter sein, die ihn im Zweifel nicht nur erkennen würden, sondern auch wussten, dass er allein lebte und auf soziale Kontakte keinen Wert legte. Und dass er schon gar niemanden zu sich nach Hause in seine Dachgeschosswohnung einladen würde. Sein Einkaufswagen musste aussehen wie der eines Singles. So einfach war das.

Bisher hatte er ein paar Tütensuppen, drei Dosen Ravioli und ein Glas Würstchen sowie einen Beutel Äpfel, zwei Bananen und einen Joghurt im Wagen. Alles Dinge, die man nicht großartig zubereiten musste. Jetzt stand er vor dem Regal mit den Keksen und suchte es mit den Augen ab. Wo waren bloß die verdammten Butterkekse? Plötzlich fühlte er ein hartes Tippen auf seiner rechten Schulter. Abrupt versteifte sich sein Rücken. Hatte ihn jemand erkannt? Langsam drehte er sich um. Ihm gegenüber stand ein Supermarktangestellter, der eben noch ein Regal weiter Marmeladengläser eingeräumt hatte.

»Kann ich Ihnen helfen? Sie sehen aus, als suchten Sie was Bestimmtes«, sagte der Angestellte und lächelte ihn devot an, wobei er seine gelblichen, ungepflegten Zähne zeigte.

Der Mann bekam nur ein unwirsches »Danke, ist schon gut« entgegengeschleudert und stand Sekunden später wieder allein zwischen seinen Regalen.

Natürlich kaufte er jetzt überhaupt keine Butterkekse mehr. Wozu auch? Sie wären eh nicht für ihn gewesen, und die Idee, sie zu kaufen, war nur einem Anflug seiner Großmut geschuldet, die bereits wieder verflogen war. Die Kleine würde es ihm sowieso nicht danken. An ihren letzten Tagen hier auf Erden musste sie nun eben mit dem vorlieb nehmen, was er bisher in seinen Wagen gepackt hatte. Und wenn es alle war, dann war es alle, und es würde halt schneller mit ihr zu Ende gehen. Er musste in sich hinein schmunzeln: Sie war es ja sowieso gewohnt, nicht alles zu haben, was andere Kinder als selbstverständlich empfanden. Schließlich hatte sie keinen Vater. So wie auch er nicht wirklich.

Während er an der Kasse anstand, machten seine Gedanken sich wieder selbstständig. Noch immer hatte er leichtes Fieber. Er rechnete diesmal nicht damit, dass es ihn so schnell und erholsam wieder verlassen würde. Dafür waren die Ereignisse momentan zu überstürzt über ihn hereingebrochen. Aber nun ließ es sich nicht mehr ändern. Auch dieser Fall war am Laufen, trotzdem er den davor noch nicht erledigt hatte. Er könnte sich selbst dafür ohrfeigen. Warum war er bloß dieses Mal so ungeduldig gewesen und hatte sich nicht im Griff gehabt? Auch hatte er seine Beobachtungen für sein letztes Meisterstück nicht wie üblich sauber und gewissenhaft über einen längeren Zeitraum durchgeführt, sondern viel zu schnell. Und ja, er war auch abgelenkt gewesen. Zu sehr freute er sich schon auf das große Finale: auf die blöden Augen des Herrn Kommissars, wenn der den Wald vor lauter Bäumen nicht gesehen hatte. Von dem nach Erfolgen geifernden Team ganz zu schweigen, das jetzt sogar von diesem

Weibsbild unterstützt wurde. Die würde hier eh nichts auf die Reihe kriegen. Er hatte sich über sie erkundigt, und was da zutage getreten war, war für ihn höchst interessant gewesen. Sicherlich konnte er das Wissen über ihre jüngste Vergangenheit an ihrer Münchener Arbeitsstelle irgendwann einmal gut gebrauchen. Die Zeit würde kommen, das spürte er geradezu. Ein diabolisches Grinsen machte sich auf seinem Gesicht breit. Als er sich dessen bewusst wurde, setzte er sofort wieder eine gelangweilte, unbeteiligte Miene auf. Das hatte er durch jahrelange Übung gelernt. Es hatte ihn seine Kindheit und Jugend überstehen lassen und war ihm inzwischen in Fleisch und Blut übergegangen. Im wahrsten Sinne des Wortes. Seine Mutter hatte irgendwann sogar angefangen, ihn wegen seiner unbeteiligten Miene zu loben, wenn sie ihn züchtigen musste. Seine Mutter hatte Geschrei gehasst. Ganz besonders aus seiner Kehle. Jetzt konnte sie ihn nicht mehr züchtigen, aber seine perfekte Zurschaustellung von Unbeteiligtsein war geblieben, und er konnte sie hervorholen, wann immer er wollte. Im Stillen dankte er jetzt seiner Mutter dafür. Durch sie hatte er einiges gelernt, was für sein Leben später von Vorteil war.

Er merkte, wie ihm der durch die Klimaanlage erkaltete Schweiß die Stirn herablief. Die Leute würden denken, es lag an der sommerlichen Hitze, und das war auch gut so. Nur er wusste, dass es sein ganz persönliches Fieber war. Er schaute auf seine Uhr, denn der Gedanke an seine Mutter hatte ihn zu der Alten vom Obelisken der Herberge Plus geführt. Diese Schmarotzerin! Sie hatte es nicht anders verdient. Gleich nachdem er die Sachen bei dem Mädchen abgeliefert und dort nach dem Rechten gesehen hatte, würde er sich zur Alten aufmachen. Leider war dieser Fall durch den frühzeitigen Beginn seines Meisterstücks für ihn in den Hintergrund gerückt und nur noch eine lästige Pflicht geworden. Ursprünglich hatte er sich das anders vorgestellt, aber nun war es eben nicht mehr zu ändern. Er konnte einfach nichts dagegen tun, wollte aber dennoch auch die Alte in seiner Planung nicht vernachlässigen. Letztlich, wenn alles vollbracht war, würde auch sie ein Puzzlestück in seinem Gesamtwerk sein. Deswegen durfte sie nicht fehlen. Auch durch sie wurde es vollständig. Das hatte er vorher so festgelegt. Er hätte nur gern mehr und intensiver in diesem Fall geschwelgt. Glücklicherweise konnte er sich dennoch an seinen chronologischen Ablauf halten, den er in so zermürbender, gedanklicher Kleinarbeit fixiert hatte. Das war doch immerhin etwas und ließ sein Herz einen kleinen Hüpfer der Vorfreude machen. Endlich war er an der Kasse an der Reihe. Er legte seine wenigen Einkäufe auf das Fließband. Durch diesen banalen Vorgang erschien ein Bild in seinem Kopf. Ja, so war es gewesen. Genauso, wie jetzt seine Waren unvermeidlich zur Kassiererin transportiert wurden, war ihm heute das Mädchen in die Arme gelaufen. Die Gelegenheit war einfach zu günstig gewesen. Nichts ahnend. Genau wie ihr Vater, den sie noch nie gesehen hatte, nichts von ihrer Existenz ahnte. Ganz im Gegensatz zu ihm. Er hatte es damals bereits gewusst. Gleich als das Balg auf die Welt gekommen war. Und nur zur Sicherheit hatte er es sich auch noch bestätigen lassen. Es war für ihn ein Leichtes gewesen, den Vaterschaftsbeweis zu erbringen – wozu hatte er schließlich seine guten Kontakte.

Er selbst hatte auch nie einen echten Vater gehabt. Nur die Erinnerung an ihn, die jedoch vermischt war mit den Berichten seiner Mutter. Sie hatte immer gesagt: »Du bist genau wie er.« ›Er‹ oder ›der Alte‹, so hatte sie seinen Vater bezeichnet, ihn nie beim Namen genannt. Deswegen war sein Vater für ihn heute eine Erinnerung ohne Namen. Ein Feigling. Warum sonst hatte er ihn mit seiner Mutter allein gelassen? Ihn ihr überlassen? Nun ja, vor einigen Jahren hatte er seine Eltern wieder zusammengebracht. Es war ein kleines Kunststück gewesen, doch es war ihm gelungen. Außerdem hatte seine Mutter sich dieses eine Mal geirrt. Er, er selbst, war kein Feigling! Und spätestens in ein paar Tagen würde auch der Rest der Welt es wissen und ihm sogar danken. Schließlich zeigte er mit seinem Tun nicht nur, was er drauf hatte, sondern er führte der Welt ihre Schwachstellen vor Augen. Wer außer ihm hatte dazu schon den Mumm? Und die Zähigkeit. Und den Verstand. Und …

»Hallo, Sie da, 9,89 Euro macht das. Haben Sie nicht gehört? Sie halten hier den ganzen Betrieb auf! Geht es Ihnen nicht gut, oder was?« Die rüde Stimme der Kassiererin riss ihn aus seiner Gedankenwelt.

»Ja, ja, ist ja schon gut«, blaffte er zurück. Er zückte sein Portemonnaie und zahlte. Dann verstaute er die Sachen in der Einkaufstüte, verließ den Markt, ging gemächlich wie ein Käufer, der es nicht eilig hatte, zu seinem Auto, schloss es auf, setzte sich hinein und fuhr nach Hause. Vor seinem Wohnhaus angekommen parkte er den Wagen, schnappte sich die Einkaufstüte und legte die Einkäufe, die für ihn selbst bestimmt waren, auf den Beifahrersitz. Mit der nun nicht mehr ganz so vollen Tüte in der Hand stieg er aus und schloss sein Auto ab. Ohne zuvor nach oben in seine Wohnung zu gehen, holte er jetzt sein Fahrrad aus dem Keller, setzte sich mitsamt der Einkaufstüte am Lenker in Bewegung und radelte in Richtung Krähensaal, dem Kleingartenverein in der Stöteroggestraße. Der Name hatte ihm schon immer gefallen: Krähensaal. Als er die Laube vor einigen Jahren in Besitz genommen hatte, war ihm – trotz des inspirierenden Namens – noch nicht bewusst gewesen, wofür er sie einmal benötigen würde. Auf keinen Fall hatte er sie übernommen, weil er ein Gartenliebhaber war. Auch kein Frischluftfanatiker. Er hatte die Laube auch nicht aktiv gesucht. Das Schicksal hatte sie ihm in die Hände gespielt, und er hatte sie festgehalten: Sie hatte dem Saufkumpan der Alten gehört, der ihm im Suff, kurz vor seinem Ende, die Laube überschrieben hatte, und in der er schon zuvor, öfter als ihm lieb gewesen war, seine Zeit totgeschlagen hatte.

Er hatte in der Laube kaum etwas verändert. Wozu auch? Er war ja in den letzten Jahren kaum dort gewesen. Nur einmal hatte er einen Sommer lang Hand angelegt und vor allem in den Nächten eine tiefe Grube im Hausinneren ausgehoben. Hierfür hatte er die Dielen, die mit Linoleum überklebt waren, abgenommen. Da das Gartenhaus – oder vielmehr die Bretterbude – kurz nach dem Krieg einfach auf dem Rasenplatz aufgestellt worden war und kein Betonfundament aufwies, war es geradezu ein Kinderspiel gewesen, den Boden abzugraben. Die Grube hatte einen kleinen, jedoch geräumigen Kellerraum ergeben, den er wiederum durch Ziegelsteine an den Seiten befestigt hatte. Inzwischen war der geschaffene Raum nur durch eine kleine Bodenluke zu betreten, in die man hineinspringen musste. Da er zwar schmächtig gebaut, aber dank regelmäßiger Klimmzüge inzwischen recht kräftig war, benötigte er keine Leiter, um wieder aus der Grube hochzuklettern. Zudem hatte er darauf geachtet, dass sie nicht viel höher war als er, wenn er die Arme ausstreckte. Von oben hatte er die Bodenluke mit dem alten Linoleum-Belag vor neugierigen Blicken geschützt. Er hatte diesen Laubenkeller seinerzeit für etwas anderes gebraucht. Als er jedoch sein Meisterstück plante, kam er ihm gerade recht und schien ihm fast wie vom Schicksal gesandt. So wie davor bereits die Laube. Seine Eltern, die allein durch ihn wieder zu einem Paar verbunden waren, würden stolz auf ihn sein. Da war er sicher.

Im Krähensaal kannte ihn kaum jemand und wenn, dann nahmen die einzelnen Schrebergartenkoloniefuzzies an, er sei nur ein Besucher, der sich hin und wieder ein wenig um die Laube einer Verwandten kümmerte. Er war nur selten hier und kam stets per Fahrrad. Von Anfang an war er – einer Eingebung folgend – vorsichtig gewesen. Er kannte diesen neugierigen Menschenschlag: Wenn er nur dreimal hintereinander mit seinem Auto hier aufkreuzen würde, würden sie über das Kennzeichen herausfinden, wer er war. Mindestens einer dieser Typen hatte immer einen Freund in der Kfz-Zulassungsstelle. Vereinzelt hatten die Knilche nahe seiner Parzelle versucht, ihn in ein Gespräch zu verwickeln, um etwas über ihn herauszubekommen. Dabei hatten sie jedoch nicht damit gerechnet, dass er ein Meister der Rhetorik war: Über kurz oder lang war er der Frager und fand auf diese Weise die Vorlieben, Eigenarten und vor allem den Rhythmus der anderen heraus, in dem sie ihre Lauben in der Regel besuchten. Danach richtete er dann wiederum seine seltenen Besuche. Gestern allerdings war er in eine Ausnahmesituation geraten, hatte sich nicht an die üblichen Zeiten halten können, von denen er wusste, dass er niemandem begegnen würde. Doch da es unter der Woche und außerdem noch zur Mittagszeit gewesen war, hatte er Glück gehabt. Ein Grund mehr für ihn, davon auszugehen, dass er ein Liebling des Schicksals war und ihm nichts und niemand etwas anhaben konnte. Dennoch wusste er, dass er in seiner Vorsicht nicht nachlassen durfte. Denn dann, auch das wusste er, würde er sein gut meinendes Schicksal nur unnötig herausfordern.

Endlich war er angekommen. Sich unauffällig umschauend, öffnete er die Pforte zu seiner Parzelle und ging durch das kleine Gärtchen. Es war bei Weitem nicht so perfekt und spießig gepflegt, wie die meisten der Nachbargrundstücke, doch gerade eben ausreichend, dass niemand Grund hatte, sich zu beschweren. Die Tür zu seinem Gartenhäuschen war durch ein Sicherheitsschloss gesichert. Bevor er es aufschloss, lauschte er. Zu seiner Genugtuung vernahm er keinen Laut, bis auf das nervende Geschilpe der Singvögel in den Bäumen. Leider waren die Krähen, die der Kolonie ihren Namen eingebracht hatten, wohl nur ein Hirngespinst der Kleingartengründer gewesen.

17.21 Uhr

Ben stand mit Juliane in der Küche. Er hatte sie beruhigen oder trösten wollen, dann jedoch schnell festgestellt, dass das nicht nötig war. Eigentlich hätte ihm das klar sein müssen. Ben kannte kaum eine Frau, die so tough war wie Juliane. Bei dem, was sie damals hatte durchmachen müssen, hätte so manch einer den Spaß am Leben verloren und wäre verbittert geworden, doch Juliane hatte sich durchgebissen. Fast allein und doch wieder nicht, denn sie und Leonie waren ein eingeschworenes Team. Umso schwerer fiel es Ben, dass er mit seinen Neuigkeiten Unruhe in diese kleine wunderbare Familie bringen würde. Aber er konnte es nicht mehr viel länger verschweigen. Julie musste Bescheid wissen, und zwar so schnell wie möglich. Ben hatte diesen Gedanken noch nicht zu Ende gedacht, als Katharina die kleine Küche in Julies Wohnung betrat. Noch so eine starke Frau, die nicht an ihrer Vergangenheit zerbrochen war ... Im Moment sah sie allerdings ziemlich verunsichert aus.

»Katharina, gibt es Neuigkeiten?«, fragte Ben die Kollegin erwartungsvoll.

»Ja, ich fürchte schon.« Katharina vermied es, Ben direkt in die Augen zu sehen, als sie ihm mitteilte: »Ich habe gerade eine Information bekommen. Ich glaube, wir haben Lauras Ranzen gefunden. Und darin steckt ein ...« Katharina schluckte trocken, bevor sie weitersprechen konnte. »Darin steckt ein handgeschriebener Auszug aus einem Gedicht oder so was Ähnlichem.«

Ben sah Katharina fassungslos an. Das durfte nicht wahr sein! Ein verschwundenes Kind war an sich schon furchtbar, eines, das er kannte obendrein. Aber dass Lauras Verschwinden in Zusammenhang mit diesem irren Serientäter stehen sollte, wollte er nicht glauben. Ben wusste, dass dieser Mann bisher keines seiner Opfer am Leben gelassen hatte. Einem kleinen Mädchen wie Laura war er um ein Vielfaches überlegen, und sie würde keine Chance haben, ihm zu entkommen, wenn er wirklich vorhatte, sie zu töten, so wie die anderen zuvor.

»Aber woher hast du die Information, und wer hat überhaupt den Ranzen gefunden? Wir haben doch noch gar keine Suchaktion gestartet?« Ben sah Katharina fragend an.

»Dein Bruder hat den Ranzen – aber er hat ihn nicht gefunden. Lauras Ranzen wurde ihm persönlich zugestellt. Von wem, weiß er nicht.« Katharina hatte die Worte ziemlich leise ausgesprochen, doch Ben hatte sie genau verstanden. Was hatte sein Bruder mit der Geschichte zu tun? Und selbst wenn es stimmte, was Katharina gerade gesagt hatte – wieso wusste sie davon? Hatte Bene auf der Dienststelle angerufen? Er wollte das gerade genauer hinterfragen, als ihm klar wurde, dass die ganze Situation jetzt noch viel mehr aus dem Ruder gelaufen war als bis dahin schon. Er drehte sich zu Julie, die immer noch neben ihm stand. Mit großen Augen und einer Mischung aus Unglauben, Wut und Fassungslosigkeit im Blick fragte sie: »Dein Bruder? Bene? Ist das wahr – Bene ist wieder in Lüneburg? Und du hast mir nichts davon gesagt?«

Benjamin Rehder fühlte sich ziemlich unwohl in seiner Haut. Genau diese Situation hatte er um alles in der Welt vermeiden wollen. Er hatte derjenige sein wollen, der Julie einigermaßen schonend über Benes Rückkehr nach Lüneburg informierte. Warum hatte er es bloß nicht gleich getan, nachdem er Bene in Lüneburg getroffen hatte? Shit! Unsicher sah er Julie an: »Glaub mir, ich wollte …«

Sie schnitt ihm das Wort ab und erwiderte mit kalter Stimme: »Ich denke, es ist besser, du gehst jetzt. Ich muss mich um Leonie kümmern, und ihr solltet doch längst aktiver auf der Suche nach Laura sein, oder etwa nicht? Nur eins, Ben, eines möchte ich von dir vorher noch wissen: Weiß Bene Bescheid?«

17.25 Uhr

Schweigend und mit schnellem Schritt ging Katharina neben ihrem Chef zum Kommissariat zurück. Er war zu Fuß zur Wohnung von Juliane gekommen, denn bei den vielen kleinen Gassen und Einbahnstraßen in der Lüneburger Altstadt war dies die schnellere Variante. Katharina war froh darüber, wenn sie jetzt neben Ben im Auto gesessen hätte, wäre die Situation noch deutlich unangenehmer gewesen. Sie liefen beinahe mehr, als dass sie gingen, das ließ eine Unterhaltung kaum zu, und so hatte sie zumindest noch ein paar Minuten Zeit, ihre verwirrten Gedanken zu ordnen.

Als Julie Ben auf die Rückkehr seines Bruders angesprochen hatte, war Katharina sofort klar gewesen, dass da mehr in der Luft lag als reine Neugier. Offenbar kannte Julie Ben nicht nur sehr gut, sondern auch schon sehr lang. Und ganz klar schien es auch eine Verbindung – was für eine auch immer – zwischen ihr und Bene zu geben. Auf Julies letzte Frage hatte Ben in der Küche lediglich den Kopf geschüttelt und leise geantwortet: »Natürlich nicht!« Der Gesichtsausdruck, den Katharina bei diesen zwei Worten an ihrem Chef beobachtet hatte, schien ihr traurig, irgendwie bedrückt. Ben hatte Katharina dann mit den Worten »Juliane hat recht, wir können hier im Moment nichts mehr ausrichten« geradezu aus der Wohnung gedrängt. Seitdem herrschte zwischen ihnen Stille. Erst als sie vor dem Kommissariat ankamen, fand Ben seine gewohnt förmliche Sprache wieder: »Wir müssen Tobi schnellstens informieren und dann klären, wie wir weiter vorgehen. Ich fürchte, Laura ist in Lebensgefahr, wir dürfen keine Zeit verlieren.«

Als sie das Büro betraten, erwartete Tobi sie schon mit einem Spruch auf den Lippen: »So hab ich das gern. Ich komme ins Büro, keiner ist da, und dann bringt mir eine Kollegin von der Streife noch ein merkwürdiges angebliches Beweisstück vorbei. Also, ich weiß ja, dass ich hier von uns der Jüngste bin, aber ein Paket mit einem Schulranzen? Wollt ihr mich …«

»Setz dich, Tobi!« Der Ton von Ben war scharf und unmissverständlich. »Wir haben ein vermisstes Mädchen, und der Schulranzen gehört ihm.«

Katharina hatte das Paket mit dem Schulranzen bereits auf der Fensterbank entdeckt. Sie war mit beiden Händen in Handschuhe geschlüpft, um mögliche Spuren nicht zu zerstören, falls Bene dies nicht schon auf seiner Suche nach einer Adresse im Ranzen getan hatte, und hatte alles zum Besprechungstisch geholt, an den sich nun auch der etwas kleinlaute Tobias und Ben begaben.

»Sorry, Chef, wenn ich gewusst hätte …«

»Ja, ja, schon gut. Vielleicht gewöhnst du dir einfach mal ab, ständig dumme Sprüche zu klopfen.«

Bens Anspannung war beinahe greifbar, und Tobi sah geknickt zu Katharina.

Die Kommissarin ergriff die Initiative. Für weiteres Geplänkel blieb keine Zeit, und die Situation war auch ohne Tobis blöde Sprüche schon unangenehm und merkwürdig genug. Sie mussten vorankommen. »Pass auf, Tobi, Folgendes ist passiert: Laura Ronneburg, sieben Jahre alt, ist heute auf dem Weg von der Schule nach Hause spurlos verschwunden. Es gibt kein Erpresserschreiben oder sonst eine Nachricht, aber ihr Ranzen ist im Hotel Heideglanz abgegeben worden. Ich wurde von dort informiert und habe ihn deswegen auf dem schnellsten Wege hierher bringen lassen. Hat die Kollegin herausfinden können, wer den Ranzen abgegeben hat? Hat sie was dazu gesagt?«

Katharina hoffte inständig, dass Tobi jetzt nicht fragte, warum gerade sie informiert worden war und von wem. Es wäre für einen Ermittler eine logische Frage, doch offenbar wollte er sich im Moment lieber etwas zurückhalten, was ihr nur recht war. Und auch Ben schien die Frage nach Bene im Moment noch nicht klären zu wollen. Gleich nachdem sie das Paket auf den Tisch gestellt hatte, hatte sie den Ranzen vorsichtig aus ihm herausbugsiert. Nun zog sie mit der rechten Hand einen kleinen weißen Zettel aus dem Seitenfach der Schultasche und sah dabei Tobi an.

»Nee«, antwortete dieser »Die Kollegin hat nur gesagt, ein etwa 15-jähriger Junge hätte den Ranzen abgeben. Mehr nicht. Ich wusste ja nichts damit anzufangen und hab darum auch nicht weiter nachgehakt.«

»Okay. Das kannst du gleich machen, denn was uns an der ganzen Sache am meisten beunruhigt, ist das hier!« Katharina faltete den Zettel vorsichtig auseinander und schob ihn über den Tisch den Kollegen entgegen.

»Im Ranzen steckt wieder ein Zettel mit Textzeilen, die aus einem Gedicht stammen könnten. Offenbar hat also unser Serienmörder seine Finger im Spiel, und Laura schwebt in Lebensgefahr.«

»Ach du Scheiße!«, entfuhr es Tobi, der nun endgültig den Ernst der Situation erfasst hatte. »Ist es wieder etwas aus dem Gedicht von Fried?«

»Nein«, erwiderte Katharina nachdenklich, während sie den Zettel kurz überflog, »zumindest nicht aus dem Gedicht ›Sühne‹, aber ich glaube trotzdem, dass es von unserem Täter stammt und nicht von irgendeinem Trittbrettfahrer. Erstens weiß die Öffentlichkeit bisher nichts von den Gedichtzeilen, weil die Presse noch nicht darüber geschrieben hat. Und zweitens, na ja, es passt einfach zu dem anderen und scheint gleichzeitig eine Warnung zu sein.«

Tobi beugte sich über den Zettel und las ihn laut vor: »›*Betet und sünt meine Kinder, denn noch nie hat die macht meines Plans begonnen, sich so deudlich zu zeigen wie heute.*‹ Hmmm. Also das kenn ich nicht. Hört sich auch eher wie ein Zitat oder was selbst Ausgedachtes an. Finde ich. Ist die Entführung denn beobachtet worden? Ich meine, woher kennt ihr die Fakten so schnell? Für eine Vermisstenanzeige wäre es ja wohl noch zu früh gewesen.«

»Meine Nachbarin hat eine Tochter im gleichen Alter, sie ist die beste Freundin von Laura, und als ich vorhin nach Hause kam, wollte Juliane, also meine Nachbarin, gerade die Polizei verständigen«, erklärte Katharina knapp. Im selben Moment fiel ihr wieder ein, was sie bereits vorhin ihrem Chef hatte erzählen wollen, über das plötzliche und vor allem merkwürdige Auftauchen von Lauras Schulranzen, dann aber bis eben ganz vergessen hatte.

»Ich hab mich mit Leonie unterhalten. Das ist die Tochter meiner Nachbarin«, erklärte sie mit Blick auf Tobias, »und da ist mir etwas aufgefallen. Ich weiß nicht wirklich, ob es etwas zu bedeuten hat, aber ich hab da so ein Gefühl …«

»Und was ist das?«, fragte Tobi, der nun unbedingt alle Fakten kennen wollte. »Hat sie was beobachtet?«

»Nein«, erwiderte Katharina zögernd. »Die beiden haben sich wie immer auf dem Heimweg getrennt, und erst danach kann Laura verschwunden sein, zumindest scheint sie Zuhause nie angekommen zu sein. Also, was ich merkwürdig fand, war Folgendes: Die beiden Mädchen waren heute ähnlich gekleidet. Sie trugen beide einen Rock, das gleiche T-Shirt und sie haben beide diesen Schulranzen.«

Die Kommissarin deutete auf die pinke Schultasche auf dem Tisch. »Du musst wissen, dass die beiden sich mit ihren blonden Zöpfen ohnehin schon recht ähnlich sehen. Und heute hat Leonie Laura auf dem Nachhauseweg ihre Jacke geliehen, weil die Freundin gefroren hat. Und diese Jacke ist ziemlich auffällig.«

Tobias stutzte kurz, sah seine Kollegin dann irritiert an und fragte: »Willst du damit sagen, dass es eine Verwechslung gewesen sein könnte? Dass es eigentlich gar nicht um Laura ging, sondern deine Nachbarstochter, wie hieß sie noch – Leonie – hätte entführt werden sollen? Aber …«

Tobias kam nicht dazu, den Satz zu vollenden. Ben, der bis eben mit seinen Gedanken ganz woanders gewesen zu sein schien, stand ruckartig auf, ging zum Fenster und sagte, ohne die beiden anzusehen: »Verdammt, ich fürchte, Katharina könnte recht haben. Ich glaube, ich muss euch etwas erklären! Tobi, hol dir noch einmal die Kollegin von der Streife an die Strippe und frag genau nach, wie der Junge aussah, der den Ranzen abgegeben hat. Vielleicht kennt ihn ja jemand. Wir sollten ihn dringend finden, denn mit Sicherheit hat der Täter ihn mit der Paketabgabe beauftragt. Und anschließend kommt ihr beide in mein Büro.«

17.31 Uhr

Bene war froh, als sich eine kleine Gruppe von Hausgästen in der Bar einfand und er etwas zu tun bekam. Ablenkung war im Moment hilfreich, denn er konnte das merkwürdige Telefonat mit Katharina noch immer nicht einordnen. Klar, er hatte eigentlich auf ein nettes, kurzes privates Gespräch spekuliert, an dessen Ende im besten Fall ein neues Date gestanden hätte. Denn, so ungern er sich das auch nach wie vor eingestand: Er wollte sie wiedersehen. Er hatte nicht bedacht, dass er sie womöglich mitten im Dienst erreichen würde, darüber hatte er sich schlichtweg keine Gedanken gemacht. Aber sie war nicht nur förmlich gewesen, sondern hatte geradezu erschrocken und aufgeregt gewirkt. Diese Vorstellung konnte er mit der Katharina, die er kennengelernt hatte, noch nicht so ganz zusammenbringen. So richtig hatte er das aber eigentlich auch erst empfunden, als er ihr von der komischen Sache mit dem Schulranzen erzählt hatte. Nachdem Katharina das Gespräch abrupt beendet hatte, war bereits kurze Zeit später eine Streifenpolizistin in die Bar gekommen, um das Paket abzuholen. Auch von ihr hatte Bene aber nichts Genaueres erfahren können, denn sie hatte lediglich über Funk den Auftrag erhalten, bei ihm an der Bar ein Paket abzuholen und aufs Kommissariat zu bringen. Offenbar war dieser Ranzen also enorm wichtig. Aber was konnte das bedeuten?

Bene überlegte kurz, ob er seinen Bruder anrufen sollte, um sich zu erkundigen, verwarf diesen Gedanken aber sofort wieder. Irgendwie hatte er das Gefühl, er würde Katharina dann hintergehen. Außerdem hätte er Ben auch seinen Anruf bei Katharina erklären müssen. Dieser Gedanke führte sofort zum nächsten. Bene wurde klar, dass – wenn dieses Paket tatsächlich für eine aktuelle Ermittlung der Polizei wichtig war – auch Katharina Ben gegenüber in Erklärungsnotstand käme. Was für eine blöde Situation! Andererseits – wo war eigentlich das Problem? Schließlich konnte er treffen, wen er wollte. Sein Bruder konnte ihm da wohl kaum Vorschriften machen.

Bene versuchte in alter Manier, das Problem von sich zu weisen, merkte aber selbst, dass er damit diesmal nicht weit kommen würde. Der Draht zu seinem Zwilling war ohnehin noch mehr als schwach. Wollte er diese Beziehung, von der er gerade endgültig begriffen hatte, wie wichtig sie ihm war, erneut gefährden? Wegen einer Frauengeschichte? Bene, Bene, dachte er für sich, du schaffst es auch immer wieder, mit beiden Füßen genau in den Fettnapf zu stolpern. Warum musstest du ausgerechnet auf diese Frau treffen? Hätte es nicht irgendeine Verkäuferin, Kellnerin oder sonst wer aus Lüneburg sein können? Spontan kam die Erinnerung hoch. Die Erinnerung an Julie. Sie hatte damals gekellnert, so hatten sie sich kennengelernt. Und zum ersten Mal in seinem Leben hatte Bene sich richtig verliebt. Julie mit ihrem frechen Mundwerk, die ohne Angst durchs Leben ging und sich von niemandem – nicht mal von ihm – die Butter vom Brot nehmen ließ. Sie hatte er nicht einfach um den Finger wickeln können, wie die meisten anderen Frauen, die seiner Charme-Offensive in der Regel sofort erlagen und dann hinterher enttäuscht zurückblieben. Julie war anders gewesen, sie hatte ihm die Stirn geboten, und das hatte ihm gefallen. Und trotzdem … trotzdem hatte er sie am Ende enttäuscht. Als er einfach sang- und klanglos aus Lüneburg verschwunden war, hatte er auch Julie ohne Erklärung zurückgelassen, obwohl sie bereits einige Jahre zusammen gewesen waren. Bis heute hatte er sich nicht ein einziges Mal bei ihr gemeldet, und sie gehörte zu den ganz wenigen, bei denen Bene sein schlechtes Verhalten ehrlich bereute. Er hatte Julie nicht verletzen wollen, sie war einfach, hm … Opfer seiner damaligen Lebensumstände geworden.

Mann, Bene! rief er sich gedanklich selbst zur Ordnung. Man kann sich auch alles schönreden. Er hatte Scheiße gebaut, und zwar gleich auf mehreren Baustellen. Und es war an der Zeit, die Schäden zu reparieren, wo es noch ging. Mit Ben hatte er den Anfang gemacht, und ganz sicher war sein Zwilling auch der wichtigste Mensch in seinem Leben. Aber er würde sich wohl oder übel auch anderen Menschen aus der Vergangenheit stellen müssen. Und Julie gehörte da an die oberste Stelle der Liste, obwohl er keinesfalls ihretwegen nach Lüneburg zurückgekehrt war. Julie war heute bloß noch eine Erinnerung an schöne Zeiten. Nicht mehr und nicht weniger. Dennoch: Er würde sich bei Ben erkundigen, ob Julie noch in Lüneburg lebte. Und dann würde er Kontakt aufnehmen und sich entschuldigen. Einfach, um einen Haken hinter die Vergangenheit machen zu können. Und sicher war auch sie inzwischen längst darüber hinweg und dachte überhaupt nicht mehr an ihn, aber er wollte es abschließen.

»Entschuldigung!« Bene wurde von einer lauten Stimme aus seinen Gedanken gerissen. Vor ihm am Tresen stand ein älterer Herr mit grauem Bart und etwas ungnädigem Gesichtsausdruck.

»Junger Mann, wir sind jetzt seit guten zehn Minuten hier in der Bar und warten darauf, von ihnen bedient zu werden. Meinen Sie wohl, dass das heute noch was wird?«

»Bitte verzeihen Sie, ich komme sofort zu Ihnen an den Tisch!«

Bene ärgerte sich über seinen Aussetzer maßlos. Er konnte nur hoffen, dass sein Chef nichts davon mitbekommen hatte. So was durfte ihm einfach nicht passieren – eine leere Bar, und dann schlechter Service. Er griff zum Tablett, steckte Block und Stift in die Tasche seiner Schürze und begab sich zum Tisch der einzigen Gäste. Über sein privates Schlamassel würde er sich nach Feierabend noch genug Gedanken machen können.

17.33 Uhr

Der Polizist in Ben hatte beschlossen, mit offenen Karten zu spielen, selbst wenn er damit als Privatmensch ein Versprechen brach, doch das musste er jetzt Wohl oder Übel in Kauf nehmen. Nachdem Katharina von ihrer Beobachtung und einer möglichen Verwechslung gesprochen hatte, war dem Kommissar klar geworden, dass seine Mitarbeiter die Tragweite der Situation möglicherweise noch gar nicht überblickten. Und wenn das überhaupt gelingen konnte, dann nur, wenn diejenigen, die an der Ermittlung beteiligt waren, alle Fakten kannten.

Leicht fiel es ihm dennoch nicht. Er hatte sich nach seiner Ansage den Kollegen etwas erklären zu müssen, in sein Büro verzogen und darauf gewartet, dass Tobi von seinem Telefonat wiederkommen würde. Zwischendurch hatte er aus der kleinen Büroküche drei Becher mit heißem Kaffee geholt und sich wieder hinter seinen Schreibtisch gesetzt. Als Katharina und Tobi jetzt in Rehders Büro traten, schüttelte Tobi den Kopf: »Die Kollegin von der Streife weiß tatsächlich nur, dass ein Teen das Paket im Heideglanz abgegeben hat. Er hatte so einen grauen Kapuzensweater an und die Kapuze hing ihm wohl tief im Gesicht. Halt so, wie die Jugendlichen heut rumlaufen. Die Frau vom Empfang konnte ihn deswegen nicht wirklich beschreiben. Außer, dass er nicht gerade gepflegt war und ziemlich schlaksig. Diese Spur können wir also vergessen. Und Spuren hat er bestimmt auch keine auf dem Paketkarton hinterlassen. Er hatte nämlich Radfahrerhandschuhe an. Das ist der Empfangsfrau aufgefallen, weil sie wohl im Gegensatz zu dem Rest seiner Klamotten ziemlich neu aussahen.«

Nachdem Tobi mit seinem Bericht geendet hatte, herrschte erst einmal Stille im Büro, dann räusperte Ben sich: »Ich fürchte, Katharinas Bauchgefühl könnte stimmen«, begann er zögernd. »Und ich bin froh, dass du es ernst genommen und uns informiert hast, denn das könnte der ganzen Geschichte eine andere Wendung geben.«

Ben blickte in zwei ratlose Gesichter am Tisch. »Leonie ist meine Nichte – die Tochter meines Zwillingsbruders.«

Es war ausgesprochen, und Ben spürte beinahe so etwas wie Erleichterung, soweit das in der gegenwärtigen Situation möglich war. Acht Jahre lang hatte er schweigen müssen. Acht Jahre lang hatte er dieses Wissen mit sich herumgetragen, aber nicht danach leben können. Julie hatte ihm dieses Versprechen abgenommen, und er hatte es bis heute nicht gebrochen. Außer vielleicht Alex gegenüber, doch selbst da war es unausgesprochen geblieben. Als Bene Lüneburg damals Hals über Kopf verlassen hatte, war auch Julie eine der Personen gewesen, die damit hatten klarkommen müssen. Sie hatte Bene geliebt, das wusste Ben. Trotz all seiner Macken, seines komplizierten und immer etwas chaotischen Lebens hatte sie ihn ehrlich und ohne Kompromisse geliebt und mit ihm gelebt. Sie war emanzipiert genug gewesen, ihm zu trotzen und ihr eigenes Leben nicht aus den Augen zu verlieren, und Ben hatte oft vermutet, dass es nur deshalb mit den beiden überhaupt so lang gut gegangen war. Umso mehr nahm er es Bene übel, dass er auch sie einfach zurückgelassen hatte. Doch er hatte auch gewusst, dass Julie damit klarkommen würde. Sie würde einem Mann nicht hinterhertrauern oder wütend und verbittert in Selbstmitleid zerfließen, sondern ihren Weg weitergehen wie geplant. Damals hatte sie mitten im Studium gesteckt, Angewandte Kulturwissenschaften und Journalismus. Ben war sicher gewesen, dass sie eine große Karriere vor sich hatte und zielstrebig vorankommen würde. Und dann hatte sie – die starke Julie – eines Tages mit Tränen in den Augen vor seiner Tür gestanden und ihm mitgeteilt, dass sie schwanger sei. Bene war zu diesem Zeitpunkt seit mehreren Wochen verschwunden und niemand wusste, wo er sich aufhielt. Julie hatte nach dem kurzen Tränenausbruch ihre Kräfte wieder beisammengehabt und Ben eindeutig klargemacht, dass er der Einzige sein würde, dem sie dieses Geheimnis anvertraute. Sie wollte dieses Kind vom ersten Moment an unbedingt und sie wollte es allein schaffen. Um keinen Preis würde sie versuchen, Bene deswegen zu suchen oder gar zurückzuholen. Und sie wollte auch keine guten Ratschläge von den Großeltern, keine finanzielle Unterstützung, die nach Almosen aussehen würde – dafür war sie viel zu stolz. Nur ihm hatte sie vertraut, denn ganz ohne einen Menschen, mit dem sie sprechen konnte, ging es auch wieder nicht. Ben hatte damals oft auf sie eingeredet, es doch wenigstens seinen Eltern zu sagen, die sich mit Sicherheit gern um ein Enkelkind gekümmert hätten, auch wenn der unzuverlässige Sohn im Leben von Mutter und Baby keine Rolle mehr spielte. Doch Julie blieb bei ihrer Meinung. Sie streute das

Gerücht, sich nach dem Verschwinden von Bene aus Frust schnell mit dem erstbesten One-Night-Stand getröstet zu haben, bei dem es dann zu einem ›Unfall‹ gekommen sei. Und fortan war sie die alleinerziehende Mutter, die einfach Pech gehabt, ihr Leben aber voll im Griff hatte. Mit diesem Ruf konnte sie bestens leben, besser als mit dem der verlassenen Schwangeren. So war eben Julie. Ben hatte sie im Prinzip verstanden, auch wenn es für ihn eine Last war, sowohl seine Eltern als auch seine damalige Frau über die Wahrheit im Unklaren lassen zu müssen und nicht offiziell als Onkel von Leonie auftreten zu können. Im Gegenzug hatte er Julie gebeten, ihn als Paten für Leonie einzusetzen. Er wollte ein Stück Verantwortung übernehmen, für die eigentlich sein Bruder zuständig gewesen wäre.

Julie hatte ihr Studium noch weitergeführt, solange es ging. Nach der Geburt hatte sie es dann abgebrochen, weil es einfach nicht zu organisieren war. Ben hatte sie finanziell unterstützt, aber zum Einen nahm Julie nur das Minimalste an, und zum Zweiten musste er aufpassen, dass seine Frau keinen Verdacht schöpfte. Simone hatte Bene nie gemocht und hätte kein Verständnis dafür gehabt, dass Ben mal wieder für ihn in die Bresche sprang. So war Julie die ersten drei Jahre mehr schlecht als recht über die Runden gekommen. Als Leonie alt genug war, um in den Kindergarten zu gehen, hatte die junge Mutter in der größten Buchhandlung der Stadt, direkt am Rathausmarkt, eine Halbtagsstelle als Buchhändlerin angetreten, die ihr Spaß machte und bei der sie zumindest so viel Geld verdiente, dass die Existenz ihrer kleinen Familie gesichert war. Natürlich konnten sie keine großen Sprünge machen und sowas wie Urlaub war überhaupt nicht drin. Seit Leonie aber im letzten Sommer in die Schule gekommen war, arbeitete Juliane außerdem als freie Journalistin und schrieb Artikel für diverse Zeitungen und Zeitschriften. Durch das zusätzliche Geld konnte Juliane sich jetzt sogar die schöne kleine Wohnung in der Münzstraße leisten. Vorher hatten sie in dem alten Haus von Julianes verstorbener Großmutter gelebt, das zwar groß, doch noch nicht abbezahlt gewesen war. Die Raten für das Haus waren in etwa so hoch gewesen, wie die Miete für die jetzige Wohnung. Was jedoch bei dem alten Haus hinzugekommen war, waren die ewigen Instandhaltungsreparaturen, die Juliane sich nicht hatte leisten können. So tropfte es bei Regen durchs Dach und im Winter zog es erbärmlich. Leonie war oft krank gewesen. Obwohl Juliane an dem alten Haus gehangen hatte, hatte sie erkannt, dass es so nicht mehr weiterging. Und so kam eines zum anderen: Juliane arbeitete als freie Journalistin und verkaufte außerdem das Haus. Den Erlös aus dem Verkauf musste Juliane natürlich zum größten Teil an die Bank abtreten. Doch ein bisschen blieb übrig und das legte sie für Leonie an.

Julie war in Bens Augen eine großartige Mutter und nach wie vor eine lebenslustige und starke Frau – er hatte vollstes Verständnis dafür, dass sie sauer auf ihn war, weil sie auf so unglückliche Weise von Benes Rückkehr erfahren hatte. Er würde noch einmal in Ruhe mit ihr sprechen müssen, um ihr alles zu erklären, zumal er jetzt – falls Katharina mit ihrer Vermutung richtig lag – die Tatsachen auch vor Bene nicht mehr lang geheim halten konnte. Aber er wollte Julie zumindest die Chance geben, seinem Bruder persönlich mitzuteilen, dass er Vater einer siebenjährigen Tochter war.

Jetzt mussten sein Team und er aber erst einmal sehen, dass sie eine Spur zu Laura fanden. Die Kleine war inzwischen vermutlich seit mehreren Stunden in der Hand eines eiskalten Psychopathen, und sie konnten nur hoffen, dass sie überhaupt noch am Leben war.

Er sah Tobi und Katharina an, die ganz offensichtlich die Information noch verarbeiteten. Tobi ergriff als Erster das Wort: »Du meinst also, es könnte sein, dass eigentlich Leonie entführt werden sollte, um dich zu treffen?«

»Ich weiß es nicht, Tobi«, erwiderte Ben sachlich. »Eigentlich macht das keinen Sinn, denn bis eben gerade wusste niemand davon, dass Leonie meine Nichte ist. Und ich bitte euch ausdrücklich, das auch vorläufig für euch zu behalten.«

»Weiß …«, Katharina kam die Frage nur schwer über die Lippen, »weiß denn Bene, also weiß dein Bruder Bescheid?«

»Nein, er weiß nicht einmal von Leonies Existenz, geschweige denn, dass er ihr Vater ist. Und auch das muss bitte vorerst so bleiben!«

Ben sah bei diesen Worten Katharina eindringlich an. Er hatte keine Ahnung, was da zwischen ihr und seinem Zwillingsbruder lief, aber irgendeine Verbindung musste es geben. Warum sonst war ausgerechnet sie zu der Information gekommen, dass Lauras Ranzen bei Bene abgegeben worden war?

»Wie seid ihr denn genau an den Ranzen gekommen? Ich mein, woher wusstet ihr von ihm?«, fragte Tobi an beide gewandt.

Ben war froh, dass seinem jungen Kollegen nicht auffiel, dass hier noch etwas anderes Unausgesprochenes in der Luft hing. Er antwortete schnell, um Katharina zuvorzukommen: »Der Ranzen wurde im Hotel Heideglanz für meinen Bruder abgegeben. Wie du ja weißt, arbeitet er seit Kurzem dort in der Bar. Und da das Paket mit dem Ranzen ausdrücklich für ihn dort abgegeben wurde, gibt es nur zwei Möglichkeiten: Entweder, das alles ist ein fast schon unglaublicher Zufall, oder aber unser Täter weiß um die familiären Verbindungen und will mich damit vorführen und uns zeigen, dass er schlauer ist als wir.«

Katharina nahm einen großen Schluck Kaffee, in der Hoffnung, dass er ihr zu einem klareren Kopf verhelfen würde, dann sagte sie bedächtig: »Das würde zu seinem Profil passen.«

»Du meinst: klüger, als die Polizei erlaubt?«, fragte Tobi unschuldig und fing sich damit ein mahnendes »To-bi« von Ben ein. Katharina jedoch nickte: »Jaaa«, sagte sie gedehnt, »im Grunde meine ich es so. Unser Täter spielt Schicksal und spürt dabei seine Macht. Und in unserer Gesellschaft sind wir, die Polizei, nun einmal diejenigen, die die Macht des Staates ausüben und deswegen auch irgendwie repräsentieren. Und du als unser bekannter Lüneburger Hauptkommissar, Ben…«

Ben war bei Katharinas Worten ins Grübeln verfallen, doch es war überhaupt nicht seine Art, den Stier nicht bei den Hörnern zu packen. Mehr zu Katharina als zu Tobi gewandt, unterbrach er sie jetzt: »Ja, das mag schon sein, aber das sind noch immer nur Spekulationen und helfen Laura grad nicht direkt weiter.«

Wieder nickte Katharina zustimmend und fragte: »Und wie gehen wir jetzt weiter vor?«

»Ich schlage vor, dass Tobi den Karton und den Ranzen jetzt erst mal in die KTU bringt, damit sie ihn auf DNA-Spuren oder andere Hinweise untersuchen können, auch wenn ich da keine große Hoffnung habe. Von dem Zettel mit den vermeintlichen Gedichtzeilen machst du bitte vorher eine Kopie«, ergänzte er in Tobias' Richtung, »und dann bitte ich dich, zu prüfen, ob und wie es mit den bisherigen Texten zusammenpasst. Auf dem Gebiet bist du ja wohl am ehesten der Experte unter uns.«

Der junge Kommissar streifte sich bereits Handschuhe über, um den Auftrag auszuführen.

»Du, Katharina«, fuhr Ben fort, »mobilisierst bitte einen Trupp, der Lauras Klassenkameraden befragt. Vielleicht hat ja doch einer was mitbekommen. Ich ruf kurz bei Mausner an, erkläre ihm die aktuelle Sachlage, und dann wird das mit der Verstärkung schon klargehen. Selbst wenn er es vielleicht erst im Nachhinein genehmigt. Wir dürfen jetzt keine Zeit verlieren. Außerdem müssen wir den Weg abgehen lassen, den Laura wahrscheinlich von der Schule aus nach Hause gegangen ist. Auch die Nachbarn sollten schnellstmöglich befragt werden. Mir ist klar, dass wir die Nadel im Heuhaufen suchen, aber vielleicht haben wir ja Glück. Wenn du alles organisiert hast, fährst du bitte zu Lauras Mutter. Bringe ihr schonend bei, soweit das möglich ist, wohin unsere Vermutungen gehen. Versichere ihr, dass wir alles tun, um Laura zu finden. Ich weiß, das ist der unangenehmste Teil, aber von Frau zu Frau ist es vielleicht zumindest ein kleines bisschen leichter. Ich werde noch einmal zu Leonies Mutter fahren. Sie sollte von unserer Vermutung ebenfalls wissen, allein für den Fall, dass der Täter seinen Irrtum bemerkt und ihn korrigieren will. Und ich werde versuchen, sie dazu zu bringen, meinem Bruder die Wahrheit zu sagen, bevor ich es tun muss.«

Katharina hatte keine Miene verzogen. Ben war nicht sicher, ob das reine Professionalität war oder ob die Kollegin glaubte, eines der kleineren Übel übernehmen zu müssen.

Tobi griff bereits mit Handschuhen an den Händen nach dem Ranzen und dem Zettel, der noch auf dem Tisch lag, und sagte: »Okay, Chef, dann mach ich mich auf den Weg. Sobald ich zu dem Text was sagen kann, melde ich mich bei euch, ja?«

»Ich denke, wir sehen uns morgen früh – sehr früh – hier wieder. Wir brauchen erstmal die Ergebnisse der KTU, deine Info zum Text, und ich will noch wissen, ob Leonie vielleicht in den letzten Tagen jemand aufgefallen ist, der sie beobachtet hat oder so. Ich werde also auch einige Zeit brauchen.« Ben sah zu Katharina. »Und du wirst dir für Lauras Mutter auch ein bisschen Zeit nehmen müssen. Vielleicht kann sie jemanden zu sich holen, damit sie in dieser Situation nicht allein ist. Bring auf jeden Fall bitte ein aktuelles Foto von Laura mit. Stellt euch drauf ein, vorerst wenig Schlaf zu bekommen. Wir sehen uns hier morgen früh um acht Uhr wieder.«

Tobi verschwand bereits aus der Tür des Büros, und Katharina griff ebenfalls nach ihrer Tasche, um wie von Ben angewiesen einen Polizeitrupp zu organisieren und sich dann gleich auf den Weg zu Yvonne Ronneburg zu machen. An der Tür blieb sie noch einmal stehen und fragte: »Ben?«

Der Kommissar, der ebenfalls vom Schreibtisch aufgestanden war, um seinen leeren Kaffeebecher in die Küche zu bringen, wendete sich ihr zu. Er hatte gehofft, dass Katharina von sich aus mit einer Erklärung aufwarten würde, anstatt auf seine Frage zu warten.

»Du willst sicher wissen, warum dein Bruder mich angerufen hat und nicht dich, um von dem Ranzen zu erzählen. Also, es ist so, dass … na ja, wir haben uns kennengelernt, bevor ich hier angefangen habe.«

Nur Katharina wusste, dass dazwischen tatsächlich nur wenige Stunden gelegen hatten, aber zumindest war es nicht gelogen. »Er hat also nicht dienstlich angerufen, sondern privat. Das mit dem Ranzen hat er einfach zufällig erzählt, und da bin ich natürlich sofort hellhörig geworden. Es tut mir leid, ich hätte dir das wohl schon früher sagen sollen.«

Ben beobachtete Katharina und bemerkte genau, wie unangenehm es ihr war, über ihre Verbindung zu Bene zu sprechen.

»Katharina, letztlich ist es mir egal, mit wem du privat verkehrst. Zugegebenermaßen ist das gerade eine etwas schräge Konstellation, aber dafür kannst du nichts. Allerdings könnte es noch zu Schwierigkeiten führen, du solltest euer … ›Verhältnis‹ also vielleicht noch mal überdenken. Und was Leonie angeht, kann ich nur wiederholen: Kein Wort von dir zu meinem Bruder, ich hoffe, da haben wir uns verstanden.« Mit diesen Worten schob Ben sich an ihr vorbei und verschwand in die Büroküche.

19.07 Uhr

Katharina steckte vorsichtig den Schlüssel ins Schloss und machte sachte die Tür zu ihrer Wohnung auf. Sie ging davon aus, dass ihr Chef sich noch nebenan bei Julie aufhielt, und wollte weder ihm noch Julie im Moment über den Weg laufen. Sie hatte eben noch mit dem Einsatzleiter des Polizeitrupps telefoniert, der nach eigenen Worten sämtliche mögliche Wege, die Laura gegangen sein konnte, auf den Kopf stellen ließ. Dennoch konnte er bisher kein noch so kleines Ergebnis präsentieren. Daraufhin hatte Katharina beschlossen, nach Hause zu gehen. Sie musste erst einmal etwas Klarheit in ihren Kopf bekommen, um überhaupt denken zu können, und die Wohnung schien ihr – zu ihrer eigenen Überraschung – der geeignetste Ort dafür. Ihr Besuch bei Yvonne Ronneburg war zwar kurz, aber trotzdem bedrückend gewesen. Wie sollte man auch eine Mutter trösten, wenn deren Kind verschwunden war und von ihm seit Stunden jedes Lebenszeichen fehlte? Zu Katharinas Erleichterung waren die Eltern von Yvonne bei ihrer Tochter gewesen und würden auch die Nacht dort verbringen. Katharina hatte alle über den aktuellen Stand der Ermittlungen informiert und erneut versprochen, dass sie alles tun würden, um Laura schnell und unversehrt wieder nach Hause zu bringen. Dann hatte sie sich leise verabschiedet und war mit beklommenem Gefühl nach Hause gegangen. Sie hätte sich frische Luft gewünscht, doch über der Stadt hing eine bedrückende Schwüle. In der Wohnung angekommen, schmiss Katharina daher als Erstes die verschwitzten Sachen in die Kiste im Bad, die als provisorische Wäschetruhe in ihrer immer noch nicht fertig eingerichteten Wohnung diente. Unter dem kühlenden Wasserstrahl der Dusche gelangte wieder etwas Kraft in ihren Körper.

Mit nassen Haaren und nur in einen dünnen Bademantel gehüllt, setzte sich Katharina einige Minuten später an die geöffnete Balkontür auf den Fußboden. Sie legte den Kopf an die kühle Fensterscheibe, zündete sich eine Zigarette an und ließ kurz die Gedanken schweifen. Was für eine irrwitzige Situation. Bene, der Vater von Leonie … sie konnte es noch immer kaum glauben. Offenbar hatten er und Julie aber tatsächlich keinen Kontakt gehabt, denn sonst wäre Bene spätestens bei seinem Besuch in Katharinas Wohnung über die Adresse gestolpert. Auf die Namensschilder an der Außenklingel hatte er vermutlich nicht geachtet. Warum auch, er hatte ja nur nach dem Namen von Katharina gesucht. Außerdem – erst jetzt fiel es Katharina wieder ein – stand auf dem Schild zur Nachbarwohnung lediglich Juliane und Leonie L. Was, wenn Juliane und Bene sich zufällig im Hausflur begegnet wären? Wie würde Bene reagieren, wenn er von seiner Tochter erfuhr? Katharina versuchte, die Gedanken wegzuwischen. Das war nicht ihr Problem. Viel wichtiger war jetzt, dass sie eine Spur zu Laura fanden. Sie drückte die Zigarette im Aschenbecher aus und zog die Unterlagen zu sich heran, die neben dem Sofa auf dem Fußboden lagen. Katharina gähnte, doch an Schlaf dachte sie nicht. Sie war fest entschlossen, das Profil des Täters heute Nacht noch deutlicher herauszuarbeiten. Nach der unbefriedigenden Information des Einsatzleiters war das momentan ihre einzige Hoffnung, irgendwie voranzukommen. Nur wenn sie den Täter besser einschätzen konnten, würde es ihnen möglich sein, ihn zu stoppen.

20.46 Uhr

Ben trat auf die Straße und atmete tief durch. Julie hatte ihn angehört, und dafür war er ihr dankbar. Wütend war sie nach wie vor, aber sie hatte Bens Erklärungen akzeptiert. Es war ein gutes und sehr ruhiges Gespräch gewesen.

Beide hatten penibel darauf geachtet, dass Leonie nichts mitbekam. Die Kleine hatte zwar bereits im Bett gelegen, aber dass sie nach den Aufregungen des Tages bereits schlief, war eher unwahrscheinlich.

Julie hatte schon konkrete Vorstellungen auf den Tisch gebracht, als Ben bei ihr angekommen war. Sie selbst wollte mit Bene sprechen. Der Kommissar hatte ihr angeboten, seinen Zwilling aufzuklären, doch ihm war klar gewesen, dass Julie das Angebot nicht annehmen würde. Sie war nicht der Typ Frau, der sich drückte. Und sie stand ganz klar zu der Aussage, dass sie sich nichts vorzuwerfen hatte, sondern Bene. Sie wollte ihm in die Augen sehen, sein Gesicht sehen, wenn er – nach acht Jahren ohne Lebenszeichen – von seiner Tochter erfuhr. Über das wie, wo und wann hatten Ben und Julie gesprochen. Beiden war klar, dass sie die Sache nicht mehr stoppen und aufgrund der Geschehnisse Eile geboten war. So hatten sie sich darauf geeinigt, dass Ben auf seinem Weg nach Hause im Hotel Heideglanz bei Bene vorbeigehen würde.

Gerade als Ben das Foyer des Hotels betrat, erreichte ihn eine SMS. Sie war von Tobi, der ihm mitteilte, dass es sich bei dem Geschreibsel auf dem Zettel aus dem Ranzen um das Zitat einer sogenannten Erleuchteten handelte. Weiter schrieb Tobi, dass er glaube, der Täter könnte es sich ausgesucht haben, weil es in irgendeiner Weise zu seinem geplanten Vorgehen passe und außerdem auch gut zu dem Gedicht von Fried. Zum Lesen der SMS war Ben kurz stehen geblieben. Unwillkürlich nickte er jetzt mit dem Kopf, weil er Tobi recht gab. Dann setzte er seinen Weg fort und ging zielstrebig in die Bar. Hier und da saßen ein paar vereinzelte Gäste, aber richtig voll war es nicht. Er entdeckte seinen Zwilling hinter dem Tresen, wo dieser mit einem blonden Mädchen sprach. Als sie sich umdrehte, erkannte Ben in ihr die junge Hotelangestellte, die die Leiche im Wasser an der Hotelterrasse gefunden hatte: Jana Helm. Sie schaute sich aufmerksam in der Bar nach eventuellen neuen Wünschen der Gäste um, bis ihr Blick an dem Kommissar hängen blieb. Verwirrt schaute sie zu Bene und dann wieder zu Ben. Bene grinste die junge Kollegin an: »Tja, Helmchen, da staunst du – mich gibt es gleich zweimal.«

»Scherzkeks, ich hab durchaus in meinem Leben schon mal Zwillinge gesehen. Aber dass man erstmal irritiert guckt, ist doch wohl normal.« Jana schmollte gespielt. »Außerdem sollst du mich nicht Helmchen nennen!«

»Schon gut, Helmchen«, konnte Bene es sich nicht verkneifen und tat so, als müsste er einem drohenden Schlag der blonden Kellnerin ausweichen. »Spaß beiseite – kannst du kurz die Bar allein schmeißen? Mein Bruder sieht aus, als wenn er nicht zum Cocktailtrinken gekommen ist.«

Bene überspielte seine Unsicherheit. Jana Helm hatte von der Geschichte mit dem Ranzen nichts mitbekommen, ihre Schicht hatte erst begonnen, nachdem die Streife das Paket bereits abgeholt hatte. Bene aber wollte von seinem Bruder wissen, worum es nun eigentlich ging. »Ich bin gleich wieder da, okay?«, fragte er eher rhetorisch an die junge Frau gewandt.

»Keine Sorge, ist ja nicht so, dass die Leute hier im Moment den Tresen stürmen«, antwortete sie schmunzelnd. »Das werde ich wohl gerade noch allein schaffen.«

Bene trat seinem Zwillingsbruder entgegen, der sich an den Flügel lehnte, der in der Bar stand, heute aber nicht genutzt wurde.

»Hallo, Bruderherz«, versuchte Bene selbstsicher zu starten, »schon wieder Sehnsucht nach der verschollenen zweiten Hälfte?«

Ben Rehder konnte seinem Bruder die so offensichtlich gespielte Fröhlichkeit und Selbstsicherheit nicht übel nehmen. Auch für ihn war es nach wie vor ein seltsames Gefühl, seinem Bruder wieder Auge in Auge gegenüberzustehen, und jeder ging eben anders mit solchen Situationen um.

»Hallo, Bene«, erwiderte er daher sachlich, aber nicht unfreundlich. »Ich muss mit dir reden, ich mach es auch kurz. Du hast schließlich deinen Job zu machen, aber es ist wichtig: Julie möchte dich sprechen, morgen Vormittag, und ich bitte dich, geh hin.«

»Julie? Sie ist tatsächlich noch in Lüneburg?« Bene war sichtlich überrascht, wie es Ben schien. »Ich habe vorhin erst an sie gedacht und wollte dich ohnehin nach ihr fragen.« Bene blickte seinen Zwilling unsicher an: »Du hast also noch Kontakt zu ihr und hast ihr erzählt, dass ich wieder da bin?«

»Es ging nicht anders, Bene, ich musste es ihr sagen. Bitte triff sie morgen, dann wirst du es verstehen.« Ben hasste diese Heimlichtuerei, aber diesmal würde er Julie nicht enttäuschen. Sie allein sollte Bene die Augen öffnen, was er vor acht Jahren tatsächlich alles aufgegeben und zurückgelassen hatte. Trotzdem musste er Bene eine Frage stellen, wohlwissend, dass der den Zusammenhang nicht würde verstehen können. Zumindest noch nicht. »Bene«, sagte er daher ruhig, »falls es irgendjemanden gibt, der mit dir noch eine Rechnung offen hat und dir möglicherweise schaden will, dann bitte ich dich, es mir zu sagen. Es könnte wirklich wichtig sein!«

»Nein«, Bene sah seinen Bruder mit einer Mischung aus Wut und Enttäuschung im Blick an. »Ist es wegen dieser Schulranzensache? Ich hab keine Ahnung, warum ich den bekommen habe. Vielleicht einfach nur weil ich dein Bruder bin und jemand dich auf dem Kieker hat! Vielleicht einer, den du mal verknackt hast und der dann sein Kind nicht hat aufwachsen sehen können. Ach, was weiß denn ich, aber sicher wurde er nicht umsonst von einer Polizeibeamtin hier abgeholt, oder? Ach, vergiss es einfach. Du wirst es mir eh nicht erzählen, aber ob du es mir nun glauben willst oder nicht: Ich habe mich geändert und mit meiner Vergangenheit komplett abgeschlossen. Also – wo und wann soll ich Julie treffen?«, endete er barsch und sah Ben direkt in die Augen. Er kannte Ben trotz der langen Trennung gut genug, um noch zu wissen, dass es hier nicht lohnte, mehr aus ihm herauskitzeln zu wollen. Nicht was den Schulranzen anging und schon gar nicht, was Julie betraf.

»Morgen früh um 10.00 Uhr«, antwortete Ben dann auch tonlos, »am Brunnen vor dem Rathaus.«

23.37 Uhr

Nachdem er sich wieder auf sein Fahrrad geschwungen hatte, um von der Laubenkolonie nach Hause zu fahren, hatte er nach wenigen Metern schon dieses schleichend hochkommende Gefühl in sich bemerkt. Mit jedem einzelnen Tritt in die Pedale hatte er sich besser gefühlt. Dann, als er Zuhause angekommen war und sein Rad wieder im Keller verstaut hatte, konnte er kaum fassen, was mit ihm geschehen war: Er fühlte sich besser als die Stunden und auch Tage zuvor. Das kannte er nicht von sich und er nahm an, dass dies dem Glücksgefühl nahe kam, von dem er in Büchern gelesen und das er sich immer schon erhofft hatte. Ja, er war nicht weit davon entfernt, sich zu vervollkommnen. Natürlich, noch immer hatte er Fieber, doch jetzt konnte er es wieder genießen.

Sein Puls ging schneller, als er die Kellertreppe hochstieg, kurz aus seiner Wohnung seine bereitstehende Kamera sowie den fertig gepackten Rucksack holte und dann wenige Sekunden später die Stufen des Hausflurs wieder hinunter ging. Er trat durch die Haustür auf die Straße und schlug zu Fuß den Weg in Richtung Stint ein. Er wusste: Trotz der Hektik der vergangenen Stunden hatte er alles richtig gemacht. Nun würde ihn nichts mehr davon abbringen können, sein Gesamtwerk perfekt zu Ende zu bringen. Er war wieder in die Chronologie seines Plans eingetreten.

Am Stintmarkt angekommen, ging er nicht nach rechts in die Straße Bei der Abtsmühle hinein, um den Weg über die Brücke zum Hotel Heideglanz zu nehmen, sondern schlenderte gemächlich durch die Kneipenstraße. So, als wäre er ein interessierter Tourist, der es nicht eilig hatte und das pulsierende Treiben hier in dieser bekannten Straße in sich aufsog, um es mit nach Hause zu nehmen und den Bekannten und Freunden davon zu berichten. Er wollte von hinten, über den Fischmarkt, an das Hotel gelangen. Trotz der späten Stunde quoll der Stint noch immer über vor Menschen, sodass er nicht weiter auffiel. Hin und wieder machte er ein bekanntes Gesicht aus, doch niemand trat auf ihn zu oder begrüßte ihn gar, und wenn es nur mit einem Kopfnicken gewesen wäre. Er kannte dieses Phänomen seit seiner Jugend. Die meisten Menschen schienen ihn, wenn er sich in einer größeren Menschenmenge aufhielt, überhaupt nicht wahrzunehmen. Noch bis vor Kurzem hatte er gedacht, es läge daran, dass ihn die Menschen nicht mochten. Inzwischen wusste er, dass der Grund ein anderer war: Sie spürten, dass er ihnen überlegen war und wollten deswegen nichts mit ihm zu tun haben. Heute, an diesem Maiabend, genoss er genau aus diesem Grund die sonst so beschämende Nichtbeachtung. Wie es wohl erst sein würde, wenn er sein Meisterwerk vollendet hatte? Denn dann würde jeder wissen, dass ihr Gespür sie nicht getrogen hätte. Dass er besser war, als sie alle zusammen.

Als er den Stint hinter sich gelassen hatte und beim Fischmarkt angelangt war, drückte er sich in einen großen, dunklen Hauseingang. Dort setzte er den Rucksack ab, schnürte ihn auf und holte neben einem Handtuch nacheinander die darin verborgenen Frauenkleider heraus. Ihnen entstieg ein modriger Geruch, und sie sahen aus, als hätte er sie direkt aus dem Container der Altkleidersammlung gefischt. Dennoch zog er sie über seine Jeans und das Langarmshirt. Selbst an Schuhe und Strümpfe hatte er gedacht. So tauschte er jetzt, nachdem er seine nackten Füße zuvor in blickdichte, beige Strümpfe gesteckt hatte, seine FlipFlops gegen klobige Latschen. Am Ende band er sich noch ein ausgeblichenes, graues Kopftuch um und zog Chirurgenhandschuhe über die Hände. Einzig der Rucksack hatte ihn ursprünglich vor ein Problem gestellt. Er hatte daran gedacht, ihn einfach unter dem Frauenkittel auf seinen Rücken zu schnallen, damit es aussah wie ein Buckel oder ihn am Bauch zu tragen, damit er schön rundlich wirkte, doch in beiden Fällen könnte der Rucksack verrutschen und ihn verraten. Schließlich war er auf die perfekte Lösung gekommen. Sie war ganz simpel und würde seine Verkleidung makellos machen.

Schnell zog er den Reißverschluss von der kleinen Seitentasche des Rucksackes auf und förderte ein kleines Nylonknäuel hervor. Es war etwa so groß wie ein Tennisball. Mit einem kurzen Ruck schlug er das Knäuel auseinander, das sich daraufhin zu einer Einkaufstasche, wie sie ältere Frauen bevorzugen, entfaltete. Er steckte seine Flip-Flops in den Rucksack und stopfte alles zusammen in die Einkaufstasche. Obenauf legte er seine Kamera. Alles in allem hatte ihn die gesamte Umziehaktion sechs Minuten gekostet. Natürlich hatte er bereits geübt und auch überlegt, ob er sich nicht schon zu Hause umkleiden sollte, doch hatte er dies schnell wieder verworfen. Trotz der wirklich außerordentlich guten Verkleidung wollte er so nicht länger als unbedingt nötig auf der Straße herumlaufen. Darum hatte er sich für das Umziehen im Hauseingang entschieden, den er vorher überprüft hatte. Hier in der Gasse kam um diese Uhrzeit kaum jemand vorbei. Im Haus selbst wohnten lediglich drei Parteien. Es war eines der typischen Lüneburger Bürgerhäuser, aus Backsteinen erbaut und mit einem gotischen Staffelgiebel versehen, wie sie zuhauf und dicht gedrängt in den engen kopfsteingepflasterten Gassen der Innenstadt zu finden waren. Der von ihm ausgewählte Hauseingang lag ein wenig zurückgesetzt und war nur durch eine spärliche Glühbirne beleuchtet, die er allerdings gleich nach seiner Ankunft mit dem um seine Hand gewickelten Handtuch zerdrückt hatte. Sicher war sicher. Als er sich nun wieder in Bewegung setzte, verrieten nur die auf den Boden gefallenen, spurenfreien Scherben sein kurzes Gastspiel an diesem Ort.

Er fühlte sich gut in den Frauenkleidern, und sie machten ihn tatsächlich auf den ersten Blick unkenntlich. Solange er mit niemandem auf seinem weiteren Weg sprechen oder ihn direkt anschauen musste, würde ihm bestimmt keiner auf die Schliche kommen. In andere Rollen zu schlüpfen, lag ihm einfach. Schon als Kind hatte er Fasching geliebt – nicht nur zur alljährlichen närrischen Zeit, die ohnehin in Norddeutschland gar nicht so zelebriert wurde wie anderswo. Er hatte sich verkleidet, wann immer sich ihm die Gelegenheit dafür bot. Allerdings hatte er seine Energie nie an einen Cowboy, Indianer oder dergleichen verschwendet, sondern sich in reale Personen aus seinem Umfeld hineinversetzt. Mal war er der nassforsche Postbote, mal die Nachbarin mit dem Hund, mal der Onkel, der – nachdem sein Vater die Flucht ergriffen hatte – immer den ersten Montagabend im Monat mit seiner Mutter verbrachte und ihm kaum in die Augen schauen konnte. Am liebsten aber hatte er sich heimlich in das mütterliche Schlafzimmer geschlichen, um dort die damals noch viel zu großen Frauenkleider aus dem Schrank zu holen und sich mit ihnen zu verkleiden. Er hatte sich dann vor den großen Schranktürspiegel gestellt und sich darin geübt, wie seine Mutter zu sein. Er hatte mit einem imaginären kleinen Jungen, der eben noch im gleichen Zimmer gewesen war, gezetert, ihn belehrt, mahnende Worte ausgesprochen oder einfach nur mürrisch und verletzt geguckt. Die noch vereinzelt im Schlafzimmerschrank hängenden Klamotten seines Vaters hatte er jedoch nicht angerührt. Diese Rolle hatte ihn nie interessiert.

23.56 Uhr

Katharina traute ihren Augen nicht. Sie stand versteckt hinter einem Baum und bemühte sich, auf keinen Ast zu treten und damit womöglich ein Knacken zu verursachen, das in der nächtlichen Stille sofort aufgefallen wäre. In einigen Metern Entfernung sah sie eine Hütte stehen, die durch eine Außenlampe in schummriges Licht getaucht war. Auf der kleinen Veranda konnte sie die Gestalt eines Mannes ausmachen, der sie von seiner Statur her an Maximilian erinnerte. Der Mann beugte sich über einen zweiten Körper, der auf dem Boden lag. Sie war der richtigen Spur gefolgt – das von ihr erstellte Profil hatte sich bestätigt! Wieder kam ihr Maximilian in den Sinn und ihr lief ein Schauer über den Rücken. Die Person auf dem Boden bewegte sich nicht, und Katharina konnte nicht erkennen, ob es sich um ein Kind, um Laura, handelte. Sie musste näher ran, doch das würde kaum geräuschlos funktionieren auf dem trockenen Waldboden. Aber sie wollte unbedingt das Gesicht des Täters sehen. War es wirklich Maximilian? Das konnte doch nicht sein! Maximilian saß in München im Gefängnis, wo er für seine grausige Tat büßte. Katharina merkte wie ihr Herz raste und der Atem schneller ging. Sie musste sich einfach überzeugen. Und sie musste wissen, wer da auf dem Boden lag, ob es sich um Laura handelte und sie das Mädchen noch retten konnte. Sie versuchte, sich im Dunkeln noch etwas besser zu orientieren, machte einen vorsichtigen Schritt vorwärts, dann noch einen und noch einen … Verdammt! Jetzt hatte sie doch einen trockenen Ast erwischt! Erschrocken verharrte sie in der Schwärze der Nacht und sah in Richtung Hütte, der sie nun zumindest ein paar Meter nähergekommen war. Auch der Mann schaute auf, offensichtlich alarmiert durch das Knacken im Gehölz. Er schien zu prüfen, ob es nur ein Tier war, das sich bewegt hatte, oder ob er in Gefahr war. Das menschliche Bündel am Boden bewegte sich noch immer nicht, und Katharina schauderte es bei dem Gedanken, dass sie zu spät kam. Gerade, als sie glaubte, den Täter wieder in Sicherheit zu wiegen und einen weiteren Schritt nach vorn wagen wollte, sah der Kerl genau in ihre Richtung. Das Licht der schmutzigen Lampe fiel direkt in sein Gesicht und Katharina erschrak bis ins Mark – es war Bene!

Anmutig, geistig, arabeskenzart
Scheint unser Leben sich wie das von Feen
In sanften Tänzen um das Nichts zu drehen,
Dem wir geopfert Sein und Gegenwart.
Schönheit der Träume, holde Spielerei,
So hingehaucht, so reinlich abgestimmt,
Tief unter deiner heiteren Fläche glimmt
Sehnsucht nach Nacht, nach Blut, nach Barbarei.

Im Leeren dreht sich, ohne Zwang und Not,
Frei unser Leben, stets zum Spiel bereit,
Doch heimlich dürsten wir nach Wirklichkeit,
Nach Zeugung und Geburt, nach Leid und Tod.

(Hermann Hesse)

KAPITEL 6:
FREITAG, 06. MAI 2011

00.07 Uhr

Natürlich wäre ihm ein abgelegener Ort für sein Vorhaben lieber gewesen, doch schließlich konnte er die Geschichte nicht neu schreiben. Alles musste so in Szene gesetzt werden, wie es einstmals stattgefunden hatte, nur diesmal eben ohne Fehler. Da er wusste, was der andere falsch gemacht hatte, würde ihm das ganz sicher nicht passieren. Außerdem handelte er nicht im Affekt wie der andere, sondern wohlüberlegt. Bei seinen vorangegangenen Fällen war es auch so gewesen. Schon der erste war wie am Schnürchen gelaufen: die Wasserleiche, die leider erst nach dem Auffinden der überfahrenen Studentin angetrieben worden war. Im ersten Augenblick war dies für ihn ein Wermutstropfen gewesen, doch dann hatte er sich schnell damit versöhnt. Die Polizei würde schon feststellen, wer von beiden als Erster an der Reihe gewesen war. Und dann waren da ja auch noch die Gedichtstrophen, die einfach nur von den Ermittlern in die richtige Abfolge gebracht werden mussten. Das Gedicht und das Verteilen der Strophen, diesen Clou hatte er sich natürlich ausgedacht. Sie waren das Sahnehäubchen. Und seine Opfer waren unter anderem auch diesen Zeilen entsprechend ausgesucht, denn es hätte natürlich unzählige andere Schuldige gegeben, die er hätte auswählen können. Seine dilettantischen Vorgänger hatten nicht an so etwas gedacht, allerdings hatten sie es auch nicht gebraucht. Ihnen ging es schließlich allein ums Töten. Töten aus Rache, Eifersucht, Gier oder auch blinder Wut, fokussiert auf eine bestimmte Person. Er hingegen sah das große Ganze, und letztlich war das Töten für ihn nur Mittel zum Zweck, um seine Botschaft der Welt zu verkünden. Es war sogar so gewesen, dass das Gedicht ihn erst zu seinen Taten inspiriert hatte. Sicherlich, er hatte sich schon immer für die menschlichen Unzulänglichkeiten interessiert. Irgendwann hatte er dann angefangen, wahre Begebenheiten darüber zu sammeln und zu analysieren, um ein Buch daraus zu machen, ein Lehrbuch. Hierfür trug er Zeitungsartikel aus aller Welt zusammen. Über kurz oder lang war er dabei auch über Tötungsdelikte gestolpert und hatte sich aus der Faszination heraus dann ausschließlich darauf konzentriert. Die aus seiner Region legte er heraus und behandelte sie extra. Für ihn war es schier unglaublich, welche Fehler Menschen begingen. Dazu noch Menschen, die er zum Teil kannte. Wie dumm sie doch allesamt waren!

Das Lehrbuch sollte so lang ein Lehrbuch werden, bis das Schicksal ihn mit dem Gedicht konfrontierte, das quasi durch die Zeilen und den Mund seiner Mutter zu ihm sprach. Er hatte keine Ahnung, woher sie es hatte. Vielleicht von ihrem Pseudo-Beichtvater, dem ewigen Möchtegern-Onkel, der seine Mutter, nachdem der Alte sich verpisst hatte, immer jeden ersten Montag im Monat für exakt zwei Stunden besucht hatte, bis damals, als es nicht mehr ging, weil er die Eltern erneut zusammengebracht hatte. Seine Mutter hatte während seiner Plackerei bei der Wiedervereinigung das Gedicht immer und immer wieder deklamiert. Es brannte sich während der Arbeit, die er damit hatte, in seinem Hirn ein. Später hatte er dann herausgefunden, wer es geschrieben hatte: Erich Fried. Bislang hatte er keine Beziehung zu Fried gehabt. Er hatte immer andere, ältere Dichter und Denker bevorzugt und so gar keine Berührung zu Fried gesucht. Dies tat er noch immer nicht, obwohl er sich natürlich, nachdem er das mit seinen Eltern wieder in die richtige Bahn gebracht hatte, mit Fried auseinandergesetzt hatte. Frieds andere Gedichte sprachen ihn überhaupt nicht an. Und genau aus diesem Grund war er sich sicher, dass es kein Zufall gewesen war, dass seine Mutter im entscheidenden Moment genau diese Zeilen so unermüdlich herausposaunt hatte. Er nahm also Abstand von der Idee eines Lehrbuches. Denn nun wusste er es besser: Sein Buch musste eine neue Art Bibel werden, die ihm huldigte. Ihm, dem Meister, der über allen stand.

Die Alte hatte das hinterste Zimmer auf dem Flur des ersten Stockwerkes – die Junior-Suite. Er hatte es schon vor längerer Zeit für heute und morgen gebucht. Als er ihr davon erzählt hatte, war sie ganz aus dem Häuschen gewesen. Diese Närrin. Sie wollte es ihm in ihrer Blödheit einfach glauben, dabei hätte sie es sich doch an zehn Fingern abzählen können, dass er nie und nimmer ein Preisausschreiben so manipulieren konnte oder wollte, dass sie die Gewinnerin wäre – Dummheit schützte eben vor seiner Strafe nicht.

Auf seinem Weg durch das Hotel hatten ihm die wenigen Leute, die ihn sahen, kaum Beachtung geschenkt. Sicher – hinter seinem Rücken hatte die Tussi am Empfangstresen mit dem Portier getuschelt, als er gesenkten Hauptes an ihnen vorbei durch die Lobby zum Treppenhaus geschlurft war. Sollten sie! Ihn konnten sie nicht erkennen, die wenigen Wortfetzen, die an sein Ohr drangen, bestätigten das. Vielmehr verwechselten sie ihn mit der Alten. Sie mokierten sich über diese Frau, von der sie schon beim Schichtwechsel gehört hatten. Die so gar nicht dem Bild eines anständigen Heideglanz-Gastes entsprach und andere Gäste verprellen könnte. Aber auf der anderen Seite konnte es ihnen egal sein. Am Ende war sie ein zahlender Gast. So hielten sie ihn, in dem sie nur die abgewrackte Frau sahen, auch nicht auf und waren froh, dass die Treppenhaustür sich schnell hinter ihm schloss. Kurz bevor er die Tür aufstieß, konnte er es sich jedoch nicht verkneifen, seine Augen in Richtung Bar zu wenden, die von hier aus gesehen in der Flucht lag und freie Sicht direkt auf den Bartresen gewährte. Sein Blick fand sich direkt in den verhassten Augen dieses teuflischen Rehders wieder, der sich im ersten Augenblick ertappt zu fühlen schien, weil er die vermeintliche alte Frau beobachtet hatte. Dann setzte der zweite Rehder, wie er ihn für sich nannte, jedoch sein Profi-Schleimgesicht auf und schickte ein geflissentliches Kopfnicken Richtung Lobby.

Als er vor Zimmer 121 stand, lauschte er kurz. Er hörte nur die ihn umhüllende Stille, mit der er um diese Uhrzeit auch gerechnet hatte. Er machte das verabredete Klopfzeichen, und die Alte ließ ihn ein. Genauso, wie sie ihn früher schon in ihre eigene Einzimmerwohnung in der Sozialbausiedlung Kaltenmoor eingelassen hatte. Sie erkannte ihn sofort und war keineswegs über seinen Aufzug verwundert, denn er hatte ihn ihr angekündigt. Wie immer hatte er geplant, was geplant werden konnte, und sein Auftritt in der Verkleidung gehörte dazu. Er hatte der Alten erklärt, es müsste sein, damit er nicht erkannt würde. Wegen des Gewinnspiels. Er hatte ihr gesagt, dass die Hotelangestellten, würden sie ihn erkennen, Eins und Eins zusammenzählen könnten und dann wüssten, dass er das Gewinnspiel für sie manipuliert hatte. Die Folge wäre dann ein sofortiger Rausschmiss aus dem Hotel und er selbst wäre seinen Posten dann auch los. Die Alte hatte ihm geglaubt und keine weiteren Fragen gestellt. Er hatte es nicht anders erwartet. Schließlich hatte sie ja auch seine Manipulation am Gewinnspiel für bare Münze genommen.

Während er sich an ihr vorbeischob, atmete er den Geruch von billigem Parfüm und Alkohol ein. Er musste ein Würgen unterdrücken, denn mit diesem Geruch kamen zugleich Erinnerungen in ihm hoch, die er jetzt nicht gebrauchen konnte. Er musste einen klaren Kopf bewahren. Dass dies so schwierig war, hatte er nicht angenommen. Noch immer hatten sie kein Wort miteinander gewechselt. Erst als sie die Tür geschlossen hatte, sprach er sie an: »Und, schon eingelebt?«

»Na, Jungchen, was denkste denn? So feudal hatte ich es mein Lebtag nicht. Du musst dir mal das Badezimmer angucken. Ich hab vorhin erstmal ein Bad genommen. Da ist meine Dusche zu Haus 'n Dreck dagegen. Und guck mal, die haben hier sogar extra Puschen«, erwiderte sie und hob ihren langen Rock an, der dem seinen sehr ähnlich war. Zum Vorschein kamen nackte, mit Krampfadern übersäte Beine, die in schneeweißen Hotel-Pantoffeln steckten. Der Anblick widerte ihn an.

»Meinste, ich kann die behalten?«, fragte sie ihn jetzt.

»Sicher«, entgegnete er achselzuckend und wendete sich der Minibar zu. »Ich nehme an, die hast du schon entdeckt?«

Er wartete erst gar keine Antwort ab, sondern öffnete die Schranktür, hinter der die üblichen Alkoholika standen – zu seiner Überraschung alle noch ungeöffnet.

Die Alte hatte wohl sein Erstaunen bemerkt. Als wenn sie sich für den Nichtgebrauch der Minibar entschuldigen müsste, senkte sie ihren Blick und nuschelte: »Ich hab mir halt was mitgebracht. Wusste ja nicht, dass die was hier im Zimmer parat haben.«

»Ja, ja«, wiegelte er ab – er hatte ihre devote Haltung noch nie ausstehen können, da sie ihm nicht ehrlich erschien. »Ist ja schon gut. Möchtest du jetzt was davon?«

»Ist das denn in meinem Gewinn inbegriffen? Nicht, dass ich das nachher noch löhnen muss«, fragte sie nun gierig und trat einen Schritt auf die Minibar zu.

Mit den Worten »Fühl dich einfach eingeladen« reichte er ihr ein kleines Fläschchen Wodka. Er machte sich nicht die Mühe, den Inhalt in ein Glas zu füllen. Sie war es gewohnt, aus der Flasche zu trinken.

Die Alte warf ihm einen dankbaren Blick zu und goss sich den Inhalt des Fläschchens in den Hals.

»Warum bist du eigentlich so nett zu mir? So kenn ich dich gar nicht«, wollte sie wissen.

»Zeiten ändern sich«, sagte er lapidar und betrachtete sie von oben bis unten. Früher war sie durchaus einmal attraktiv gewesen. Noch heute konnte man unter ihrem versoffenen Gesicht zarte Züge erkennen, und auch ihre Statur ließ auf eine ehemals gute Figur schließen. So hatte sie seinerzeit auch ihren Saufkumpanen an sich binden können. Der hatte ihr regelrecht aus der Hand gefressen und alles andere darüber vergessen. Was für ein sagenhafter Idiot, der nur seinen niedersten Instinkten gefolgt war. Jeglicher Auseinandersetzung war er aus dem Weg gegangen, hatte sich lieber dem Rausch hingegeben, als Persönlichkeit zu zeigen, seinen Mann zu stehen. Und sie? Die Alte hatte ihn für ihre Zwecke eingespannt. Sie hatte nie gearbeitet und allein von dem gelebt, was der Säufer ihr beschafft und dafür anderen genommen hatte. Jetzt hatte sie nichts mehr. Außer Hartz IV und ihrer Sucht. Bald würde auch das vorüber sein. Er nahm den vom Hotel bereitgelegten Block und den dazugehörigen Stift vom Schreibtisch, der neben der Minibar stand, und reichte ihr beides mit den Worten: »Schreib mir doch bitte etwas auf.«

Sie nahm den Block entgegen, runzelte ihre faltige Stirn und fragte: »Ich? Warum?«

»Weil ich es will«, forderte er scharf, besann sich dann aber. Freundlicher fügte er eine Lüge hinzu, die ihr die Zweifel nehmen sollte, um es ihm einfacher zu machen: »Ich brauch das für ein nächstes Preisausschreiben. Du willst doch noch mal etwas gewinnen, oder?«

»Na klar! Sag das doch gleich.« Auf dem Gesicht der Alten breitete sich ein zufriedenes Lächeln aus. »Was soll ich denn schreiben? Worum geht es in dem Preisausschreiben? Und was gibt es zu gewinnen?«

»Schreib erst mal. Ich diktier es dir. Worum es in dem Preisausschreiben geht, erzähl ich dir später. Das erhöht die Spannung«, entgegnete er knapp.

»Ach, Jungchen, warum du bloß immer so geheimnistuerisch sein musst. Das hab ich noch nie an dir verstanden«, murmelte sie mehr zu sich selbst als zu ihm. Dann schaute sie ihn erwartungsvoll an und sagte: »Leg los.«

Langsam, Wort für Wort betonend, diktierte er jetzt: »Wer nur sühnen will, was sich sühnen lässt ohne Schaden, der richtet nur noch größeren Schaden an.«

Nachdem die Alte konzentriert alles aufgeschrieben hatte, legte sie den Block mitsamt dem Stift zurück auf den Schreibtisch und schaute ihn an. Kopfschüttelnd fragte sie: »Was soll das denn? Wer denkt sich denn so was aus? Du etwa? Passen würd es ja zu dir.«

»Nein, das ist nicht von mir«, antwortete er kurz, bevor er mit belegter Stimme fragte: »Hast du jemandem von uns erzählt?«

Die Alte lachte leise auf: »Nein, Jungchen, wem denn? Ich hab doch niemanden mehr. Und denen vom Amt würde ich nicht grad auf die Nase binden, dass ich bei einem Preisausschreiben gewonnen habe. Die sind doch zu allem fähig. Nachher hätten die mir den Gewinn noch weggenommen oder mir weniger gezahlt, weil ich eine Nacht in einer Luxusherberge wohnen kann. Ich bin doch nicht dumm! Außerdem hast du doch gesagt, ich soll mit keinem darüber sprechen.«

Er nickte und trat einen Schritt auf sie zu: »Ja, hab ich. Und du hast dich wirklich dran gehalten?«

»Sag ich doch! Schon allein, um dir keinen Ärger zu machen. Du hast doch gemeint, wenn uns keiner draufkommt, dann wäre vielleicht öfter mal so was drin. Und so wie du Wort gehalten hast und jetzt schon den nächsten Hauptgewinn für mich anleierst, hab ich auch Wort gehalten«, erwiderte sie mürrisch und blickte zu dem beschriebenen Block hin. Dann richtete sie ihre Augen auf seine Hände und fragte forsch: »Warum hast du eigentlich diese Handschuhe an? Hast wohl Angst, du könntest dir bei mir was einfangen, was? Du warst immer schon ein komischer Kauz.«

Wieder lachte sie leise, doch er wusste, dass ihr das gleich vergehen würde. Wortlos trat er einen weiteren Schritt auf sie zu und brach damit in ihre Sphäre ein. Er wusste das. Er hatte damit gerechnet, und seine Rechnung ging auf, als sie unwillkürlich einen Schritt zurück machte. Hinter ihr stand das große Kingsize-Bett, das bereits vor einigen Stunden vom Zimmermädchen zur Nacht aufgeschlagen worden war. So musste er es wenigstens nicht selber machen.

Er deutete darauf und sagte im Befehlston: »Setz dich.«

Sie zeigte keine Angst. Viel eher bemühte sie sich um eine gewisse Koketterie, die in einem für ihn schauerlichen Gegensatz zu ihrem Alter stand. Ohne sich umzudrehen, trat sie weiter zurück, bis ihre Waden an das Bettgestell stießen. Daraufhin ließ sie sich niederplumpsen und klopfte mit der flachen Hand neben sich auf die Matratze: »Setz dich auch, Jungchen, komm. Das scheint es ja zu sein, was du willst. Hast du doch immer schon. Hab ich mir auch gleich gedacht, als du gemeint hast, dass du mich hier besuchen kommst. Und dann noch die Verkleidung! Ich weiß, du willst nicht, dass die vom Hotel oder deine Kumpels oder Kollegen dich erkennen, und die schwirren ja überall rum. Ich bin zwar nicht mehr die Jüngste, aber das verlernt man nie. Außerdem bezahl ich gern meine Schulden: Du hast mir den Preis besorgt und ich lass dich ran. Ist gar kein Problem.«

Ihr Verhalten brachte ihn komplett aus dem Konzept. Natürlich war es ganz in seinem Sinne, dass sie so arglos war, aber glaubte sie im Ernst, er würde sich an ihrem verwelkten Fleisch vergnügen können? Gut, er hatte sie als Junge öfter beobachtet, wenn sie sich an ihrem Saufkumpan verging, und er wusste, dass sie das wusste, obwohl sie nie etwas gesagt hatte. Doch das war ewig her. Bah, wie sie ihn anwiderte mit ihren gelben Zähnen und dem Alkoholgestank, den sie ausatmete. Er musste sich schütteln, und als wenn dieser Ruck durch seinen gesamten Körper in ihm etwas ausgelöst hatte, stürzte er sich mit wutentbranntem Gesicht auf sie. Eigentlich hatte er noch mit ihr reden wollen, bevor er sein Werk vollendete. Um Antworten auf die Fragen zu bekommen, die ihn seit über 30 Jahren umtrieben, doch das war nun vergessen. Jetzt wollte er nur noch, dass sie ihre Klappe hielt. Für immer.

Nach getaner Arbeit setzte er sich in den Sessel nahe des Bettes und ließ sein Werk auf sich wirken. Er war stolz auf sich. Manchmal hatten Affekthandlungen auch ihr Gutes, zumindest wenn das Vorher und das Nachher wie bei ihm perfekt geplant waren. Die Alte war dermaßen überrascht gewesen, dass sie erst zu Schreien angefangen hatte, als er ihr bereits das große Daunenkissen auf das widerwärtige Gesicht gedrückt hatte. Zu seiner Verwunderung war sie durchaus kräftig gewesen und sie hatte sich heftig gewehrt, bis ihr Körper endlich schlaff unter ihm auf dem großen Bett gelegen hatte.

Wie auch seine Gedanken ließ er jetzt seinen Blick durch die Suite schweifen und blieb beim Telefon hängen: Das war es. Das würde diesem Fall das i-Tüpfelchen aufsetzen. Er schaute auf seine unter den Frauenkleidern verborgene Uhr. Ja, die Zeit war goldrichtig! Auf seinem Gesicht breitete sich ein zufriedenes Lächeln aus, als er sich nun aus dem Sessel hochrappelte, zum Zimmertelefon ging, den Hörer abnahm und die Nummer der Hotelbar wählte. Am anderen Ende meldete sich eine ihm bekannte Stimme: »Hotelbar, was kann ich für Sie tun?«

Mit verstellter Stimme krächzte er leise zurück: »Ich möchte gern Ihren Roomservice nutzen. Können Sie mir eine Caipirinha hochbringen? Zimmer 121.«

Die Antwort kam prompt: »Eigentlich ist die Bar bereits geschlossen. Ich mache hier grad nur noch Ordnung. Aber wissen Sie was: Wenn Sie einen Augenblick Geduld haben, dann mixe ich Ihnen noch Ihr Getränk und bringe es Ihnen dann persönlich hoch.«

»Ach, ist es tatsächlich schon so spät? Na ja, dann bedank ich mich jetzt schon ganz besonders bei Ihnen. Kommen Sie einfach in die Suite. Die Tür wird offen sein.« Mit diesen Worten legte er auf und sein Lächeln wurde noch breiter.

Noch einmal öffnete er die Minibar, holte ein weiteres Fläschchen heraus – diesmal Whisky – und schüttete ihn über der Alten aus. Dann riss er den beschriebenen Zettel vom Block, platzierte ihn bei der Toten und holte behände seine Kamera aus dem Rucksack hervor. Als Nächstes schoss er seine üblichen Bilder von der Leiche und verließ, nachdem er das Licht ausgeschaltet hatte und ohne die Alte eines weiteren Blickes zu würdigen, Zimmer 121. Die Schlüsselkarte ließ er im Stromnetz stecken und die Tür angelehnt.

00.13 Uhr

Katharina konnte noch immer nicht glauben, was sie sah. Bene ein Mörder? Schweiß trat ihr aus allen Poren und sie hatte Mühe, still zu bleiben. Was sollte sie jetzt tun? Bevor sie sich zu einem nächsten Schritt entschließen konnte, spürte sie einen heftigen Schlag an der Schläfe und ging zu Boden. Benommen fühlte sie mit der Hand ihren Kopf und öffnete die Augen. Sie lag in ihrem Wohnzimmer auf dem Fußboden … Wenige Sekunden später wurde Katharina die Situation klar: Sie hatte geträumt! Bei der Durchsicht ihrer Unterlagen musste sie, an die geöffnete Balkontür gelehnt, eingeschlafen sein. Im Schlaf und mitten in dem unruhigen Traum war sie wohl zur Seite gerutscht und mit dem Kopf auf den Rahmen der Balkontür geknallt. Die Beule, die sich bereits an ihrer Schläfe ertasten ließ, bestätigte ihre Vermutung. Sie taumelte, immer noch leicht benommen und vor allem verwirrt, ins Bad und spritzte sich reichlich eiskaltes Wasser ins Gesicht. Als sie sich wieder klar bei Verstand fühlte, sah sie in den Spiegel über dem Waschbecken. Die Beule war zwar erkennbar, aber nicht dramatisch. Sie zog den dünnen Bademantel zurecht, der im Schlaf verrutscht war, und ging zurück ins dunkle Wohnzimmer, in das nur ein wenig Licht von der Straße fiel. Als sie sich mit ihren Unterlagen dorthin gesetzt hatte, war es noch hell gewesen. Katharina schloss die Balkontür und schaltete das Licht im Raum ein. Ihre Unterlagen waren auf dem Fußboden verstreut. Sie hatte sich noch Notizen gemacht und dann hatte die vorhergehende Nacht ihr Recht gefordert und der Schlaf hatte sie übermannt. Aber dieser Traum – so etwas war ihr noch nie passiert! Natürlich, nach dem schlimmen Ereignis in München war sie auch immer wieder von Albträumen heimgesucht worden. Dann hatte sie Maximilians vor Gier verzerrte Fratze in ihrer Münchner Wohnung gesehen und Blut, viel Blut. Erst viele Sitzungen beim Polizeipsychologen hatten diese Träume eindämmen können und dennoch kamen sie ab und an wieder. Doch dieser Traum eben hatte am Ende von Bene gehandelt. Und von einem Ort, den sie bisher noch nie gesehen hatte. Dennoch war alles so realistisch gewesen … Wollte ihr Unterbewusstsein ihr etwas sagen? Sollte sie Bene tatsächlich als Täter in Betracht ziehen? Katharina schüttelte energisch den Kopf, als wollte sie sich selbst vom Gegenteil überzeugen. Das Profil, das sie erarbeitet hatte, passte überhaupt nicht auf Bene. Vermutlich war es eher so, dass sich in ihrem Traum alles vermischt hatte, was sie im Moment beschäftigte. Ihre Vergangenheit, ihr Neustart in Lüneburg, das Gefühl der Einsamkeit und vor allem der Fall … Und dass auch Bene dazugehörte, war spätestens seit der Geschichte mit dem Ranzen, der für ihn abgegeben worden war, unbestritten. Aber als Täter – nein! Katharina weigerte sich innerlich, weiter darüber nachzugrübeln. Sie brauchte sicher dringend Schlaf, doch sie hatte Angst, erneut in diesen Traum hinein katapultiert zu werden, wenn sie sich jetzt hinlegte. Auch das kannte sie von den fürchterlichen Maximilian-Träumen. Und nach dem Schreck und dem kalten Wasser fühlte sie sich im Moment auch nicht besonders schläfrig. Sie raffte die Unterlagen und ihre Notizen vom Fußboden, legte alles auf das Sofa, schenkte sich einen Martini ein und setzte sich mit Notizblock und gezücktem Kugelschreiber auf das Sofa. Vorher schaute sie noch auf ihrem Handy nach, ob sie während sie geschlafen hatte, womöglich eine Nachricht erhalten hatte. Tatsächlich hatte ihr der Einsatzleiter etwa vor einer halben Stunde eine SMS geschickt. Der Polizeitrupp hatte keinerlei Spur von Laura ausmachen können und brach die Suchaktion für heute Nacht ab. Katharina leitete die Information auf das Handy von Kommissar Rehder weiter. Sie war sich sicher, dass auch er noch wach war.

01.16 Uhr

Unschlüssig stand Bene vor Zimmer 121. Die Tür war wie angekündigt nur angelehnt. Sollte er dennoch klopfen? Ja, es gehörte sich schließlich so. Selbst wenn die Frau am Telefon gesagt hatte, er solle einfach reinkommen, war er immer noch ein Hotelangestellter. Das Tablett mit dem Cocktail auf der einen Hand balancierend, klopfte Bene nach diesen Überlegungen ein wenig zu doll mit der anderen, freien Hand gegen die Tür. Die Tür sprang dabei nicht nur weiter auf, sondern schlug auch noch gegen den Garderobenschrank im kleinen, schlauchartigen Flur der Hotelsuite. Das laute Geräusch ließ Bene unwillkürlich zusammenzucken. So hatte er seine Ankunft nicht ankündigen wollen. Hoffentlich war niemand aus den anliegenden Zimmern aus dem Schlaf gerissen worden, denn das würde möglicherweise Ärger für ihn bedeuten. Bene blieb noch einen Augenblick auf dem Flur stehen und lauschte den Gang hinab. Als sich nach einer Weile nichts regte und auch kein verärgerter Gast seinen Kopf aus einer der anderen Türen steckte, wendete Bene sich wieder Zimmer 121 zu. Es schien ihm, als schaue er in ein tiefes schwarzes Loch, denn das Licht in der Suite war aus. Bene wurde es ein wenig mulmig zumute. Was sollte das? Hatte da etwa eine alleinstehende Dame ein Auge auf den Barmann geworfen und wollte ihn jetzt in ihr Bett locken? Ihm war heute zwar nichts aufgefallen, was auf so etwas hingedeutet hätte, aber das musste schließlich nichts heißen – es wäre nicht das erste Mal in seiner langen Barmannkarriere. Früher hatte er solche Spielchen recht amüsant gefunden, aber heute wollte und konnte er sich so etwas nicht mehr leisten. In Benes Kopf tauchte kurz das Bild seines Chefs auf und wurde dann abgelöst von Katharinas Gesicht. Kurz entschlossen rief Bene ein kräftiges »Hallo« in die Suite hinein, trat einen Schritt vor und rief dann noch einmal: »Hallo, ist da jemand? Ich … ich mach jetzt das Licht an. Nicht erschrecken!«

Er wartete einen Augenblick, und als sich noch immer nichts rührte, tastete er nach dem Lichtschalter und knipste ihn an. Sofort waren der Flur und die gesamte Suite in helles Licht getaucht. Bene musste blinzeln, um seine Augen nach der Dunkelheit daran zu gewöhnen.

Irgendetwas war hier merkwürdig, das spürte Bene sofort, als er langsam die wenigen Schritte durch den Flur ging, der ihn in die zwei anliegenden und ineinander übergehenden Zimmer der Suite führte. Bereits im Flur hatte er den Alkohol gerochen. Der Geruch hatte zugenommen, je weiter er in den Wohnbereich gekommen war. Im ersten Augenblick nahm er neben dem Geruch nur die zugezogenen Verdunkelungsgardinen und die leichte, aber für ein Hotelzimmer fast schon normale Unordnung wahr. Erst dann sah er die voll bekleidete Person mitten auf dem großen zerwühlten Bett liegen. Es handelte sich um die alte Frau, die er heute bereits zweimal gesehen hatte: einmal, als sie im Hotel eingecheckt hatte und dann noch einmal heute Abend, als sie wahrscheinlich von einem Ausflug in die Stadt zurückgekehrt war. Die Frau schien zu schlafen. Zumindest bewegte sie sich nicht. Bene räusperte sich laut. Als die Frau sich auch daraufhin nicht regte, blieb er unschlüssig stehen. Was sollte er nun mit dem Cocktail machen? Ihn einfach hier stehen lassen und wieder verschwinden konnte er nicht. Er brauchte ihre Unterschrift auf dem Quittungsbeleg. Bene war überhaupt nicht wohl in seiner Haut, als er jetzt an das Bett herantrat. Das Tablett mit dem Cocktail stellte er auf dem Nachtschrank ab, dann betrachtete er die Frau. Ihre Augen waren fest geschlossen und ihr Mund stand sperrangelweit offen. Sie sah ziemlich verlebt aus, was kein Wunder war, wenn sie schon länger so trank, wie es hier in der Suite roch. Es hätte jetzt nur noch gefehlt, dass sie schnarchte, so wie es betrunkene Schläfer in der Regel taten. Bene stutzte bei diesem Gedanken. Plötzlich wusste er, was hier so merkwürdig war: Im Raum war es mucksmäuschenstill! Er hörte noch nicht einmal ein sanftes Atmen. Auch der Brustkorb der alten Frau hob und senkte sich nicht. Bene kam sich vor wie mitten in einem Such-den-Fehler-Bild, aber er wollte das Offensichtliche immer noch nicht wahrhaben und so stupste er die Frau jetzt an der Schulter an. Sie rührte sich noch immer nicht. Bene musste schlucken. Er trat einen Schritt zurück und suchte mit seinen Augen das Hoteltelefon. Es stand auf der anderen Seite des Bettes. Auf seinem Weg zum Telefon schnappte er sich die Caipirinha vom Tablett und stürzte sie hastig hinunter. Der scharfe Alkohol, der sonst so gar nicht sein Fall war, brannte in seiner Kehle. Er brauchte das jetzt, und wie es aussah, würde die Frau den Cocktail sowieso nicht mehr trinken können. Was war das nur für ein Tag? Auf jeden Fall nicht seiner, das war mal sicher.

Bene stellte das leere Glas neben das Telefon, hob den Hörer ab und ließ ihn gleich darauf wieder auf die Gabel sinken. Er starrte auf seine zitternde Hand und dann wieder auf die alte Frau im Bett vor ihm. Sie war eindeutig tot. Ob sie sich deswegen das Zimmer hier genommen hatte? Um sich totzusaufen? Bene lief ein Schauer über den Rücken. Eigentlich wollte er mit der ganzen Sache nichts zu tun haben. Warum hatte gerade er die Frau finden müssen? Ob sie das geplant hatte? Aber er kannte sie doch gar nicht, bis auf das bisschen Hilfe mit ihrem Koffer. Nein – wenn sie ihr Leben tatsächlich bewusst hatte beenden wollen, dann wäre die Gefahr viel zu groß gewesen, dass er sie zu schnell gefunden hätte. Das konnte nicht geplant gewesen sein.

Er hatte in der Vergangenheit schon genug Ärger am Hals gehabt, und dies hier würde seinem Ruf bestimmt nicht gut tun. Bene trat nervös von einem Fuß auf den anderen. Er fühlte sich unwohl in Gesellschaft der Toten. Ohne großartig nachzudenken und nur seinem Gefühl folgend, wendete er sich vom Bett ab, nahm den Hörer des Zimmertelefons erneut in die Hand, um ihn dann mit seiner Barschürze abzuwischen. Ebenso tat er es mit dem leeren Cocktailglas. Er wusste zwar nicht, was hier passiert war, aber ganz offensichtlich war er wieder in irgendeine merkwürdige Geschichte geraten. Es ging ihm einfach besser, wenn man hier später nicht gleich auf seine Spuren stoßen würde, auch wenn er sich – diesmal – nichts vorzuwerfen hatte. Er warf einen letzten, unruhigen Blick durch das Zimmer, nahm das Tablett an sich, schnappte sich das leere Cocktailglas und ging wieder hinaus auf den Hotelkorridor. Dort zog er sein Handy aus der Hosentasche und wählte im Gehen eine Telefonnummer. Als Bene gerade wieder auflegen wollte, meldete sich die verschlafene Stimme seines Bruders: »Ja, hallo. Rehder.«

»Ben, Bene hier. Ich brauche deine Hilfe«, sagte Bene und fügte dann nach einer kurzen Pause hinzu: »Mal wieder – leider.«

01.58 Uhr

Bene wartete draußen vor dem Hotel auf seinen Zwillingsbruder. Er hatte nach dem Anruf bei Ben in aller Hast das Cocktailglas abgewaschen und es wieder zurück zu den anderen Gläsern gestellt. Dann hatte er mit zitternden Händen die Kasse in der Bar eingeschlossen und die letzten Handgriffe erledigt, die zum Schluss der Schicht nötig waren. Zum Glück hatte er ja fast alles bereits fertig gehabt, bevor der Anruf der Frau gekommen war. Mehr als jetzt noch nötig gewesen war, hätte er in seiner Verfassung kaum hinbekommen, aber so konnte er vor der Tür warten, ohne womöglich noch weiteren Ärger zu riskieren, weil er seinen Dienst nicht anständig beendet hatte.

Ben, der im Laufschritt vom Parkplatz aus zum Hotel hechtete, sah ihn schon von Weitem auf dem Vorplatz auf und ab wandern. Zum Zeitpunkt von Benes Anruf hatte er tatsächlich gerade geschlafen. Er hatte sich kurz nach Katharinas SMS mit der Information des Einsatzleiters ins Bett gelegt. Er wusste, dass er heute Nacht nichts mehr würde ausrichten können, und wollte im Bett noch über den Fall nachdenken. Entspannt in der Horizontalen konnte er das immer schon recht gut, dennoch war er wohl über seine Grübelei eingeschlafen. Erst das Klingeln seines Handys hatte ihn wieder geweckt.

Nach Benes kurzer und aufgeregter Schilderung am Telefon hatte Ben sich nicht die Mühe gemacht, sich sorgfältig anzukleiden. Er hatte sich bloß schnell eine Jogginghose und einen alten Sweater übergestreift, seine Laufschuhe angezogen und dann war er schon aus der Tür und in seinen Wagen gesprungen. Er wollte jetzt so schnell wie möglich bei seinem Bruder sein, der am Telefon völlig durch den Wind gewesen zu sein schien. Als Polizist wäre es Bens Pflicht gewesen, sofort nach Benes Anruf die Kollegen zu verständigen und sie ebenfalls zum Leichenfundort zu schicken. Er hatte es nicht getan. Bene hatte den Eindruck gemacht, als hätte er sich mal wieder in einen größeren Schlamassel hinein manövriert, und Ben hatte sich von ihm überreden lassen, erst einmal allein zu kommen. Als großer Bruder und nicht als Polizist. Nun haderte Ben mit sich. Er wusste, dass es nicht richtig war, und hoffte, nicht schon wieder von seinem wenige Minuten später geborenen Zwillingsbruder in irgendetwas Illegales hineingezogen zu werden. So wie damals, vor etwas mehr als acht Jahren. Ben erinnerte sich noch gut an das Desaster, und es kam ihm jetzt so vor, als wäre das alles erst gestern gewesen. Auch damals hatte Bene ihn mitten in der Nacht angerufen, und auch damals hatte Ben nicht gleich am Telefon die Zusammenhänge verstanden, da sein aufgeregter Bruder keinen ordentlichen Satz hervorgebracht hatte. Damals war es um Autoschiebereien gegangen – heute hatte Bene etwas von Alkohol und einer toten Frau im Hotelzimmer gestammelt, und Ben hoffte inständig, dass er den Beteuerungen seines Bruders, nichts mit der Angelegenheit zu tun zu haben, Glauben schenken konnte.

Als Ben bei Bene ankam, zog der ihn sogleich beiseite in eine unbeleuchtete Ecke neben dem Hoteleingang. Ben war das nur recht. Noch wollte auch er niemandem begegnen, der ihn erkennen könnte. Erst einmal wollte er von seinem Bruder erfahren, was passiert war. Gerade als Bene anfangen wollte zu sprechen, steckte der Kommissar sich einen Zigarillo an, die Packung hatte er vorhin noch schnell in seine Jogginghosentasche gesteckt – warum, wusste er selbst nicht genau. Wahrscheinlich aus dem Wissen heraus, dass er sich beim Treffen mit seinem Bruder würde beruhigen müssen. Mehr aus höflicher Gewohnheit bot er seinem Bruder auch einen an, und zu seiner Überraschung griff Bene sofort zu.

»Du rauchst? Das war doch so ziemlich das einzige Laster, das du früher nicht hattest«, stellte Ben trocken fest.

Eigentlich war ihm das gerade ziemlich egal, doch unterbewusst wollte er sich vermutlich vor den Neuigkeiten schützen, die er von seinem Bruder erwartete.

»Normalerweise rauche ich nach wie vor nicht, aber heute ist nichts normal. Erst diese komische Geschichte mit dem Schulranzen und jetzt diese Frau …« Bene beugte sich dem Feuerzeug in Bens Hand entgegen. Dabei roch Ben Benes alkoholgeschwängerten Atem.

»Und getrunken hast du auch. Etwa gemeinsam mit dieser Frau im Zimmer?«, fragte er, jetzt schon wieder mehr Polizist als großer Bruder.

»Nein, natürlich nicht!«, protestierte Bene sofort. »Ich hab dir doch gesagt, die war schon tot, als ich in ihr Zimmer kam!«

»Ja, ja, ist ja schon gut. Ich hab vorhin am Telefon nicht alles verstanden«, beschwichtigte Ben seinen Bruder. »Erklär mir die Situation, und dann sehen wir weiter.«

Nachdem Bene zu Ende erzählt hatte, hatten sich beide Brüder schweigend einen weiteren Zigarillo angesteckt. Erst als Ben den aufgerauchten Zigarillo ausgedrückt hatte, sagte er: »Vorschlag, Bene: Du gehst jetzt erst einmal zu dir nach Hause und haust dich aufs Ohr. Fluchtgefahr besteht wohl hoffentlich dieses Mal nicht wieder ... Ich geh hoch in Zimmer 121 und schau mir die Lage an. Aber egal, was ich da oben feststellen werde – ich kann dich aus der Sache nicht raushalten. Schließlich muss ich erklären können, wieso ich einfach so in ein Hotelzimmer marschiere, in dem eine Leiche liegt.«

»Kannst du nicht sagen, dass du einen anonymen Anruf erhalten hast?«, fragte Bene und senkte dabei seinen Blick – bei dieser Bitte mochte er seinem Bruder aufgrund der Ereignisse in der Vergangenheit nicht direkt in die Augen schauen. Ben registrierte es, verkniff sich jedoch einen Kommentar. Als Antwort murmelte er etwas von »Woll'n mal sehen«, und gab seinem Bruder einen Klaps auf die Schulter als Zeichen, dass dieser jetzt erst einmal aufbrechen sollte.

Gerade, als sie ihre geschützte Ecke verlassen wollten, trat Tobias Schneider aus dem Hoteleingang. Aus einem Reflex heraus machte Ben seinem Bruder ein Zeichen, stehen zu bleiben. Was wollte sein Kollege hier? War die tote Frau von noch jemandem entdeckt worden, der daraufhin Tobi gerufen hatte? Nein, das konnte nicht sein. Der übliche Weg wäre gewesen, dass er als Hauptkommissar als Erster von der Zentrale verständigt wurde. Und wenn das aus irgendeinem Grund nicht möglich gewesen wäre, dann hätte Tobi ihn benachrichtigen müssen. Außer ... ja, außer Tobi hatte einen triftigen Grund, dies nicht zu tun. Genau wie Ben selbst. Nur welcher sollte das sein? Auf jeden Fall benahm Tobi sich merkwürdig. Er huschte aus dem Hotel, als ob er nicht entdeckt werden wollte, und sah sich auf seinem Weg in Richtung Stadt immer wieder um. Ben runzelte im Dunkeln die Stirn – es war nicht unbedingt die

Uhrzeit, zu der noch viele Leute unterwegs waren, von denen man gesehen werden könnte. Am liebsten wäre Ben gleich zu Tobi gegangen, um ihn zu fragen, doch dann hätte auch er seine Anwesenheit erklären müssen.

02.27 Uhr

Katharina sah sich ihre Notizen an – das Ergebnis der letzten zwei Stunden. Ihr Traum hatte sie aufgeweckt, im wahrsten Sinne des Wortes. Neben der Furcht, bei dem Versuch zu schlafen, wieder in den gleichen Traum von eben zu schlittern, hatte sie auch eine Mischung aus Ehrgeiz, Angst und Motivation gepackt und wach gehalten. Sie mussten doch irgendwie weiterkommen, auf die Spur dieses Irren gelangen, der selbst vor Gewalt an Kindern nicht zurückschreckte! Und je länger sie darüber nachdachte, desto mehr schloss sie die Möglichkeit aus, dass Bene etwas damit zu tun haben könnte. Wie hatte sie nur so etwas träumen können?

Katharina hatte versucht, alles aufzulisten, was sie und ihre beiden Kollegen bisher an Fakten zusammengetragen hatten. Da war erst mal die Tatsache, dass sie keinerlei Spuren an den Opfern gefunden hatten, die vom Täter stammen könnten. Außer vielleicht die Lammfellfasern an Lara Jüssen, die jedoch sonst woher stammen konnten. Und das Hundesperma, das sicherlich bewusst vom Täter an der Toten platziert worden war. Möglicherweise um zu zeigen, was er von Lara Jüssen hielt. Das schien nicht wirklich hilfreich für die Suche nach einem Verdächtigen, dennoch würden sie auch das weiterverfolgen müssen. Eventuell war der Mörder ein verschmähter Liebhaber von Lara Jüssen. Katharina hielt das nicht für sehr wahrscheinlich. Denn warum hatte er dann die Studentin und den Mann getötet? Um zu üben? Um seinen Frust auf diese Weise abzubauen und als es nicht geklappt hatte, hatte er sich doch Lara Jüssen vorgenommen? Wie passte dann aber Laura Ronneburgs Entführung ins Bild? Dass es sich um ein und denselben Täter handelte, machten die Gedichtzeilen deutlich, und Katharina war inzwischen fest davon überzeugt, einem einzelnen Täter auf der Spur zu sein. Überhaupt waren die Gedichtzeilen, die sie bei allen Leichen und in Lauras Ranzen gefunden hatten, von entscheidender Bedeutung. Sie waren der Dreh- und Angelpunkt des ganzen Falls. Doch wie war der Umstand einzuordnen, dass der Täter im letzten Fall diese Botschaft nicht an der Leiche hinterlassen hatte, sondern an einem Gegenstand, den man dem Opfer eindeutig zuordnen konnte. Warum? Sollte das eine neue Raffinesse sein? Fühlte der Täter sich damit noch überlegener? Wollte er die Polizei bewusst in die Irre führen? Oder würde er bei Laura tatsächlich von einer Tötung absehen? Auf diese Hoffnung konnte und wollte Katharina sich nicht verlassen. Dann waren da die grundverschiedenen Tötungsmethoden. Was sollte das? Als sie darüber nachdachte, fiel ihr eine Bemerkung ihres Chefs wieder ein, die sie zwischenzeitlich nicht mehr berücksichtigt hatte: Ben hatte doch bemerkt, dass ihm Parallelen der aktuellen Fälle zu früheren Morddelikten aus Lüneburg aufgefallen seien. Er hatte das danach aber weder erneut erwähnt noch bestätigt. War das dennoch vielleicht eine Spur? Zumindest war es die einzige, die Katharina im Moment weiterverfolgen konnte. Sie versuchte, über die Suchmaschinen im Internet etwas herauszufinden, doch das erwies sich als schwierig, denn die Suche nach den jeweiligen Mordmethoden ergab so viele Treffer, dass es zu zeitaufwendig gewesen wäre, alle durchzugucken. Auch war ihr das nicht sicher genug. Sie musste einen anderen Weg finden. Sollte sie Ben fragen? Vielleicht hatte er längst weiter danach geforscht und über Lauras Entführung nur vergessen, es zu erwähnen. Nein, schüttelte Katharina innerlich den Kopf. Ihr Chef war niemand, der so einfach etwas vergaß, wenn es Bedeutung hatte. Das konnte nur heißen, dass Ben hier selbst noch nicht weitergekommen war oder dass seine Vermutung ins Leere geführt hatte. Katharina überlegte kurz, ob sie den Kommissar jetzt noch anrufen sollte, doch auch diese Idee verwarf sie schnell wieder. Es war einfach zu spät in der Nacht, sie konnten in diesem Punkt vor dem nächsten Morgen ohnehin nichts voranbringen, egal wie Bens Antwort aussehen würde. Katharina beschloss, ihren Chef gleich morgen früh bei der angesetzten Besprechung als Erstes darauf anzusprechen. Doch der Gedanke ließ Katharina einfach nicht los. Was, wenn an der Vermutung von Ben wirklich etwas dran war, er aber tatsächlich noch nicht weiter nachgeforscht hatte? Dann konnte das genau die Spur sein, die ihnen fehlte! Plötzlich kam ihr eine Idee: das Archiv der Regionalpresse! Sie wusste, dass die meisten Zeitungsverlage ihre Archive inzwischen digitalisiert hatten. Und hier hätte sie nicht so viele Fehltreffer zu befürchten wie bei der Internet-Recherche. Natürlich könnte sie jetzt auch aufs Kommissariat gehen und den Polizeicomputer durchforsten, doch die redaktionelle Berichterstattung hielt oft privatere Details bereit als ein Polizeibericht. Und wenn sie tatsächlich einen Treffer landete, dann konnten gerade diese Details enorm wichtig sein. Vielleicht ließ sich dann auch das Hundesperma an Lara Jüssen eindeutiger erklären. Wie hieß noch die Zeitung hier vor Ort – Lüneblick? Katharina war zufrieden. Sie würde so früh wie möglich beim Verlag aufschlagen, dort wurde sicher nicht erst um 9.00 Uhr mit der Arbeit begonnen.

Widerwillig ging sie ins Schlafzimmer. Sie musste noch ein paar Stunden schlafen, sonst würde sie den nächsten Tag nicht überstehen. Und sie konnte nur hoffen, dass die neuen Überlegungen sie ruhiger in den Schlaf finden lassen würden als zuvor.

02.43 Uhr

Ben sah sich noch einmal im Zimmer der toten Frau um, bevor er auf den Hotelflur hinaustrat. Nachdem er direkt nach seiner ersten Begutachtung der Leiche und des Tatorts den Hoteldirektor aus dem Schlaf gerissen hatte, der selbst schlaftrunken ausschließlich auf den möglichen Imageschaden für das Hotel hingewiesen hatte, hatte Ben auch bereits die im Hotel anwesenden Angestellten versammelt und befragt. Für den Moment konnte er hier nichts mehr tun und stand den Kollegen von der Spurensicherung, die er ebenfalls zum Tatort gerufen hatte, nur im Weg. Wohl fühlte er sich nicht in seiner Haut. Nachdem er Bene nach Hause geschickt hatte, war er über den hinteren Hoteleingang zu dem Zimmer gegangen, das Bene ihm genannt hatte. Es war ihm weder ein anderer Gast noch ein Hotelangestellter begegnet. Am Ziel angelangt, hatte er die Ärmel seines Sweaters über die Hände gezogen, um die nur angelehnte Tür zu öffnen. An Handschuhe hatte er bei seinem übereilten Aufbruch aus seiner Wohnung nicht gedacht. Er hatte die Tür danach auf die gleiche Weise von innen geschlossen und das Licht im Zimmer angeschaltet, ohne eigene Spuren zu hinterlassen. Die tote Frau hatte auf dem Bett gelegen, genauso wie sein Bruder es ihm beschrieben hatte. Weder hatte er im Zimmer Kampfspuren noch an der Leiche eine offensichtliche Wunde erkennen können, sodass er im ersten Moment auch einen natürlichen Tod in Betracht gezogen hatte. Doch dann war ihm ein kleines Stück weißes Papier aufgefallen, das aus der rechten Hand, die auf dem Bauch der Toten ruhte, hervorschaute. Ben war ins Bad gegangen und hatte sich in der Nähe des Waschbeckens umgesehen. Umgehend hatte er gefunden, was er gesucht hatte: Eine noch original verpackte Duschhaube – auf ein gutes Hotel wie das Heideglanz war eben Verlass. Er hatte die Duschhaube aus ihrer Kartonverpackung genommen und sie sich in Ermangelung von Handschuhen über seine Rechte gestreift. Daraufhin war er zum Bett zurückgegangen. Eine böse Vorahnung hatte Ben schneller atmen lassen, als er den Zettel aus der Hand der Toten gezogen hatte. Und seine Ahnung hatte sich sofort bestätigt, als er die krakelige Schrift gelesen hatte: *›Wer nur sühnen will, was sich sühnen lässt ohne Schaden, der richtet nur noch größeren Schaden an.‹*

Dieser irre Serientäter hatte erneut zugeschlagen. Sofort waren Bens Gedanken zu der kleinen Laura gewandert. Bedeutete das, dass die Kleine bereits tot war? Sie war schließlich schon vor diesem Mord hier entführt worden. Oder konnten sie doch hoffen, dass dieser Wahnsinnige es in ihrem Fall bei einer Entführung beließ? Ben hatte telefonisch die Kollegen von der Spurensicherung und die Pathologie informiert und ihnen erzählt, er habe auf seinem privaten Handy einen anonymen Anruf mit unterdrückter Nummer erhalten. Da er gerade in der Nähe joggen gewesen sei, habe er direkt den Tatort aufgesucht, in der Hoffnung, eventuell noch etwas tun zu können. Es hatte niemand besonders verwundert reagiert, sicher, weil sie ohnehin nicht gerade erfreut waren, mitten in der Nacht noch zu einem Tatort beordert zu werden. Ab diesem Punkt war alles den geregelten Gang gegangen, aber Ben fühlte sich trotzdem irgendwie schlecht. Die Tatsache, dass der Zettel eindeutig auf den Serientäter hinwies, war gleichzeitig der Beweis, dass Bene ihn nicht angelogen hatte. Ben wusste nicht, ob er einfach nur froh darüber sein sollte oder ob er sich schämen müsste, eine Verwicklung seines Bruders in einen Mordfall überhaupt in Betracht gezogen zu haben. Darauf würde er heute keine Antwort mehr finden. Was ihn jedoch mehr als einmal schlucken ließ, war die Frage, ob es purer Zufall war, dass Bene die Leiche gefunden hatte, oder ob der Täter es so geplant hatte. Ben nahm Letzteres an, wenn er an die wahrscheinliche Verwechslung von Laura und Leonie dachte. Hatte der Täter es im Grunde auf Bene und seine Familie und damit auch auf ihn, Ben, abgesehen? Waren sie alle gefährdet? Ben sträubten sich die Nackenhaare, und wie ein nasser Hund schüttelte er die üblen Gedanken ab. Jetzt wollte er nur noch nach Hause, unter die Dusche und mit Glück noch für ein paar kurze Stunden ins Bett. Alles Weitere würde er am Morgen in Angriff nehmen. Nur eines musste er jetzt noch erledigen. Er zog sein Handy aus der Tasche seiner Jogginghose und wählte die Nummer seines

Bruders, der, wie Ben es erwartet hatte, bereits nach dem ersten Klingeln am Hörer war. »Bene? Mach dir keine Sorgen – niemand wird dich verdächtigen. Alles weitere morgen, ich melde mich. Aber eines noch: Pass auf dich auf!«

06.17 Uhr

Katharina stand vor der Eingangstür des Lüneblick-Verlagshauses. Ein bisschen Schlaf hatte sie zwar noch gefunden, doch dann war sie um kurz nach fünf wieder aufgewacht und hatte beschlossen, sich direkt auf den Weg zum Zeitungsarchiv zu machen. Diese Idee hatte sich vor dem Einschlafen noch verfestigt, denn sie hatte so ein Archiv in ihrer Dienstzeit in München auch schon einmal mit Erfolg genutzt, um an Informationen zu gelangen.

Das Gebäude war unscheinbar und kleiner, als sie es erwartet hatte. Aber sie musste sich auch ins Gedächtnis rufen, dass sie hier nicht die Münchener Tageszeitung aufsuchte, sondern den Verlag einer Regionalzeitung. So ganz hatte sie sich vom Großstadtleben noch nicht entwöhnt. Entsprechend hatte auch der Mitarbeiter vom Lüneblick reagiert, der ihr auf ihr Klingeln hin irritiert die Tür aufgeschlossen hatte.

»Die Geschäftszeiten beginnen erst um 8.30 Uhr, falls Sie eine Kleinanzeige aufgeben wollen. Im Anzeigenbüro ist jetzt noch niemand«, hatte er mürrisch gesagt. »Oder kommen Sie vom Kurierdienst?«

Katharina war auf seine Bemerkung nicht weiter eingegangen, denn sie wollte keine weitere Zeit verlieren. Sie war überzeugt, auf der richtigen Spur zu sein, und wollte die Bestätigung so schnell wie möglich finden. Also hatte sie sich ausgewiesen und sich von dem älteren Herrn den Weg zum Archiv zeigen lassen. Begeistert war er nicht gewesen, aber das waren die wenigsten, wenn die Polizei ins Haus kam. Er schlurfte betont langsam vor ihr her. Im Archiv war noch niemand, der ihr hier behilflich sein konnte, doch das war ihr nur recht. Sie wollte sowieso lieber in Ruhe in den alten Berichten stöbern und brauchte niemanden, der mitbekam, wonach sie suchte. Sie hatte sich lediglich kurz von dem älteren Herren erklären lassen, wie das Archiv sortiert war, beziehungsweise wo der Computer für die digitalisierten Daten stand, und hatte den Mann dann wieder an seine Arbeit am Empfang gehen lassen. Nun saß Katharina vor dem flackernden Bildschirm und überlegte, wie sie am sinnvollsten vorgehen sollte. Sie hatte keine Ahnung, wann diese vergleichbaren Fälle geschehen waren, nicht einmal, ob Ben selbst da schon als Kommissar in Lüneburg tätig gewesen war. Nach der Jahreszahl konnte sie also nicht suchen. Sie versuchte es mit den Schlagworten *Mord, Lüneburg, Wasser, Verkehrsunfall* und startete die Suche. Es dauerte nur wenige Sekunden, bis das System einige Treffer ausspuckte. ›*Vermeintlicher Verkehrsunfall als Mord entlarvt*‹ – diese Schlagzeile fiel ihr zuerst ins Auge. Während sie am Bildschirm las, druckte sie den Bericht parallel auf dem bereitstehenden Drucker aus. Das war es – Ben hatte recht gehabt!

07.37 Uhr

Nachdem er die Fußbodenluke geöffnet hatte, spähte er nach unten in den Laubenkeller. Das Loch besaß keine Lampe, doch durch das einfallende Licht von außen konnte er ausmachen, dass das Mädchen noch immer so zusammengekauert dasaß wie gestern, als er es verlassen hatte. Er konnte es ihm nicht verdenken und verspürte gerade deswegen eine gewisse Befriedigung. Warum sollte es nicht auch anderen so gehen wie ihm? Er kannte das Gefühl, im Dunkeln eingesperrt zu sein, ohne zu wissen, wann man wieder hinausgelassen würde. Zigmal hatte er es erleben müssen. Erst mit etwa 13 Jahren war er kräftig genug gewesen, sich dagegen zur Wehr zu setzen. Aber dann auch mit Erfolg: Seine Mutter hatte es danach nie wieder probiert.

Darüber hinaus musste es so sein. Der Fall, den er hier nachinszenierte, war auch so abgelaufen: Tagelang war eine damals Achtjährige in einem dunklen Kellerraum eingesperrt gewesen, bis sie schließlich verdurstet war. Auch dieses Mädchen hier würde verdursten. Heute hatte er ihr weder Nahrung noch etwas zu trinken mitgebracht. Gestern war eine Ausnahme gewesen. Einfach so, aus einer Laune heraus. Er überlegte kurz, hinunter in das Kellerloch zu springen, ließ es dann aber bleiben. Stattdessen rief er leise ihren Namen: »Leonie?«

Er sah, wie das Mädchen langsam den Kopf hob. Dann sagte es mit verängstigter Stimme: »Ich bin nicht Leonie«, und begann leise zu wimmern.

Das Wimmern und seine wiederholte Lüge nervten ihn maßlos. Schon gestern hatte es immer wieder gesagt, es würde Laura heißen, wenn er es mit Leonie angesprochen hatte. Und schon gestern hatte er ihr erklärt, dass man nicht lügen dürfe. Und überhaupt, was dachte sich dieses Kind eigentlich? Meinte es etwa, es sei klüger als er und könnte ihn so dummdreist hinters Licht führen? Es war wirklich nicht besser als die Erwachsenen, mit denen es aufwuchs – dieses ganze Möchtegern-Intellektuellen- und Polizistengesocks, das er nur allzu gut kannte, weil er in ihrer Mitte agierte. Dennoch hatte er – und das ärgerte ihn eigentlich am meisten – tatsächlich einen Moment lang gezweifelt. An sich selbst und an seinem durchdachten Plan! Doch später dann, Zuhause, hatte er noch einmal seine Fotos angeschaut, und da war es eindeutig: Kein anderes Mädchen als Leonie, die Tochter vom nichtsnutzigen Bruder dieses lausigen Kommissars, saß wie ein verschrecktes Häschen in seiner todbringenden Laubengrube. Genauso, wie er es geplant hatte.

Mit den Worten »Wer lügt, hat es nicht besser verdient« hob er jetzt die Falltür an und ließ sie wieder über dem Kellerloch zuschlagen. Einen Augenblick verharrte er nachdenklich, dann schaute er auf seine Uhr und erschrak. Er musste sich beeilen, wenn er einigermaßen pünktlich zur Arbeit erscheinen wollte. Noch brauchte er seine Arbeit, um nicht aufzufallen, doch schon bald würde sich das ändern …

07.43 Uhr

Ben öffnete die Tür zu seinem Büro, das ihn an einem sonnigen Tag wie diesem mit einem hellen, strahlenden Ambiente begrüßte, da sich das Morgenlicht darin fing.

Normalerweise war das für Ben wie ein warmer Regen. Er liebte diese Tage, und für ihn war das stets der perfekte Beginn eines Tages, von dem man ansonsten noch nicht wusste, was er bringen würde. Heute hatte er dafür jedoch keinen Sinn. Die zwei Stunden Schlaf, die er nach dem unerwarteten Zwischenspiel im Hotel noch hatte nutzen können, waren bei Weitem nicht ausreichend gewesen, und auch die eiskalte Dusche danach hatte höchstens ein paar optische Nachwirkungen abschwächen können. Aber es nützte nichts: Er selbst hatte bestimmt, dass sie alle heute Morgen früh starten würden, um dem Mistkerl auf die Schliche zu kommen, der scheinbar wahllos Menschen in seiner Umgebung tötete.

Zwei Minuten nach ihm kam Tobi ins Büro geschlendert. Auch er sah müde aus, und Ben war klar, warum. Schließlich hatte er ihn in der Nacht in der Nähe des Hotels gesehen. Der junge Kollege konnte also nur unwesentlich mehr Schlaf bekommen haben als er selbst. Hoffentlich hat Katharina dafür aufgetankt, dachte Ben bei sich, damit wenigstens einer von ihnen einen klaren Kopf hatte. Wie sollte er jetzt aber die Situation mit Tobi lösen? Wieso war sein Assistent so spät noch aus dem Heideglanz gekommen, wo gerade ein Mord passiert war? Was hatte er dort gemacht? Ben war überhaupt nicht wohl in seiner Haut, aber es musste sein: Kurz entschlossen ging er ins Nebenbüro, in dem Tobi gerade seine Jacke über den Stuhl hängte. Er würde es direkt ansprechen, solange Katharina noch nicht da war. Dann würde Tobi sich nicht vorgeführt fühlen, aber trotzdem wäre die Sache ausgesprochen und würde hoffentlich alle dummen Gedanken zu diesem Thema vertreiben. Zumindest hoffte Ben das.

»Guten Morgen, Tobi!«, sagte er daher, als der Kollege ihn sah. »Gut geschlafen?«

»Na ja, geht so, ehrlich gesagt, zu wenig.« Tobis Antwort kam spontan und locker, Ben hatte nicht das Gefühl, dass er etwas verheimlichte.

»Tobi hör zu – unser poetischer Psychopath hat gestern Nacht erneut zugeschlagen, wir haben eine weitere Leiche«, kam Ben nun direkt aufs Thema zu sprechen. »Im Hotel Heideglanz, und diesmal direkt dort, in einem der Zimmer.«

»Was? Letzte Nacht? Bei … ich meine … im Hotel Heideglanz?« Tobi wirkte förmlich geschockt. Persönlich erschrocken. »Und wer ist das Opfer? Doch nicht jemand von den Angestellten, oder?«

Tobis Blick kam Ben merkwürdig vor. Ängstlich irgendwie.

»Nein. Es war ein Hotelgast. Eine alte Frau, Paulina Petersen, das haben die Kollegen bereits heute Nacht gecheckt. Sie wohnte hier in Lüneburg in einer der Sozialbauten in Kaltenmoor, keine Angehörigen. Es scheint so, als habe ihr jemand eine Nacht im Heideglanz spendiert. Möglicherweise der Täter selbst. Das Zimmer wurde vorab per Kreditkarte übers Internet gebucht und bezahlt. Das hab' ich selbst noch heut Nacht klären können. Falls es tatsächlich der Täter selbst war, nehme ich an, dass die Kreditkarte geklaut ist, das müssen wir aber erst noch klären. Auf jeden Fall muss der Kreditkartenbesitzer überprüft werden«, klärte Ben ihn auf. »Ich hab' auch noch in der Nacht die Befragung der Hotelangestellten vorgenommen, die im Hotel anwesend waren. Einige wohnen dort ja auch. Von ihnen hat niemand etwas Ungewöhnliches bemerkt. Zwar scheinen sich alle möglichen Angestellten über Paulina Petersen gewundert zu haben, weil sie irgendwie kein typischer Heideglanz-Gast war, aber das ist es auch schon. Das Befragen des übrigen Personals und der Hotelgäste findet heute Morgen statt. Ich hab veranlasst, dass niemand abreisen darf, bevor wir ihn nicht überprüft haben. Dafür brauch ich allerdings erst noch die Genehmigung von Mausi. Wir benötigen dringend ein paar Leute, die die Befragung übernehmen, aber ich möchte niemanden von der Suche nach Laura abziehen.« Der Kommissar machte eine kleine Pause, dann sagte er in leiserem Ton: »Tobi, ich hab dich in der Nacht vor dem Hotel gesehen …«

Tobias sah erschrocken auf. »Chef, bitte, du glaubst doch nicht etwa …?«

»Ich glaube gar nichts, ich weiß nur, dass ich dich in der Nähe eines Tatorts gesehen habe, mitten in der Nacht, und dass ich dafür eine Erklärung erwarte.« Ben sah Tobi abwartend an.

»Ich … ich hab … ach, was soll's: Ich hab da was mit einem Mädchen laufen, einem Mädchen aus dem Hotel. Jana Helm. Ich glaube, du kennst sie durch die Vernehmung wegen der Wasserleiche. Sie war es, die die Leiche entdeckt hat. Außerdem hast du sie bestimmt heute Nacht auch befragt.«

Tobi schaute betreten zu Boden, während er auf die Antwort seines Chefs wartete. Ben musste beinahe schmunzeln angesichts der ungewohnten Sprachlosigkeit seines sonst so schlagfertigen Kollegen, doch das war jetzt nicht angebracht. Aber er glaubte ihm, und es war ihm Erklärung genug.

»Ist okay, Tobi. Deine Privatgeschichten gehen mich nichts an. In diesem Fall hättest du es mir allerdings sagen sollen, da deine ... Freundin – wenn auch nur als Zeugin – in einen laufenden Fall verwickelt ist. Dann hätten wir uns beide jetzt dieses unangenehme Gespräch ersparen können.« Ben versuchte, halbwegs streng zu gucken, merkte aber, dass seinem Gegenüber die Situation auch so schon unangenehm genug war.

»Ich weiß, Chef. Aber das mit Jana ... na ja, das ist nichts wirklich Festes. Jedenfalls noch nicht, das ist ja ganz frisch, sozusagen. Und bei den ganzen Ereignissen in den letzten Tagen, da ist das irgendwie untergegangen.« Tobi sah seinen Chef nun wieder direkt an. »Sorry, kommt nicht wieder vor.«

»Okay, Tobi, damit ist das für mich im Prinzip vom Tisch. Allerdings muss ich dich dann jetzt trotzdem befragen. Das bedeutet nämlich, dass du zur Tatzeit im Hotel gewesen bist, und ich muss wissen, ob du irgendetwas beobachtet hast, was dir vielleicht heute Nacht gar nicht bewusst war, uns jetzt aber helfen könnte. Und Frau Helm wird auch noch einmal von mir hören. Sie hat mir nämlich, wenn ich mich richtig erinnere, aufgetischt, dass sie ruhig und selig in ihrem Bett geschlafen hat. Allein!«

»Klar, also ich meine, klar, dass du mich befragen musst. Aber da war nichts. Ich hab mich mit Jana getroffen, nachdem sie ihren Dienst in der Bar beendet hatte. Sie hat mir noch erzählt, dass sie dich und deinen Bruder das erste Mal zusammen gesehen hat. Auf jeden Fall hat Bene, also dein Bruder, sie früher in den Feierabend geschickt, weil in der Bar wohl nicht so viel los war. Und da hat sie mich angerufen, und ich bin zu ihr gefahren. Wir waren ... na, du verstehst schon, die ganze Zeit bei ihr auf dem Zimmer. Wie gesagt, es ist noch ...«

»… ganz frisch, ich hab's verstanden, Tobi«, erwiderte Ben, um ein ernstes Gesicht bemüht.

»Die Zimmer der Angestellten, die im Hotel wohnen, liegen in einem separaten Flügel des Hauses, aber das weißt du ja jetzt bestimmt auch schon. Von den Zimmern der Hotelgäste oder dem eigentlichen Hotelbetrieb bekommt man dort so gut wie nichts mit.« Tobi sah stirnrunzelnd zu Ben: »Aber was ich nicht ganz verstehe – als ich in der Nacht gegangen bin, hab ich dort weder dich noch die Kollegen von der Spusi oder so gesehen. So was wäre mir doch aufgefallen!«

Jetzt war es an Ben, die Situation als etwas unangenehm zu empfinden. »Nun ja, ich habe einen anonymen Anruf bekommen. Jemand hat mir die Zimmernummer genannt und gesagt, dass dort eine Leiche liegen würde. Und da ich ganz in der Nähe war, habe ich erstmal allein nachgeschaut. Als ich dann draußen auf die Kollegen gewartet habe, bist du ein paar Meter entfernt an mir vorbeigelaufen.«

Tobi schien diese Erklärung ebenso wenig zu irritieren wie die Kollegen in der Nacht, und Ben atmete innerlich auf.

»Aber dein Bruder … hat der denn nichts mitbekommen?« Tobi war nun wieder ganz bei der Sache.

»Nein, ich hab ihn natürlich gestern Nacht auch befragt«, erwiderte Ben vielleicht etwas zu schnell. »Er konnte mir zwar bestätigen, dass die Frau Gast im Hotel gewesen war, weil er sie dort gesehen hatte, aber in der Bar bei ihm war sie gestern Abend nicht.«

Die Sache mit der Zimmerservice-Bestellung verschwieg der Kommissar. Es ging ihm schlecht damit, aber sie mussten jetzt beide – Bene und er – bei der Version mit dem anonymen Anruf bleiben. Alles andere würde ihnen beiden schaden, denn wie sie es auch drehen würden: Die Aktion war nun einmal nicht ganz sauber abgelaufen. Und mit menschlichem Verständnis seitens der höheren Stellen brauchten sie da nicht zu rechnen. Doch Ben schwor sich, dass er sich nie wieder in eine solche Situation bringen oder vielmehr bringen lassen würde. Die Lügen, Überraschungen und Verwirrungen der letzten Tage hatten ihn gefühlte zehn Jahre seines Lebens gekostet, und der anhaltende Schlafmangel tat sein Übriges dazu, dass er optisch locker noch mal fünf Jahre drauflegen konnte. Sein Aussehen störte ihn dabei zwar weniger, so eitel war er nicht, aber er merkte, dass seine Konzentration nachließ, und das konnte und wollte er in seinem Job und speziell in diesem Fall nicht zulassen.

09.37 Uhr

Bene öffnete die Augen. Er fühlte sich zerschlagen und elend. So, als hätte er die Nacht durchgezecht wie in alten Zeiten. Er rieb sich die Schläfen, und schlagartig fiel ihm ein, was in der vergangenen Nacht passiert war. Bis eben hatte er noch an einen schlechten Traum glauben wollen, doch jetzt hatte die Realität ihn wieder eingeholt. Die Zimmerbestellung – die tote alte Frau – Ben … Beim Gedanken an seinen Zwillingsbruder fühlte er sich noch elender. Schon wieder hatte Ben ihm helfen müssen, und schon wieder hatte er es tatsächlich getan. Und auch wenn Bene wusste, dass ihn selbst diesmal wirklich keine Schuld traf und er einfach nur zur falschen Zeit am falschen Ort gewesen war, konnte er seine Schuldgefühle nicht verdrängen.

Schuldgefühle … verdammt! Bene griff zu seinem Handy, das neben dem Bett lag, schaltete das Display aktiv und sah auf die angezeigte Uhrzeit: 09.39 Uhr – shit! Um zehn Uhr sollte er sich mit Julie am Brunnen vor dem Rathaus treffen! Im Leben würde er das nicht mehr pünktlich schaffen, selbst wenn er sich noch so sehr beeilte. Toll, Bene, schalt er sich selbst, während er mit der Zahnbürste in der Hand unter die Dusche eilte und versuchte, mit kaltem Wasser seine Lebensgeister etwas in Schwung zu bringen. Drei Minuten später griff er nach dem Duschhandtuch am Haken, wickelte es sich um die Hüften und spülte sich den Mund über dem Waschbecken aus. Beim Blick in den Spiegel stellte er fest, dass er zwar mächtig kaputt, aber ansonsten ganz manierlich aussah. Fand er zumindest, auch ohne Klamotten. Als er acht Minuten später in Jeans und einem legeren dunkelblauen Hemd erneut sein Spiegelbild betrachtete, bestätigte er den ersten Eindruck, indem er laut zu sich selber sprach: »Bene, du bist ein cooler Typ!« Mit Arroganz hatte das in seinen Augen nichts zu tun, sondern mit Selbstbewusstsein und Eigenmotivation. Bene hatte das seit einigen Jahren schon zu einem morgendlichen Ritual gemacht. Ausgenommen nur die Tage, an denen eine Frau neben ihm aufwachte – doch das war ja eher selten der Fall, weil er sie meistens wieder wegschickte, bevor der Morgen mit einem gemeinsamen Frühstück drohte. Und gerade, weil ihm heute alles andere als zum Lachen war, tat es heute besonders gut und musste sein.

Um zwei Minuten vor zehn schloss er die Haustür hinter sich und lief los. Die Sonne hatte schon etliche Lüneburger auf die Straßen gelockt, und die meisten Geschäfte in der Fußgängerzone öffneten jetzt ihre Türen. Als er in der Straße Am Sande angelangt war, verlangsamte er sein Tempo von Dauerlauf zu einem zügigen Schritt. Unpünktlich war er ohnehin schon, er wollte nicht obendrein verschwitzt und abgehetzt auf Julie treffen. Auch wollte er das Klopfen seines Herzens wieder in seinen normalen Rhythmus bringen, wobei er rasch feststellte, dass es nicht nur vom Laufen aufgeregt wummerte. Ach, Julie ... Er erwartete ganz sicher nicht, dass sie ihm freudestrahlend um den Hals fallen würde. Vermutlich würde sie ihm sehr klar und deutlich die Meinung sagen, ihm das eine oder andere an den Kopf werfen und sich dann wieder verabschieden. Zumindest würde das zu der Julie passen, die er in Erinnerung hatte. Verübeln konnte er ihr das nicht, und es war ihm allemal lieber, jetzt so geballt ihre Wut einmal abzubekommen, anstatt ihr irgendwann zufällig auf der Straße zu begegnen. Auf jeden Fall wollte er ihr zumindest optisch das Gefühl geben, dass er in den letzten acht Jahren etwas seriöser geworden war. Und je näher er dem Rathausmarkt kam, desto mehr bemerkte er, dass er sich auf das Wiedersehen mit Julie wirklich freute. Wer weiß – vielleicht konnten sie es ja tatsächlich schaffen, langfristig so etwas wie Freunde zu werden. Auch wenn da nichts mehr war, was sie verband, und sich Julies Wut auf ihn nicht schlagartig in Luft auflösen würde – wenn überhaupt jemand zu einem solchen Schritt in der Lage war, dann Julie. Einfach abhaken, was damals war, und noch mal von vorn anfangen. Auf freundschaftlicher Ebene.

Bene war neugierig, ob seine ehemalige Lebensgefährtin sich verändert hatte. Lebensgefährtin – er hatte dieses Wort immer gehasst. Außer Julie hatte es auch nie eine Frau gegeben, die diesen Status nur ansatzweise erreicht hätte.

Das waren eher Nacht- oder im Höchstfall mal Wochengefährtinnen gewesen. Obwohl jetzt … jetzt gab es da Katharina. Schnell verdrängte Bene seine aufkeimenden Gedanken an die Frau mit den roten Locken. Auch diese Beziehung war schon mit Problemen behaftet, bevor sie überhaupt richtig anfing.

Bene hatte den Rathausplatz inzwischen fast erreicht. Das Ziffernblatt am Stadtgebäude zeigte 10.09 Uhr. Sein Blick wanderte von der großen Uhr hinunter zum Brunnen, der die Mitte des Rathausplatzes schmückte. Außer zwei kleinen Jungs, die um den Brunnen herum Fangen spielten, konnte Bene niemanden sehen. Keine Julie. Er ließ seinen Blick schweifen und sah einige Meter weiter, bereits auf dem Weg in die Kuhstraße, eine junge Frau, die sich suchend umsah. Julie!

10.13 Uhr

Katharina setzte sich mit einer frischen Tasse Kaffee an ihren Schreibtisch im Büro. Sie musste sich erst einmal sammeln. Die Ausdrucke aus dem Archiv lagen in einem unauffälligen Umschlag zusammen mit ihren Profiling-Unterlagen vor ihr.

Sie war pünktlich um acht zur anberaumten Besprechung im Kommissariat gewesen. Dort hatte sie, bevor sie ein Wort sagen konnte, von dem Mord an Paulina Petersen erfahren. So hatte Katharina anfänglich keine Gelegenheit gefunden, zu erzählen, dass sie bereits in aller Herrgottsfrühe einige Zeit im Archiv der Lokalzeitung verbracht hatte. Eigentlich war ihr das irgendwie ganz recht, stellte Katharina mit aufkeimendem Entsetzen fest, das sie jedoch vor Tobi und Benjamin Rehder gut verbarg. Es war, als verböte ihr Unterbewusstsein ihr regelrecht, Ben zu fragen, ob er seiner Vermutung zu den Parallelfällen bereits nachgegangen war. Zweimal versuchte sie während der Besprechung sich zu überwinden und Ben doch darauf anzusprechen, aber sie brachte keinen Ton heraus. Als dann auch noch Kripochef Mausner gemeinsam mit dem Staatsanwalt Bent-Ove Friedberg aufgetaucht war, waren ihre guten Vorsätze ganz vergessen. Katharina kannte den Grund dafür sehr genau. Die ganze Situation kam einem Déjà-vu gleich und ihre Angst hatte mit ihrem letzten Fall in München zu tun. Damals hatte sie ebenfalls auf eine hingeworfene Bemerkung mit Eigeninitiative reagiert und diese dann naiv am großen Besprechungstisch kundgetan, obwohl sie noch keine konkreten Ergebnisse hatte vorweisen können. Das hatte schlimme Folgen für sie gehabt. Und vor allem für Helen. Herrje, du bist hier aber nicht in München, sondern in Lüneburg, und Friedberg ist nicht Maximilian, schalt Katharina sich selbst, aber es half nichts. Obwohl sie wusste, dass ihr Schweigen hier und heute der falsche Weg war und einzig auf einem Trauma beruhte, das sie immer noch nicht vollständig aufgearbeitet hatte, konnte Katharina nicht aus ihrer Haut. Die Erinnerung an damals schnürte ihr nach wie vor die Kehle zu und ihre Lippen waren wie versiegelt. Dann war die Teambesprechung auch schon wieder vorbei und alle machten sich an ihre ihnen zugeteilten Aufgaben.

Jetzt, zurück an ihrem Schreibtisch und mit mehreren Schlucken Kaffee intus, hatte Katharina sich langsam aber sicher wieder im Griff. Sie hatte es geschafft, die schweren Gedanken zu verscheuchen und sich wieder auf das Hier und Jetzt zu konzentrieren. Ihr Blick ruhte auf dem Umschlag mit den Ausdrucken des Lüneblicks. Im Archiv des Verlags hatte sie zwar tatsächlich einige Presseberichte über Morde in Lüneburg gefunden, doch für den ganz konkreten Vergleich dieser Geschehnisse mit denen der letzten Tage brauchte sie noch Zeit. Bis ins Detail würde sie die Fälle nur anhand der alten Polizeiakten abgleichen können. Und nun war auch noch ein weiterer Fall hinzugekommen. Verdammt aber auch! Noch einmal ließ Katharina die eben stattgefundene Besprechung Revue passieren, danach wollte sie sich an die Arbeit machen: Als ihr Chef um kurz nach acht verkündet hatte, dass es in der Nacht einen weiteren Mord gegeben hatte, hatte Katharina sehr genau nach den Umständen gefragt. Was sie spontan hatte sagen können, schon bevor Ben von dem erneut aufgetauchten Zettelchen mit Gedichtzeilen berichtet hatte, war, dass auch diese Tat in das Täterprofil passte, das sie erstellt hatte. Der Mörder schien immer mehr um Aufmerksamkeit zu buhlen. Mit jeder Tat steigerte er die Umstände so, dass sie für immer mehr Aufsehen sorgten. Mit der Entführung eines kleinen Mädchens hatte er sich eine Garantie dafür verschafft, dass die ganze Stadt von ihm Notiz nahm. Und ein Mord im besten und teuersten Hotel von Lüneburg würde nun spätestens auch die Verantwortlichen der Stadt auf den Plan rufen. Wie aufs Stichwort war dann der Chef der Kripo, Stephan Mausner, in die Besprechung geplatzt, begleitet von einem anderen Mann im grauen Anzug, den Katharina bis dahin nicht gekannt hatte. Ben war – sichtlich nicht erfreut, aber höflich – sofort auf die beiden zugegangen und hatte den Begleiter seines Vorgesetzten mit »Guten Morgen, Dr. Friedberg« begrüßt.

»Ich kann an diesem Morgen bisher nichts Gutes finden, Kommissar Rehder«, hatte er prompt und sehr steif zur Antwort bekommen, »aber vielleicht können Sie mich ja mit neuen Erkenntnissen vom Gegenteil überzeugen?«

»Leider nein«, hatte Ben erwidert. »Wir können mit Sicherheit davon ausgehen, dass auch der Mord in der vergangenen Nacht unserem Serienmörder zuzuschreiben ist, aber wir haben noch immer keine konkrete Spur. Er ist intelligent und scheint uns immer einen Schritt voraus zu sein.«

»Nun, dann sollten Sie zeigen, dass Sie noch intelligenter sind. Und zwar schnell.«

Katharina hatte die Unterhaltung beobachtet, und der Blick des Anzug-Typs wanderte nun ebenfalls durch den Raum und blieb kurz, aber spürbar an ihr hängen. »Rehder, Sie haben hier eine Profilerin sitzen, das sollte Ihrem Team doch nun gerade bei einem solchen Fall auf die Sprünge helfen. Ich erwarte Ergebnisse, und zwar schnell. Ich habe heute früh schon den Bürgermeister am Telefon gehabt, und Sie können sich vorstellen, dass das keine amüsante Plauderei war. Auch die Presse, und damit die Öffentlichkeit, fordert langsam Ergebnisse.« Dann hatte er kurz in die Runde genickt und war wieder aus dem Büro verschwunden. Stephan Mausner hatte die gleiche Aufforderung nochmals wiederholt – in Katharinas Augen eher überflüssig – und war hinterhergeeilt.

Als beide außer Reichweite waren, hatte Tobi grinsend in den Raum geschmissen: »Mausi und Friedl im Doppelpack, das sind immer die ganz üblen Tage!«

»Friedl?« Katharina hatte ihn fragend angesehen. Dass ihr oberster Chef, Stephan Mausner, seinen Spitznamen auf dem Präsidium weghatte und diesen durch seine etwas merkwürdige und wenig bestimmte Art auch noch unterstützte, hatte sie ja längst mitbekommen, doch den anderen Namen konnte sie nicht einordnen. Es war Ben, der erklärt hatte: »Das war Dr. Bent-Ove Friedberg, der zuständige Staatsanwalt. Und wenn wir mal ehrlich sind, hat er ja recht. Wir müssen vorankommen, sonst ist in der Stadt bald der Teufel los. Lüneburg lebt nicht schlecht von den vielen Wochenend-Touristen. Wenn sich keiner mehr her traut oder das beste Hotel am Platz seinen guten Ruf verliert, ist damit niemandem geholfen.«

Sie hatten nur noch kurz die letzten Fakten zusammengetragen, dann war Ben zum Hotel gefahren. Er hatte gesagt, er wollte dort das von Mausner bereits vor der Besprechung bewilligte Team einweisen und auch selbst noch persönlich ein paar Befragungen durchführen, mit Gästen und auch mit Angestellten, die er in der Nacht nicht mehr hatte verhören können. Katharina fragte sich, ob Bene auch dazugehören würde. Sicher nicht einfach für ihren Chef, vermutlich hatte er sich auch deshalb allein auf den Weg gemacht. Tobi wollte der KTU und der Rechtsmedizin einen Besuch abstatten, um dort nach weiteren Erkenntnissen zu fragen. Und sie selbst hatte angeboten, im Büro zu bleiben, das Profil zu ergänzen und erreichbar zu sein, falls es – vor allem im Fall der kleinen Laura – eine neue Spur geben sollte.

Katharina rieb sich die Schläfen und nahm einen weiteren Schluck Kaffee. Dann schob sie die Unterlagen zum Profiling beiseite, holte die Ausdrucke aus dem Zeitungsarchiv aus dem Umschlag und startete ihren Computer. Das Profil würde sie gleich weiterbearbeiten. Jetzt würde sie die Zeit im Büro nutzen, um das polizeiinterne Netzwerk nach Parallelen zu durchforsten. Die Namen der Opfer und Täter in den alten Zeitungsartikeln waren zwar zum größten Teil geändert, doch sie hoffte, anhand der zeitlichen Daten im Computer die alten Akten einsehen zu können. Sie ordnete die Ausdrucke chronologisch und tippte das älteste Datum in die Suchmaske. Die technische Ausstattung hier war im Vergleich zu der, die sie aus München kannte, nicht gerade hochmodern, und alles dauerte etwas länger. Doch dann verschwand die ›Bitte warten‹-Anzeige vom Bildschirm, und Katharina bekam die Ergebnis-Anzeige: Volltreffer!

10.17 Uhr

Bene sah Julie über den kleinen Tisch hinweg direkt in die Augen. Er war losgerannt, als er sie entdeckt hatte, und hatte sie ein paar Meter weiter erreicht, abgehetzt – genauso, wie er ihr eigentlich nicht hatte gegenübertreten wollen. Doch er hatte geahnt, dass sie ihm keine zweite Chance auf ein Wiedersehen geben würde, wenn er diese nicht genutzt hätte. Als er ihren Arm von hinten ergriffen und »Julie, sorry, da bin ich« gekeucht hatte, war ihr Blick erschrocken gewesen. Das hatte sich dann schnell geändert. Auf dem kurzen Weg von der Kuhstraße, in der er sie eingeholt hatte, bis zum Lebrello, wo sie sich einen einsamen Tisch auf der bereits sonnigen Terrasse gesucht hatten, war kein Wort zwischen ihnen gefallen.

Bene wusste nicht, wie er das Gespräch beginnen sollte. Diese Unsicherheit kam bei ihm selten vor, doch bei Julie hatte er das Gefühl, ohnehin nichts sagen zu können, was richtig wäre. So sah er sie an und hoffte, dass sie als Erste die Worte fand.

»Da bist du also wieder«, brach Juliane auch nach wenigen Sekunden das Schweigen, nachdem sie seinem Blick zuerst ausgewichen war. »Ist lange her.«

Bene fühlte sich mehr als unwohl in seiner Haut. Sich die Jahre über oft eingestehen zu müssen, dass er die erste und einzige Frau, die er in seinem bisherigen Leben wirklich und ehrlich geliebt hatte, zutiefst enttäuscht hatte, war eine Sache gewesen. Ihr jetzt direkt in die Augen zu sehen und ihr eine Erklärung geben zu müssen, eine ganz andere. Es gab weder eine plausible Erklärung noch eine Entschuldigung für sein Verhalten vor acht Jahren. Außer vielleicht die, dass er ein Riesenarschloch war. Aber das hatte sie vermutlich längst selbst erkannt. Froh darüber, dass der Kellner mit den zwei Bechern Milchkaffee an den Tisch kam, rührte er verlegen so lang in der Tasse herum, bis der ganze Milchschaum restlos vernichtet war.

»Hast du mir gar nichts zu sagen?«, fragte Juliane trocken und sachlich.

»Doch«, antwortete Bene, »so viel, dass ich nicht weiß, wo ich anfangen soll.«

Er legte den Löffel auf die Untertasse und sah ihr wieder ins Gesicht. Sie war noch genauso hübsch wie damals. Etwas müde sah sie aus, aber ansonsten hatte sie sich kaum verändert. All die alten Erinnerungen, die er während der ganzen Jahre erfolgreich verdrängt hatte, stiegen wieder in ihm auf. »Julie, es … es tut mir unendlich leid, bitte glaub mir!«

»Genau das fällt mir irgendwie schwer«, antwortete sie, ohne den Blick von ihm abzuwenden. »Das mit dem Glauben meine ich.«

»Ja, das ist mir klar.« Bene stockte kurz. »Aber ich weiß einfach nicht … Also ich meine, egal, was ich jetzt sage … nichts kann wieder gut machen, was ich dir damals angetan habe, das ist mir völlig klar.«

»Und für diese Erkenntnis hast du acht Jahre gebraucht?« Juliane blieb so ruhig und sachlich, wie sie nur konnte.

»Ja … nein. Ich weiß auch nicht.« Bene fühlte sich zunehmend unwohl. »Natürlich hab ich das immer gewusst. Aber damals hatte ich einfach keine Ahnung, was ich tun sollte. Und je länger ich gewartet hab, desto mehr verließ mich der Mut, mich bei dir zu melden.«

»Und warum bist du dann ausgerechnet jetzt wieder hier? Muss dein Bruder dir wieder mal aus der Patsche helfen?«

»Nein, ich hab mich geändert!« Bene sprach die Worte voller Überzeugung aus, bevor ihm die vergangene Nacht wieder einfiel und er merkte, dass er soeben irgendwie erneut gelogen hatte. »Wirklich, Julie, ich mach keinen Mist mehr. Die Zeiten sind vorbei. Ich habe hier ein verdammt gutes Jobangebot bekommen und ich möchte völlig neu anfangen.«

»Dein Bruder scheint dir das sogar zu glauben.« Julianes Blick wirkte wie eine Mischung aus Wut, Erinnerungsschmerz und Provokation. »Mir fällt das ehrlich gesagt etwas schwerer.

»Ich weiß Julie, und das ist dein gutes Recht. Ich erwarte nicht, dass du mir verzeihst, ich kann mir ja heute selbst nicht verzeihen, wie ich mich damals verhalten habe. Vor allem dir gegenüber.«

»Ich wollte dieses Treffen auch nicht, um dir zu vergeben. Aber es gibt da etwas, das du wissen solltest.« Jetzt war es Juliane, die in ihrem halb vollen Milchkaffeebecher rührte, als gebe es nichts Spannenderes. Doch plötzlich straffte sie die Schultern, sah Bene in die Augen und erklärte mit fester Stimme: »Ich wollte dir eigentlich nur mitteilen, dass du eine siebenjährige Tochter hast. Sie heißt Leonie.«

Bene sah Julie fassungslos an. »Ich habe … ich bin … Vater? Und das erzählst du mir erst jetzt?« Er hatte kaum ausgesprochen, da war ihm bereits bewusst, was er Dummes gesagt hatte. »Entschuldige, Julie, das ist … also, das hab ich so nicht gemeint. Wann und wie hättest du es mir auch sagen sollen.«

Bene wäre am liebsten aufgesprungen und davongelaufen. Doch er hatte das Gefühl, dass seine Beine ihn im Moment nicht tragen würden, so wacklig, wie sie sich gerade anfühlten. Und Julies Blick machte klar, dass weglaufen jetzt das Verkehrteste war, was er tun könnte. Ihm lag fast die Frage auf der Zunge, ob Julie sich seiner Vaterschaft sicher war, doch das konnte er sich gerade noch rechtzeitig verkneifen. Aber auch nach so vielen Jahren schien Julie ihn genau zu kennen: »Wage es nicht, mich zu fragen, ob du auch wirklich der Vater bist!«

»Sie heißt also Leonie?«, fragte er, immer noch leicht benommen.

»Ja, sie *heißt* und *ist* meine Leonie, geht in die erste Klasse, und wir beide haben unser Leben verdammt gut im Griff – ohne Mann und Vater.« Julianes Ton sprach für sich. »Ich erzähle dir das also nicht, weil ich plötzlich Vater, Mutter, Kind mit dir spielen will, nur weil du gerade mal wieder in der Stadt bist. Ich denke einfach, dass du wissen solltest, dass du eine Tochter hast. Mehr nicht. Ich will kein Geld von dir und ich will auch nicht, dass du dich um sie kümmerst. Wir brauchen dich nicht. Aber nach meinem Gespräch mit Ben …«

Bene sah ruckartig auf und unterbrach sie: »Ben wusste davon? All die Jahre? Und er hat mir nichts davon gesagt?«

»Wehe, du machst deinem Bruder deshalb Vorwürfe! Das Versprechen, niemandem etwas davon zu sagen, habe ich ihm abgenommen, und ich bin ihm sehr dankbar, dass er sein Wort gehalten hat.« Julianes Betonung auf *er* war nicht zu überhören. »Wenn Ben nicht gewesen wäre, würde es Leonie und mir heute vermutlich erheblich schlechter gehen. Er hat uns unterstützt, so gut es ging und soweit ich es zulassen konnte oder besser gesagt musste. Und er war immer da für mich, der Einzige, mit dem ich über alles reden konnte. Und für Leonie ist er ein prima Onkel.«

»Ja, das kann ich mir lebhaft vorstellen«, erwiderte Bene, und der sarkastische Unterton war nicht zu überhören. »Der liebe Onkel Ben.«

»Ist das alles, was dich interessiert?«, fragte Juliane barsch. »Dass dein Bruder dir etwas verschwiegen hat? Da kann es mit deiner Veränderung aber nicht weit her sein, Benedict Rehder.«

Sie griff nach ihrer Tasche, die unter dem Tisch stand. »Ich werde jetzt besser gehen, es ist alles gesagt.«

»Julie, nein, …« Bene fühlte sich am Ende seiner Kräfte. Er wollte nicht, dass sie ging. Er wollte … ja, was wollte er? Nach dem Kind fragen, von dem er bis vor wenigen Minuten nichts gewusst hatte? Das schien ihm fast heuchlerisch. »Hast … hast du ein Foto von ihr?« Juliane, die bereits mit der Tasche in der Hand vom Tisch aufstand, sah ihn erstaunt und misstrauisch an. »Meinst du das ernst?«

»Ja natürlich! Ich möchte wissen, wie sie aussieht!«

»Sie sieht dir nicht wirklich ähnlich, falls es das ist, was du wissen willst. Tut mir leid für dein Ego«, antwortete sie schnippisch. »Das war mir nur recht so. Niemand ist jemals misstrauisch geworden, wenn ich erzählt habe, dass ich von einem One-Night-Stand geschwängert wurde, weil ich mich nach deinem Abgang im Lüneburger Nachtleben vergnügt habe.«

Trotz ihrer Wut, die sich im Lauf des Gesprächs gesteigert hatte, kramte Juliane in ihrer Tasche. Aus ihrem Timer zog sie ein kleines Foto heraus und reichte es Bene.

»Sie sieht aus wie du.« Bene lächelte ein wenig bei seinen Worten, während er das Foto von Leonie betrachtete.

»Hör zu, Bene«, sagte Julie, »behalt das Foto meinetwegen. Aber mehr nicht. Du wirst sie nicht sehen, jedenfalls nicht im Moment. Das ist mir zu gefährlich.«

Bene sah sie irritiert an. »Warum zu gefährlich? Meinst du, weil du befürchtest, dass ich plötzlich wieder verschwinde? Das werde ich nicht, Julie, und natürlich werde ich für euch aufkommen.«

Ein winziger Hauch längst vergessener Gefühle umfing Juliane. Das war genau der Bene, den sie damals unter der coolen und immer lässigen Außenfassade erkannt hatte. Und den sie geliebt hatte, mehr als ihr recht gewesen war. Doch das war längst vorbei, und sie hatte nicht vor, ihn wieder in ihr Leben zu lassen, das sie sich mit Leonie mühsam erkämpft hatte. »Wie gesagt, ich will kein Geld von dir. Und im Moment kannst du sie auch nicht treffen. Lass dir das am besten von deinem Bruder erklären. Ich muss jetzt los!«

Bene erhob sich ebenfalls vom Stuhl. »Darf ich dich anrufen?«

Juliane sah ihn forschend an. Dann griff sie in ihre Tasche, holte einen Stift hervor, nahm das Bild von Leonie, das Bene noch immer in den Händen hielt, und schrieb eine Nummer auf die Rückseite. »Aber gib uns beiden ein paar Tage Zeit, okay?«

Dann drehte sie sich um und verließ das Lokal, ohne sich noch einmal umzusehen. Bene schaute ihr mit gemischten Gefühlen hinterher, und als sie gerade um die nächste Ecke bog, überfiel ihn ein Gedanke, den er ihr auch sogleich hinterher rief: »Julie, warte, hab ich deswegen den Schulranzen geschickt bekommen? Warst du das?« Doch Julie hörte ihn nicht mehr, sie war schon zu weit von ihm entfernt.

10.41 Uhr

Ben saß auf einem der kleinen Ledersessel in der Hotellobby und wartete, was nicht unbedingt zu seinen Stärken gehörte. Er hatte schlecht geplant, oder auch überhaupt nicht, er war sich da nicht so sicher. Seine sonst so strukturierte Art kam ihm zurzeit mehr und mehr abhanden, sowohl privat als auch beruflich, und das störte ihn kolossal. Wie oft schon hatte er seine Mitarbeiter ermahnt, bei ihrem ohnehin so unberechenbaren Job zumindest die Abläufe gut zu planen, die planbar waren. Und nun saß er selbst nutzlos im Hotel herum, weil er viel zu früh hergekommen war. Der Schichtwechsel im Hotel begann erst um elf Uhr. Nun gut, die anderen Angestellten konnte das eigens bereitgestellte Befragungsteam übernehmen. Genauso, wie sie es jetzt schon mit den Gästen taten, doch mit Jana Helm wollte Ben persönlich sprechen. Er wollte sich noch einmal endgültig davon überzeugen, dass sie und Tobi wirklich eine Liebesnacht miteinander verbracht hatten. Jana Helm war aber nicht im Haus, denn auch ihr Dienst begann erst wieder um elf. Wie man ihm gesagt hatte, war sie heute Morgen gleich in die Stadt gegangen. Ben hatte die Zeit zwar genutzt, um das Befragungsteam einzuweisen, aber auch damit war er längst fertig.

Früher wäre ihm so etwas nicht passiert, selbst vor ein paar Tagen noch nicht, ärgerte sich Ben und dachte sofort an seinen Zwillingsbruder. Vermutlich saß Bene gerade irgendwo in Lüneburg und erfuhr, dass er eine Tochter hatte. Ben hoffte inständig, dass Bene zu dem Treffen mit Julie erschienen war, denn er wollte diese Heimlichkeiten keinen Tag länger mit sich herumtragen. Außerdem musste er Bene dringend zu der Entführung befragen. Und er musste ihn, genauso wie Julie, darüber informieren, dass der Täter es höchstwahrscheinlich auf Leonie abgesehen und sie lediglich mit ihrer Freundin verwechselt hatte. Zur Sicherheit hatte Rehder bereits heute Morgen eine Streife zu Julies Haus geschickt, die das Kind möglichst unauffällig bewachen sollte. Jetzt zog der Kommissar sein Handy aus der Tasche und prüfte, ob er eventuell einen Anruf verpasst hatte. Nichts – keine neuen Nachrichten. Wäre Bene nicht erschienen, hätte Julie sich sicher längst gemeldet, um ihrem Ärger Luft zu machen. Ben versuchte, nicht länger über etwas nachzudenken, woran er im Moment ohnehin nichts ändern konnte. Auch das gehörte zu den Dingen, die er grundsätzlich für Zeitverschwendung hielt. Plötzlich kam ihm Katharina in den

Sinn. Ben wusste nach wie vor nicht, ob er glücklich mit der Wahl seines Chefs war. Ohne Frage – sie machte ihre Sache bisher gut. Kein Wunder, ihr Ehrgeiz war augenscheinlich, und das war es vielleicht auch, was Ben grübeln ließ. Menschen mit übertriebenem Ehrgeiz konnten unangenehm werden und als Mitarbeiter vor allem eigenwillig. Oder konnte es doch Unsicherheit sein? Vorhin bei der morgendlichen Besprechung war sie ihm irgendwie merkwürdig erschienen, aber vielleicht interpretierte er auch zu viel in sie hinein. Eine so toughe Frau wie Katharina … Vermutlich war es das, was ihn insgeheim störte: Er wusste nicht, wer sie wirklich war, was echt und was Maskierung war. Ihre Verbindung zu Benedict machte das Ganze zudem nicht gerade leichter. Egal, schalt Ben sich selbst, das tut nichts zur Sache. Der Job war wichtig, und den machte Katharina gut und vor allem engagiert. Und auch wenn die Ergebnisse ihres Profilings sie bisher noch auf keine konkrete Spur geführt hatten, so lag das nicht an ihrer Arbeit. Sie hatten leider viel zu wenige Anhaltspunkte, um überhaupt einen möglichen Verdächtigen ins Visier zu nehmen. Die einzelnen Morde waren einfach zu unterschiedlich. Und dann dazu noch die Entführung der kleinen Laura! Der Kommissar hoffte inständig, dass er richtig damit lag, wenn er immer noch von einer Entführung sprach und nicht von einem weiteren Mordfall. Er stutzte mitten in seinen Gedanken. Verdammt! Er hatte einen Gedanken der letzten Tage nicht weiterverfolgt, der jetzt gerade wieder in ihm aufkam: Die Parallelen, die ihm …

»Herr Kommissar, muss denn das wirklich sein?«

Die hektische, unangenehm hohe Fistelstimme von Jan Gronau riss Benjamin Rehder aus seinen Gedanken. Der

Hoteldirektor kam auf ihn zu und strahlte alles andere aus als die Souveränität, die man vom Chef eines solchen Hauses normalerweise erwartete. Was für ein merkwürdiger, unangenehmer Mensch, dachte Ben, während er sich aus dem Sessel erhob und Gronau die Hand entgegenstreckte. »Herr Gronau, guten Tag! Was genau meinen Sie?« Ben sah sein Gegenüber herausfordernd an.

»Was ich meine? Na, Sie sind gut!« Gronaus Gesicht zeigte schiere Empörung. »Müssen Sie unbedingt die Mitarbeiter hier vor Ort befragen? Und dann auch noch die Gäste! Als wenn das nicht alles schon schlimm genug wäre. Die Leiche im Kanal hat uns auf der Sonnenterrasse ja vielleicht noch ein paar sensationslüsterne Kaffeegäste beschert, aber dieser unschöne Vorfall hier direkt im Haus ... die ersten Absagen von Übernachtungsgästen sind bereits hereingeflattert. Schrecklich, einfach nur schrecklich!«

Ben musste sich beinahe das Lachen verkneifen, denn der Hoteldirektor wirkte in seiner hektischen Empörung extrem lächerlich. »Herr Gronau«, setzte Ben leicht genervt an, »natürlich ist es für ein Haus wie dieses nicht Image fördernd, wenn man innerhalb weniger Tage zwei Leichen vor Ort findet, das ist mir schon klar. Aber umso mehr sollten auch Sie daran interessiert sein, dass wir den Täter so schnell wie möglich finden. Und um jeder Spur nachzugehen, muss ich prüfen, ob jemand hier etwas gesehen hat. Wenn es Ihnen lieber ist, kann ich Ihre Angestellten auch zu uns ins Kommissariat bestellen, genauso wie Ihre Gäste und ...«

Weiter kam Ben nicht, denn nun schlug Gronau die Hände in theatralischer Geste vor dem Gesicht zusammen. »Die Gäste zu Ihnen bestellen? Ja, sind Sie denn von allen guten Geistern verlassen? Das wäre ja noch schlimmer, nicht auszudenken!

Ben wurde es jetzt zu bunt. »Wenn Sie mich mal ausreden lassen würden, Herr Gronau, wäre das nett. Noch ist das ja gar nicht passiert. Mein Team und ich haben uns bisher recht diskret verhalten, und solang Sie uns unsere Arbeit nicht erschweren, werden wir das auch weiterhin tun. Ich zum Beispiel warte hier lediglich noch auf Frau Helm, danach bin ich auch schon wieder weg.«

»Nun gut, meine Meinung scheint Sie ja ohnehin nicht wirklich zu interessieren«, schaltete Gronau nun zu allem Überfluss auch noch auf beleidigt. »Tun Sie, was Sie nicht lassen können. Guten Tag!«

Gronau drehte sich auf dem Absatz um und verschwand in den Flur in Richtung der Zimmer.

»Mann, das brauch ich jetzt gerade echt nicht!«, schimpfte Ben leise vor sich hin. Was für ein anstrengender Typ! Und warum war er überhaupt so panisch? Ben hatte beobachtet, dass Gronau während des kurzen Gesprächs ins Schwitzen geraten war, so wie Ben es bei Verdächtigen während des Verhörs oft beobachtete. Allerdings in der Regel nur bei denen, die auch etwas zu verheimlichen hatten …

»Kommissar Rehder? Ich habe gehört, Sie wollen noch einmal mit mir sprechen?« Jana Helm stand urplötzlich neben ihm.

Ben betrachtete die junge Frau, die die Tüte eines bekannten Lüneburger Modehauses in der Hand hielt, kurz mit dem geschulten Blick eines Kommissars, dem auch bei einer vermeintlich oberflächlichen Musterung eine Menge ins Auge fällt. Bereits heute Nacht hatte er festgestellt, dass sie recht hübsch war, doch jetzt war sie zurecht gemacht. Sie war wirklich ein netter Anblick. Nett und unschuldig, fast noch ein Kind. Er war sich nicht sicher, ob er sie zu der Beziehung zu Tobi beglückwünschen oder sie eher bedauern sollte. Tobi war nicht gerade der klassische Frauenheld, aber auch kein Kind von Traurigkeit. Doch das war nicht seine Baustelle. »Hallo, Frau Helm, danke, ja, es stimmt – ich möchte kurz noch einmal mit Ihnen sprechen. Vielleicht können wir uns hier vorn in die Lobby setzen?«

11.27 Uhr

Nachdem Katharinas Suche im polizeiinternen Netzwerk nach den alten Fällen so überaus erfolgreich verlaufen war, hatte sie alles ausgedruckt und nochmals durchgelesen. Danach hatte sie sich die laufenden Akten zu den aktuellen Fällen geholt und präzise alle Parallelen der alten und neuen Fälle tabellarisch aufgelistet. Mit jedem geschriebenen Wort war ihr Atem dabei ein wenig schneller gegangen. Als sie endlich fertig war, war sie so aufgeregt wie ein Kind in der Nacht vor seinem Geburtstag. Das war es! Der Täter, nach dem sie suchten, hatte tatsächlich alte Fälle erneut inszeniert. Die Tathergänge stimmten komplett überein! Der Unterschied bestand nur darin, dass die alten Fälle von verschiedenen Tätern begangen worden waren, die alle relativ schnell gefasst worden waren. Auch hatte kein Täter damals Gedichte bei seinem Opfer hinterlassen, aber ansonsten …

Katharina war sich zwar nicht im Klaren darüber gewesen, nach welchem Schema der Serientäter die Originalfälle, wie Katharina sie für sich genannt hatte, ausgesucht hatte, war dann aber zu dem Ergebnis gekommen, dass dies im Moment zweitrangig war. Im Vordergrund stand jetzt, einen weiteren Mord zu verhindern. Den Mord an Laura. Denn dass der noch nicht vollzogen worden war, da war sich Katharina nahezu sicher. In den letzten 15 Jahren – der Zeit, in der auch die anderen Fälle stattgefunden hatten – hatte es nur eine einzige Kindesentführung in der Lüneburger Region gegeben. Damals hatte ein Mann die achtjährige Tochter seiner Ex-Frau aus deren zweiter Ehe entführt. Er hatte seine geschiedene Frau mit der Entführung erpressen wollen, zu ihm zurückzukehren, da er die Trennung nicht akzeptieren konnte. Die Polizei und auch die Frau nahmen die Erpressung zwar sehr ernst, konnten den Mann, der sich nur in Form von Paketen meldete, in denen Dinge des Mädchens und Briefe von ihm mit seinen Forderungen steckten, nicht aufspüren. Als sie ihn dann doch nach gut einer Woche endlich ausfindig machten und stellen konnten, war es zu spät. Das Kind wurde im dunklen Keller eines abgelegenen Hauses gefunden. Es war verdurstet. Der damalige Täter hatte das Mädchen als Brut seines Widersachers, des neuen Mannes seiner Ex-Frau, so sehr gehasst, dass er es lediglich als Erpressungsmittel gesehen hatte. Nicht als unschuldigen Menschen. So hatte er das Mädchen noch nicht einmal notdürftig mit Wasser und Lebensmitteln versorgt. Dieser Mann saß heute in der geschlossenen Psychiatrie. Der Kommissar Carlo Tiedtke, der damals den Fall bearbeitet hatte, hatte kurz darauf seinen Dienst quittiert. Er gab sich die Schuld am Tod des Mädchens. Das entnahm Katharina einem kurzen Aktenvermerk. Dort stand außerdem die private Telefonnummer des ehemaligen Kommissars. Sie griff über ihren Schreibtisch zum Telefon und wählte die angegebene Nummer. Bereits nach dem zweiten Klingeln meldete sich eine Frauenstimme. Katharina stellte sich vor und bat darum, mit Herrn Tiedtke sprechen zu dürfen. Nach einer kurzen Pause teilte ihr die Frau mit, dass ihr Mann vor einem halben Jahr verstorben war.

Als Katharina langsam wieder den Hörer auf die Gabel gelegt hatte, überlegte sie, andere an dem damaligen Fall beteiligte Kollegen ausfindig zu machen. Doch sie fand dazu in der Akte keinen weiteren Vermerk, und sich jetzt durchzufragen, würde einiges an Zeit in Anspruch nehmen. Mist. Irgendwie musste das doch schneller gehen! In Katharinas Kopf ratterte es. Ihr Blick fiel auf die alten ausgedruckten Artikel aus dem Zeitungsarchiv. Ja, genau das war es: Mit etwas Glück würde sich der Journalist, der damals die Berichterstattung über das entführte Mädchen gemacht hatte, erinnern! Katharina zog den Artikel heraus, unter dem nur ein Kürzel stand, das sie sich eilig auf einem Block notierte. Dann raffte sie die auf ihrem Schreibtisch verteilten Unterlagen zusammen, stand auf und verließ das Büro. Vorher gab sie noch in der Zentrale Bescheid, dass sie bald wieder da wäre, aber bis dahin mobil zu erreichen sei.

Auf ihrem kurzen Fußmarsch zum Verlag dachte Katharina daran, dass sie eigentlich versprochen hatte, die Stellung im Büro zu halten und am Profil weiterzuarbeiten und für einen Moment beschlich sie ein schlechtes Gewissen. Auf der anderen Seite würde sie sicher nicht lange wegbleiben und hatte ja auch in der Zentrale Bescheid gesagt. Katharina war aufgeregt: Sie spürte, ohne dass sie es sich recht erklären konnte, dass sie bald mehr erfahren würde. Hoffentlich noch rechtzeitig, um Laura zu retten.

11.43 Uhr

Ben betrat das Kommissariat und wunderte sich, dort niemanden anzutreffen. Tobi konnte möglicherweise noch bei der KTU oder in der Rechtsmedizin sein, aber Katharina hätte anwesend sein müssen. Er wollte gerade nachsehen, ob jemand auf seinem Schreibtisch eine Nachricht für ihn hinterlassen hatte, als Tobi in den Raum kam.

»Hi, Chef. Ich hab die Berichte für dich zu der Hotelleiche, die müssen im Labor letzte Nacht noch ordentlich geschuftet haben. Wahrscheinlich hat Friedl denen auch einen Besuch abgestattet … Tja, leider gibt's aber in den Berichten keine großen Überraschungen, die Frau wurde mit dem Kissen erstickt. Eigentlich alles so, wie wir es uns schon gedacht haben, aber eben auch ohne irgendwelche Spuren. Außer vielleicht, dass die Kleidung der Frau mit Alkohol aus den Fläschchen der Mini Bar übergossen war. Es muss nach ihrem Tod gemacht worden sein, da auch auf dem Bett Alkohol war, nur eben nicht an der Stelle unter ihr, wo sie lag. Ich nehme an, es soll ebenso eine Botschaft sein wie das Sperma bei Lara Jüssen. Paulina Petersen war nämlich Alkoholikerin, und Lara Jüssen, die hatte, wie wir wissen, ihre Männergeschichten. Inzwischen konnte auch ihr Ehemann befragt werden. Der hat am Anfang erst mal von der ach so perfekten Ehe gesprochen. Logisch, welcher Mann gibt schon gerne zu, dass seine Frau ihm ständig Hörner aufsetzt. Als ihm aber klar wurde, dass er sich damit möglicherweise selbst verdächtig macht und ohnehin die halbe Stadt von der Leichtlebigkeit seiner Frau wusste, hat er ihre Affären bestätigt. In wessen Betten sie im Einzelnen gelandet ist, will er allerdings tatsächlich nicht gewusst haben. Wahrscheinlich hat unser Täter da mehr Durchblick gehabt. Ben, der Typ, also unser Täter, der weiß, was er tut.« Tobi legte die Akten auf Bens Schreibtisch.

»Hast du eine Ahnung, wo Katharina steckt?«, fragte Ben, ohne auf die Informationen des jungen Kollegen einzugehen.

»Nein, warum – ist sie nicht hier? Ich denke, sie wollte die Stellung halten.« Tobi sah sich im Büro um. »Nachdem ich hier heute Morgen raus bin, hab ich nichts mehr von ihr gehört.«

»Na ja, vielleicht holt sie sich ja nur einen Kaffee«, räumte Ben ein.

»Nichts für ungut, Chef«, grinste Tobi, »aber für einen Hauptkommissar verdammt schlecht beobachtet. Katharina hat ihre Handtasche mitgenommen. Die wird sie wohl kaum zum Kaffeeautomaten mitgeschleppt haben, oder?«

»Gut kombiniert, Kollege!«, antwortete Ben, ohne Tobis Grinsen zu erwidern. »Und wo ist sie dann? Reicht dein kriminalistischer Verstand auch dazu aus, eine eigene Vermutung auszusprechen, anstatt die von anderen vom Tisch zu fegen?«

»Ich schau mal, ob sie irgendwo eine Nachricht hinterlassen hat.« Tobi ging zu seinem eigenen Schreibtisch, warf einen schnellen Blick darauf und schüttelte dann den Kopf. »Hier ist nichts. Sie wird schon gleich wiederkommen, Chef, gib ihr noch ein paar Minuten.«

Ben war mit seinen Gedanken ohnehin schon weiter. Er

wollte nun endlich auf den Punkt bringen, was ihm vorhin im Hotel wieder in den Sinn gekommen war. In Richtung des jungen Kollegen sagte er: »Tobi, hör mal zu, bitte. Ich bin mir ziemlich sicher, dass es da merkwürdige Parallelen gibt, und zwar zwischen unseren Mordfällen der letzten Tage und welchen aus der Vergangenheit. Vielleicht ist das endlich eine Spur, der wir nachgehen können. Wir sollten das kurz abgleichen, und zu zweit wird das schneller gehen.«

»Kann es sein, dass du das eigentlich mit Katharina machen wolltest?«, rief Tobi von nebenan rüber.

»Warum, was meinst du?«, fragte Ben irritiert und trat aus seinem Büro in das Gemeinschaftszimmer. Tobi stand an Katharinas Schreibtisch und schaute auf ihren Bildschirm. »Na ja, weil Katharina offensichtlich genau das bereits gemacht hat.«

11.45 Uhr

Wie schon am Morgen in aller Herrgottsfrühe stand Katharina nun wieder vor dem kleinen Gebäude, in dem der Lüneblick beheimatet war. Diesmal musste sie jedoch nicht klingeln, sondern ging schnurstracks durch die geöffnete Tür hindurch an den Empfangstresen. Dahinter saß der Mitarbeiter, den sie schon von ihrem ersten Besuch im Verlag kannte. Auch er erkannte sie wieder und begrüßte sie mit den Worten: »Na, was vergessen?«

Katharina schenkte dem Mann ein freundliches Lächeln und erwiderte: »Nicht direkt, ich suche nur jemanden. Vielleicht können Sie mir dabei helfen?«

Der charmante Weg funktionierte gerade bei älteren Herren meistens noch am besten, hatte Katharina schon oft festgestellt, und auch diesmal schien sie damit recht zu haben.

»Und wie?«, kam prompt die Gegenfrage.

Katharina zog den Zettel, auf dem sie sich das Kürzel des Journalisten notiert hatte, aus ihrer Hosentasche, legte ihn auf den Tresen und sagte: »Können Sie mir sagen, wer bei Ihnen das Kürzel CSA hat und wo ich denjenigen oder diejenige jetzt finde?«

»Wenn es weiter nichts ist«, meinte der Mann, »das ist unser Redakteur, der Herr …«

»… Saalbach. Christofer Saalbach«, vervollständigte eine Stimme hinter Katharina den Satz.

Katharina drehte sich um und sah sich einer ausgestreckten Hand gegenüber, die einem Mann gehörte, der ihr bekannt vorkam. Dann erinnerte sie sich. Es handelte sich um den Journalisten, den sie zum ersten Mal am Fundort der Wasserleiche gesehen hatte und den Benjamin Rehder dann mehr oder weniger zurechtgewiesen hatte, weil er hinter der Absperrung herumschnüffelte. Auch am Fundort von Lara Jüssens Leiche hatte sie ihn von Weitem gesehen. Wie hatte ihr Chef ihn noch genannt? Es war irgend so ein alberner Spitzname aus Jugendzeiten gewesen, aber Katharina kam jetzt grad nicht drauf. Es könnte Töffel oder Stöffel gewesen sein, doch letztlich war es auch egal und für ihr Anliegen nicht von Belang.

Katharina nahm die Hand entgegen und schüttelte sie, während der Journalist fortfuhr: »Und Sie sind, wenn ich nicht irre, unsere neue Lüneburger Kommissarin, frisch eingetroffen aus der Großstadt.«

Katharina war verdutzt. Sie hätte nicht erwartet, dass sie in Lüneburg bereits jemand kannte, dem sie noch nicht vorgestellt worden war. Auf der anderen Seite kannte sie den Mann ja auch, der jetzt abwartend vor ihr stand. Neugierig sagte sie: »Ja, das stimmt, Katharina von Hagemann, aber woher wissen Sie das?«

Christofer Saalbach warf ihr einen leicht überheblichen Blick zu, bevor er sagte: »Also, erstens sind Sie hier in einem Kaff gelandet, in dem Fremde auffallen, und zweitens bin ich Journalist. Es ist mein Beruf, so etwas zu wissen! Manchmal weiß ich sogar mehr, als die Polizei erlaubt.«

Katharina fand Saalbachs letzten Satz zwar gar nicht lustig, rang sich jedoch ein Lächeln ab und konterte: »Na, vielleicht wissen Sie ja jetzt auch grad mehr als die Polizei. Vor etlichen Jahren ist hier in Lüneburg die Tochter einer Frau von deren Ex-Mann entführt worden. Erinnern Sie sich?«

Für einen Augenblick schien es Katharina, als gefriere Saalbachs Miene, doch gleich darauf lächelte er ihr wieder unverbindlich zu. Vielleicht reagierte sie auch überempfindlich, weil der Journalist ihr auf Anhieb unsympathisch gewesen war. Und die Erfahrungen mit der Münchener Journaille taten ihr Übriges dazu, dass sie der Presse gegenüber im Allgemeinen skeptisch war. Sicherheitshalber ergänzte sie ihr Anliegen: »Die ganze Geschichte liegt schon über zehn Jahre zurück. Sie haben damals im Lüneblick darüber berichtet. Ich würde gern mit Ihnen über diesen Fall sprechen.«

»Natürlich erinnere ich mich. Die Entführung hat damals ganz Lüneburg in Atem gehalten. Und wenn ich der Polizei mit meinem Wissen helfen kann … Ich war gerade auf dem Weg in die Cafeteria. Kommen Sie doch einfach mit. Bei einem Kaffee plaudert es sich besser«, antwortete Christofer Saalbach nun extrem aufgeräumt.

Jetzt fehlt nur noch, dass er anfängt zu pfeifen, dachte Katharina bei sich, sagte jedoch nichts und folgte dem Journalisten in die Cafeteria, die im Untergeschoss des Gebäudes lag. Erst nachdem sie sich beide einen Kaffee geholt und an einen der Bistrotische in der Cafeteria gesetzt hatten, knüpfte Katharina wieder an das Thema an, weswegen sie überhaupt den Kontakt zu Christofer Saalbach gesucht hatte. Vorab jedoch bat sie ihn, die Informationen vorerst diskret zu behandeln und sie keinesfalls an die Öffentlichkeit zu bringen, da dies aktuelle Ermittlungen behindern könnte. Zu Katharinas großer Überraschung ging Saalbach sofort darauf ein und versprach ihr, alles für sich zu behalten, bis sie ihm für eine Veröffentlichung grünes Licht geben würde. Er fragte auch gar nicht nach den aktuellen Ermittlungen. Insgeheim hatte sie den Journalisten aufgrund seiner anfänglichen Arroganz ihr gegenüber anders eingeschätzt. Umso erleichterter war sie nun, dass sie sich offensichtlich getäuscht hatte und sich jetzt nicht großartig auf irgendeinen Exklusiv-Deal oder Ähnliches einlassen musste, wie sie es von einigen großspurigen Münchener Pressemenschen gewohnt war. Natürlich blieb ein Restrisiko, dass Saalbach sich nicht an sein Wort hielt, dessen war sie sich bewusst, doch musste Katharina es darauf ankommen lassen. Ohne Namen zu nennen oder gar von der Verwechslung der Mädchen zu sprechen, umriss sie kurz die Entführung von Laura und erklärte, dass sie von einer Verbindung zu dem damaligen Fall ausging. Warum, ließ sie offen, und der Journalist fragte auch hierzu nicht nach.

Während Katharinas Schilderung hatte Saalbach ihr aufmerksam zugehört, dabei jedoch keine Miene verzogen. Erst als sie ihm von ihrer Vermutung berichtete, dass die zwei Fälle in einem Zusammenhang stünden, hatte er eine Augenbraue angehoben. Katharina kam es so vor, als ob in seinen Augen ein anerkennendes Leuchten aufblitzte. Als sie geendet hatte, fragte der Journalist: »Und was meint Ihr Chef, der werte Benjamin Rehder, zu Ihren Spekulationen?«

Die Frage und der Ton, mit dem er die Worte aussprach, ärgerten Katharina. Am liebsten hätte sie dem Journalisten ein barsches »Was geht Sie das denn an?« an den Kopf geworfen, ließ es dann aber bleiben. Schließlich wollte sie etwas von Saalbach. So sagte sie nur: »Darüber müssen Sie sich wirklich keine Gedanken machen.« Katharinas Ärger verrauchte nur sehr langsam. Was war das bloß für ein Typ, dieser Saalbach? Meinte er etwa, nur weil sie eine Frau war, sei sie eine schlechte Polizistin? Am liebsten hätte sie ihn sofort in den Kreis der Verdächtigen mit aufgenommen. Die Art von Christofer Saalbach passte – oberflächlich betrachtet – gut auf das Täterprofil, das Katharina erstellt hatte. Gleich, nachdem sie diesen Gedanken zu Ende gedacht hatte, schalt sie sich selbst: Nur weil ihr dieser Mann unsympathisch war und meinte, er hätte die Weisheit mit Löffeln gefressen, brachte er nicht gleich Menschen um. Sie musste aufpassen, in ihrem Willen, den Serienmörder zu fassen, nicht jeden, der ihr komisch vorkam, zu verdächtigen.

»Weiß Rehder denn überhaupt, dass Sie hier sind und mit mir sprechen?«, fragte der Journalist weiter nach und beugte sich neugierig vor.

»Was Hauptkommissar Rehder weiß und was nicht, lassen Sie mal meine Sorge sein«, ließ Katharina sich zu einer

Antwort hinreißen, die sie sofort bereute, denn letztlich hatte sie Saalbachs Vermutung damit indirekt bestätigt.

Saalbach lächelte jetzt milde und wedelte einmal mit seiner Hand durch die Luft, so als wolle er Katharinas noch im Raum schwebende Antwort einfach wegfächeln: »Ist ja auch ganz egal, ob Rehder es weiß. Hauptsache Sie wissen, was Sie hier tun, und das scheint ja der Fall zu sein. Denn nach dem, was Sie mir erzählt haben, glaube ich, dass ich Ihnen tatsächlich weiterhelfen kann. Dazu würde ich Ihnen gern jemanden vorstellen. Auf dem Weg dorthin können wir uns weiter unterhalten, und ich gebe Ihnen alle Informationen, die mir zu dem damaligen Fall sonst noch einfallen. Schließlich drängt die Zeit, und Sie wollen das verschwundene Mädchen finden. Wie sind Sie hergekommen – mit dem Auto?«

Katharina fühlte sich leicht überrumpelt. Andererseits hatte sie nichts zu verlieren, und sie wollte Laura finden.

»Zu Fuß«, sagte sie knapp, und erhob sich als Zeichen ihres Einverständnisses von ihrem Stuhl, während sie schnell noch den letzten Schluck Kaffee aus ihrem Becher trank.

Saalbach stand ebenfalls auf und sagte: »Gut, dann nehmen wir meinen Wagen. Damit sind wir schneller da.«

12.03 Uhr

Bevor Ben zu Tobi hinübergehen konnte, hatte ihn noch ein Telefonat aufgehalten. Es war Staatsanwalt Friedberg gewesen, der seinen morgendlichen Worten auch noch einmal telefonisch Nachdruck verleihen wollte. Jetzt trat Ben neben Tobi an den Schreibtisch von Katharina und sah ebenfalls auf den Bildschirm. »Du hast recht – das ist einer der alten Fälle, die ich meine.« Ben wusste nicht, ob er konsterniert oder stinksauer sein sollte. »Das heißt, Katharina hatte die gleiche Vermutung und hat heute Morgen in den alten Akten nach den Parallelen gesucht.«

»Und sie offenbar auch gefunden«, ergänzte Tobi. »Aber was heißt das jetzt? Selbst, wenn sie Übereinstimmungen gefunden hat – wenn ich dich richtig verstanden habe, dann waren das doch in der Vergangenheit alles voneinander unabhängige Fälle, oder?«

Ben nickte stumm. Dann sah er Tobi an. »Das ist richtig. Aber ansonsten stimmt zumindest bei diesem Tathergang hier alles andere mit dem neuen Fall überein. Los, wir gleichen eben auch noch die anderen ab, damit wir sicher sein können.«

Ben setzte sich auf Katharinas Stuhl und klickte sich durch die polizeiinterne Datenbank. Glücklicherweise hatte Katharina den Schirm und das Programm laufen lassen, bevor sie gegangen war. Ben ersparte sich damit eine Menge Sucherei, denn rechts neben der eigentlichen Informationsmaske war eine Auflistung der letzten zehn Akten, die Katharina im System aufgerufen hatte, und so musste Ben diese nur eine nach der anderen durchgehen. Ben las die groben Fakten vor, und Tobi verglich damit die Akten der aktuellen Fälle. Das meiste war ohnehin noch so frisch, dass beide sich auch ohne Hilfe daran erinnerten, aber sicher war sicher.

»Das ist doch irre«, sagte Tobi. »Wer macht so was – und warum?«

Ben sah Tobi ernst an. »Das hat sich Katharina vermutlich auch gefragt. Und jetzt lass uns hoffen, dass sie anhand ihres erstellten Profils nicht einen konkreten Verdacht hat und diesem jetzt nachgeht, ohne uns einzubeziehen.«

»Das wäre ja verrückt!«, stöhnte Tobi bei dem Gedanken an einen solchen Alleingang seiner Kollegin hinter dem Rücken von Ben. »Oder verdammt ehrgeizig …«, murmelte Ben, dem ernsthafte Bedenken durch den Kopf schwirrten.

Konnte es tatsächlich sein, dass Katharina auf eigene Faust einer Spur nachjagte? Was für ein Irrsinn, solche Alleingänge brauchte er in seinem Team nun wirklich nicht. Er griff zum Telefon und rief die Zentrale an, um nachzufragen, ob Katharina dort eine Nachricht hinterlassen hatte. Die Kollegin am anderen Ende des Hörers teilte ihm mit, dass Katharina gleich zurück sein wollte, sie jedoch nicht gesagt hatte, wohin sie wollte. Allerdings habe sie die Info gegeben, dass sie auf ihrem Handy erreichbar sei. Nachdem Ben aufgelegt hatte, wählte er sofort Katharinas Mobilnummer, doch er hatte keinen Erfolg. Nach wenigen Klingelzeichen sprang ihre Mailbox an. Er sprach kurz und sehr bestimmt drauf, dass sie sich umgehend bei ihm oder Tobi melden soll, und legte den Hörer erneut auf. Anschließend sah er sich auf Katharinas Schreibtisch um, in der Hoffnung, vielleicht dort irgendeinen Hinweis darauf zu finden, wohin sie unterwegs sein konnte. Währenddessen hatte Tobi sich einen Bleistift geschnappt und zog mit der Seite breite Striche über ein kleines Blatt Papier.

»Tobi, ich glaub, zum Malen gibt's bessere Gelegenheiten«, fuhr Ben ihn an. »Wir müssen herausfinden, wo Katharina hinwollte!«

Tobi drehte sich triumphierend um: »Soeben erledigt, Chef!«

Fragend sah Ben auf den Notizzettel in Tobis winkender Hand, konnte jedoch nur graue Bleistiftstriemen entdecken.

»Katharina hat sich hier auf dem Block etwas notiert und dabei ziemlich fest aufgedrückt. Ich hab das nächste Blatt schraffiert, und wenn du den Zettel gegen das Licht hältst, kannst du ihre Schrift erkennen – schwach, aber ausreichend.«

»Und was steht da?« Ben unterdrückte seine Verärgerung. Er hätte Tobi nicht so anfahren sollen, stattdessen hätte ihm die Idee selbst kommen müssen.

Tobi hielt das kleine Blatt ins Licht, das durchs Fenster fiel, und las vor: »Kürzel: CSA – wer? Lüneblick!«

12.05 Uhr

Bene lief durch die Straßen, ziellos, verwirrt. Nachdem Julie das Lebrello verlassen hatte und auch nicht mehr gehört hatte, was er ihr hinterhergerufen hatte, hatte er sich einen doppelten Whisky bestellt und in einem Zug hinuntergeschüttet. Er mochte keinen Whisky, schon gar nicht am Mittag, aber er hatte – so wie auch bereits in der Nacht – etwas gebraucht, was ihm in der Kehle brannte, um zu merken, dass er nicht geträumt hatte. Eine Tochter – er! Der Gedanke überforderte ihn komplett. Er zweifelte nicht an seiner Vaterschaft, das war nicht Julies Art. Außerdem hätte sie nichts davon gehabt. Wäre er nicht zurückgekommen, hätte er möglicherweise nie von Leonie erfahren. Diese Vorstellung schreckte ihn mindestens genauso wie die Tatsache, dass er plötzlich und unerwartet Vater geworden war. Als er ein lautes Hupen hörte, blieb Bene ruckartig stehen. Fast wäre er direkt in ein fahrendes Auto gelaufen, denn die Fußgängerzone hatte er, ohne es zu merken, bereits hinter sich gelassen. Er änderte die Richtung und schlug den direkten Weg zu seiner Wohnung ein. Sein nächster Dienst begann erst am späten Nachmittag, er hatte also noch ein paar Stunden Zeit, wieder einen klaren Kopf zu bekommen, und er wusste auch schon, wie. Mit schnellen Schritten ging er – nun ganz gezielt – die Straßen entlang und kam wenige Minuten später an seiner Wohnung an. Nachdem er seine leichte Jacke, die er bei dem Wetter sowieso nicht gebraucht hatte, in die Ecke geschmissen hatte, blieb er mitten im Wohnzimmer stehen und sah auf den Stapel Umzugskartons, die noch feinsäuberlich unausgepackt in einer Ecke des Raumes standen. Auch das erinnerte ihn wieder an Katharina, an ihre Wohnung. Er schüttelte den Kopf, um die Gedanken zu verjagen. Dann machte er sich an die Kartons. Zwei öffnete er vergeblich, bevor er fand, wonach er gesucht hatte. Er zog den großen schwarzen Kasten heraus, öffnete ihn und griff nach dem glänzenden Saxofon, das sich darin befand. Das hat mir bisher noch immer geholfen, wenn ich nicht weiterwusste, dachte er, während er sich den Gurt umlegte, zum Fenster trat und sich an die Fensterbank lehnte. Die ersten Töne kamen noch etwas quietschend aus dem gepflegten Instrument, doch bereits ein paar Takte später fand Bene zu seinem alten Rhythmus zurück. Kenny G. – er liebte diese Musik. Und ob seine Nachbarn das genauso sahen, war ihm in diesem Moment mehr als egal.

12.07 Uhr

Katharina kannte sich noch nicht gut genug in Lüneburg aus, um ausmachen zu können, wohin der Journalist sie beide fuhr. Sie hatte nur das Stadtteilschild ›Ochtmissen‹ im Vorbeifahren gesehen. Bisher hatte sie auch noch nicht gefragt, da Saalbach unablässig redete, seit sie aus der Cafeteria aufgebrochen waren. Ohne Punkt und Komma schilderte er ihr die damalige Entführung des kleinen Mädchens, als wäre sie gestern erst passiert und als wäre er dabei gewesen. Als Katharina ihm deswegen einen fragenden Blick von der Seite zuwarf, erklärte er ihr, dass er alles so genau wüsste, weil er den Entführer des Mädchens vor einiger Zeit mit Hilfe von Beziehungen in der geschlossenen Psychiatrie aufgesucht und eingehend befragt hatte. Hier endete Saalbachs durchaus interessanter Redeschwall, und Katharina ergriff die Gelegenheit zu fragen, wo sie denn nun eigentlich hinfuhren.

»Zu jemandem, der uns aller Wahrscheinlichkeit nach den Weg zu dem entführten Kind weisen kann. Wir sind gleich da«, antwortete der Journalist vage.

»Und wer soll das sein? Ein Informant von Ihnen?«, fragte Katharina überrascht nach, denn damit hatte sie nun wirklich nicht gerechnet. Katharinas Herz begann aufgeregt zu wummern.

»Das werden Sie gleich sehen. Haben Sie ein klein wenig Geduld«, erwiderte der Journalist.

Es fiel ihr enorm schwer, doch entgegen ihrer Art insistierte Katharina nicht weiter, da sie Saalbach so einschätzte, dass er dann womöglich unverrichteter Dinge wieder kehrtmachte. Dieser Mensch genoss es offenkundig, die Oberhand zu besitzen. Und wenn er dieses Gefühl für sein Ego brauchte, wollte sie ihm für den Moment diese Genugtuung lassen. Letztlich ging es darum, Laura zu retten, und dafür hielt sie jetzt gern den Mund.

Nur wenige Minuten später bog Saalbach auf den kleinen Schotterparkplatz eines Kleingartenvereins ein und brachte den Wagen zum Stehen.

»Sehen Sie, Ihre Geduld wird jetzt belohnt. Wir sind angekommen. Bitte aussteigen«, sagte der Journalist freundlich. Eigentlich fast zu freundlich, wie Katharina fand.

»Und jetzt?«, wollte sie wissen.

»Jetzt müssen wir nur noch ein paar Meter zu Fuß gehen, und ich garantiere Ihnen, dass sich das für Ihre Suche lohnen wird.«

12.11 Uhr

»CSA – das ist das Kürzel von Christopher Saalbach.« Ben sah zu Tobi, der noch immer den kleinen Notizzettel in der Hand hielt.

»Klar, dieser verkrachte Starreporter, der uns an jedem Tatort nervt und immer der Erste der Journaille ist, der vor Ort ist«, bestätigte Tobi, »aber was hat der mit unserem Fall zu tun?«

Ben schwieg einen Moment und sah aus dem Fenster über die Lüneburger Altstadt. »Du hast es gerade selbst gesagt, Tobi – Toffi, also ich meine Saalbach, ist immer der Erste. Das war schon immer so. Und das heißt, er war auch damals bei allen Fällen der Reporter, der für den Lüneblick über die einzelnen Mordfälle berichtet hat.«

Tobi sah seinen Chef an: »Ach so, und du meinst, dass Katharina zu ihm gegangen ist, um weitere Informationen von ihm zu erfragen?«

»Warum sonst diese Notiz?« Ben nahm Tobi den Zettel aus der Hand und betrachtete ihn. »Vermutlich hat sie gedacht, sie kann von einem Reporter noch mehr erfahren als das, was hier ganz sachlich in den Akten vermerkt ist.«

»Sorry, Chef, aber besonders schlau ist das jetzt nicht gerade von der charmanten neuen Kollegin. Also ich meine, ausgerechnet einen Reporter auszufragen. Noch dazu einen wie den Saalbach, der außer mit seinen Artikeln niemandem auffällt. Der leckt sich doch jeden Finger einzeln, wenn sie ihm jetzt von einer möglichen Parallele zwischen den alten und den aktuellen Fällen erzählt.«

»Da könntest du recht haben, Tobi, und wenn wir eines im Moment nicht gebrauchen können, dann ist das schlechte Presse oder Panikmache in Lüneburg. Mausi springt im Dreieck, wenn das passiert, und in dem Fall sogar mit Recht. An Friedl gar nicht zu denken!« Ben sah den jungen Kollegen auffordernd an. »Los, wir fahren direkt zum Verlag. Vielleicht erwischen wir Katharina noch, bevor sie Saalbach zu viel erzählt!«

Bereits zehn Minuten später parkte Benjamin Rehder seinen Dienstwagen vor dem Verlagsgebäude des Lüneblicks. Zusammen mit Tobi eilte er im Laufschritt zum Empfang, wo ein älterer Herr ihnen einladend entgegenlächelte.

»Was kann ich für Sie tun, meine Herren? Eine Familienanzeige vielleicht?«

Tobi hatte bereits einen dummen Spruch parat, aber Ben Rehder kam ihm zuvor: »Guten Tag, nein, keine Anzeige. Wir suchen eine Kollegin!«

Benjamin wies sich aus und fing an, Katharina zu beschreiben: »Katharina von Hagemann. Ungefähr meine Größe, rote Haare, ziemlich hübsch.« Ben sah aus dem Augenwinkel, dass Tobi neben ihm breit grinste, doch er ließ sich davon nicht provozieren. »Haben Sie sie vielleicht vor Kurzem gesehen? Ist sie hier im Verlagsgebäude?«

»Aber natürlich hab ich sie gesehen.«, erwiderte der Mann. »So ein hübsches junges Ding fällt einem ja auf! Außerdem war sie ja schon zum zweiten Mal hier!« Benjamin Rehder stutzte. »Entschuldigen Sie, wie meinen Sie das – schon zum zweiten Mal?«

»Na ja, heute Morgen ganz früh, gerade als meine Schicht begann. Da hab ich sie das erste Mal gesehen. Da war sie in unserem Archiv. Und als sie dann vorhin – das muss so ungefähr vor einer Stunde gewesen sein – also, als sie dann wieder hier stand, dachte ich, die junge Frau hat bestimmt was vergessen.«

»Das heißt, sie ist wieder in Ihrem Archiv?«, mischte sich nun auch Tobi voller Interesse in das Gespräch ein.

»Nein, da wollte sie diesmal gar nicht hin.« Der Verlagsmitarbeiter setzte seine Lesebrille auf und nahm einen kleinen Zettel zur Hand. »Die junge Frau hat nach einem unserer Reporter gefragt – hier, diesen Zettel hat sie zurückgelassen. Sie wollte wissen, zu wem dieses Kürzel gehört.«

Ben erkannte in dem Zettel sofort das Original zu der Durchschrift, die sie beide hierher geführt hatte. »Und dann – haben Sie sie zu Herrn Saalbach ins Büro geschickt?«, fragte Ben nun schon etwas drängender.

»Nein«, antwortete der Mann, ohne sich auch nur ansatzweise aus der Ruhe bringen zu lassen. Ihm schien es sichtlich zu gefallen, dass er Gesprächspartner hatte und von der Polizei gebraucht wurde. »Das war gar nicht nötig – Herr Saalbach kam gerade herunter, als sie nach ihm fragte. Da hat er sich sofort um die junge Frau gekümmert. So was nennt man wohl glückliche Fügung, nicht wahr?«

»Ja sicher«, antwortete Ben ungeduldig. »Wissen Sie auch, wohin sie dann gegangen ist? Ist sie mit Herrn Saalbach in die Redaktion oder ins Archiv gegangen?«

»Nein, Herr Saalbach hat sie in die Cafeteria eingeladen, und da sind sie zusammen hingegangen. Seitdem hab ich beide nicht mehr gesehen.«

»Wo ist denn Ihre Cafeteria?«, fragte Tobi, inzwischen leicht genervt von den Ausschweifungen des Mannes.

»Da hinten den Gang entlang und dann links die Treppe hinunter, im Untergeschoss. Sie können aber auch den Fahrstuhl ...« Ben und Tobi hatten, ohne sich abzusprechen, bereits reagiert und waren längst auf dem beschriebenen Weg.

12.17 Uhr

Sie gingen den schmalen Sandweg zwischen den Parzellen hindurch, bogen erst links ab und dann wieder rechts. Für Katharina sah hier alles gleich aus: Penibel gepflegte Gärtchen mit kleinen Holzhäuschen reihten sich aneinander. Saalbach ging vor ihr und kannte, wie Katharina an der sicheren Art seiner Schritte bemerkte, den Weg, den er gehen musste, sehr genau. Vor einem Garten, der deutlich liebloser gepflegt war als die anderen, blieb der Journalist stehen. Er öffnete die kleine Holzpforte und drehte sich zu Katharina um.

»Hereinspaziert! Wir sind da«, sagte er und warf Katharina einen aufmunternden Blick zu. Für einen Moment zögerte Katharina. Die Parzelle wirkte nicht wirklich einladend. Vor allem sah sie aus, als sei sie seit ewiger Zeit unbewohnt. Wer sollte sich hier aufhalten, um sie auf die Spur von Laura zu führen?

Als hätte Christofer Saalbach ihre Gedanken gelesen, sagte er: »Keine Angst, da drin beißt niemand. Der Parzellenbesitzer ist nur nicht so spießig, wie all die anderen hier. Er ist bestimmt im Haus. Das hier ist seine Tüftelbude. Kommen Sie!«

»Ich habe keine Angst!«, brauste Katharina auf, drängte sich an Saalbach vorbei, ging forschen Schrittes durch das kleine Gärtchen und machte erst Halt, als sie direkt vor der Tür des Gartenhäuschens stand. Als Saalbach herankam, klopfte er laut dagegen. Nachdem sich auch nach einer Weile nichts gerührt hatte, machte Katharina ein enttäuschtes Gesicht: »Ich hoffe, Sie haben nicht meine Zeit verschwendet, Herr Saalbach. Hier scheint niemand zu sein.«

»Liebe Frau Kommissarin, das würde mir niemals einfallen«, erwiderte der Journalist gestelzt, doch Katharina glaubte, eine gewisse Beunruhigung in seinem Gesicht zu erkennen. »Ich kenn das schon«, fuhr Saalbach fort und klopfte ein weiteres Mal gegen die Tür. »Der Besitzer schottet sich gern vor den übrigen Laubenheinis hier ab und tut dann so, als sei er nicht da. Darum sind wohl auch alle Gardinen zugezogen. Haben Sie einfach ein bisschen Geduld!«

»Aha«, meinte Katharina skeptisch, während beide schweigend darauf warteten, dass die Tür oder wenigstens ein Fenster geöffnet wurde. Saalbach hämmerte noch einmal gegen die Tür und rief dabei: »Hallo, ich bin's, Toffi. Ich weiß doch, dass du da bist, Mach auf! Hallo!«

Bei dem Namen Toffi erinnerte Katharina sich auch wieder, dass Benjamin Rehder genau diesen bescheuerten Spitznamen für Christofer Saalbach verwendet hatte, als sie das erste Mal gemeinsam mit dem Journalisten zusammengetroffen waren. Katharina musste schmunzeln, doch das Schmunzeln verging ihr schnell wieder: Im Inneren der Hütte tat sich nach wie vor nichts.

»Mann, Mann, Mann. Sicherlich hat der Gute wieder einmal einen über den Durst getrunken und schläft gemütlich seinen Rausch aus. Wir können nur hoffen, dass Heinz sich nicht gerade heute zu Tode gesoffen hat«, murmelte Saalbach mehr zu sich selbst, doch so, dass Katharina ihn gut verstehen konnte.

Sie setzte sich in Bewegung, um einmal um die Hütte herumzugehen. Vielleicht war dort ein Fenster, dessen Gardinen nicht zugezogen waren und durch das man hineinspähen konnte.

»Was machen Sie?«, fragte Saalbach hastig, als er bemerkte, dass Katharina sich von ihm entfernte.

»Ich schau mich nur ein wenig um. Wie heißt eigentlich Ihr Informant, wenn es ihn denn gibt?«

»Müller«, kam es prompt von Saalbach »Heinz Müller.«

»Nicht gerade ein seltener Name«, stellte Katharina fest und setzte sich erneut in Bewegung, was Saalbach dazu veranlasste zu sagen: »Wissen Sie was, Sie warten hier. Ich weiß, wo Heinz einen Zweitschlüssel versteckt hat, ich hole ihn kurz.« Katharina blieb stehen und runzelte ihre Stirn: »So gut kennen Sie den Mann, dass Sie so etwas wissen?«

»Sag ich doch«, entgegnete Saalbach leicht unwirsch, drängte sich an Katharina vorbei und verschwand um die Ecke des Gartenhauses.

Katharina nutzte die Zeit, um ihr Handy aus der Tasche zu holen, denn abgesehen von ihrem Alleingang in den Verlag, war sie jetzt außerdem schon eine ganze Weile aus dem Büro verschwunden. Außerdem war ihr gerade eingefallen, dass sie an der Zentrale nur schnell Bescheid gegeben hatte, dass sie weg wollte, aber nicht gesagt hatte, wohin. Natürlich hätte Rehder sie sicher angerufen, wenn es etwas Dringendes gab. Doch sie hielt es für angebracht, ihrem Chef mit einem Anruf zuvorzukommen. Oder nein, besser mit einer SMS, das ging schneller und außerdem entging sie so unter Umständen seinen Vorwürfen. Die wären zwar berechtigt, aber darauf hatte sie jetzt definitiv keine Lust. Den Einlauf konnte sie sich später auch noch abholen. Als Katharina auf ihr Display schaute, erschrak sie. Mist! Ein Anruf in Abwesenheit von Rehder oder Tobi. Zumindest vermutete sie das, denn die angezeigte Nummer war die ihres Anschlusses im Büro. Wieso hatte sie das Klingeln nicht gehört? Katharina schaute auf die Einstellungen ihres Mobiltelefons und schlug sich mit der flachen Hand vor die Stirn. Schön blöd! Sie hatte vergessen, dass sie ihr Handy während der morgendlichen Besprechung im Kommissariat stumm geschaltet und es dann nicht wieder umgestellt hatte. Na, wenigstens hatte sie keine Nachricht vom Einsatzleiter des Laura-Suchtrupps erhalten. Sie hoffte, dass das ein gutes Zeichen war. Katharina änderte schnell die Klingeleinstellung auf ›laut‹ und begann dann, ihre SMS einzugeben: ›Hi, bin in einer Laubenkolonie.‹ Eigentlich wollte sie noch schreiben, dass sie in Bezug auf Laura hier einen Informanten treffen wollte und mit Christofer Saalbach unterwegs war, doch so weit kam sie nicht, weil genau in diesem Moment der Journalist um die Ecke bog und strahlend einen Schlüssel in der erhobenen Hand hin und her schwang.

»Mission geglückt! Lassen Sie uns reingehen«, meinte er drängelnd und mit einem kritischen Blick auf Katharinas Handy, was ihr nicht entging.

»Warten Sie, ich will nur noch meine SMS zu Ende schreiben, dann können wir reingehen.«

»Machen Sie das drinnen. Wir müssen schnell machen. Ich konnte durch eines der hinteren Fenster in die Hütte sehen. Das sah gar nicht gut da drinnen aus…«, erklärte Saalbach unruhig und steckte schon den Schlüssel ins Schloss.

Katharina wollte dennoch schnell ihre bisher geschriebene SMS absenden, das war immer noch besser als gar nichts von sich hören zu lassen. Eilig gab sie mithilfe des mobilen Adressbuches den Empfänger ein und drückte auf ›Senden‹, ohne sich vorher noch einmal zu vergewissern, ob sie die richtige Nummer eingegeben hatte. So bemerkte sie nicht, dass sie versehentlich in der Adresszeile verrutscht war und anstatt Benjamin Rehders Nummer die von Benedict Rehder erwischt hatte. Saalbach hatte zwischenzeitlich die Tür geöffnet.

»Schnell, schnell«, raunte er ihr zu und schob sie mit sanftem Druck vor sich her in die Hütte.

12.23 Uhr

Ben und Tobi hatten die Cafeteria des Lüneblicks problemlos gefunden und standen nun mitten in einem klinisch kalten Raum mit vielen weißen Tischen und Stühlen.

»Also, Cafeteria würde ich das Ding hier nicht gerade nennen«, sagte Tobi, während er sich in dem ungastlichen Raum umsah.

Am hintersten Tisch saßen zwei junge Frauen und tranken Kaffee aus Pappbechern. Alle anderen Tische waren unbesetzt. Kurz entschlossen ging Ben auf die beiden zu und wies sich ein weiteres Mal aus: »Entschuldigen Sie bitte die Störung, aber wir suchen eine Kollegin von uns. Sie hat sich hier mit Christofer Saalbach getroffen, den kennen Sie ja sicher.« Erwartungsvoll sah er die Frauen an. »Haben Sie die zwei vielleicht gesehen?«

»Auf den Saalbach können wir gut verzichten, glauben Sie mir«, erwiderte die eine und verzog das Gesicht.

»Ihre Kollegin«, fiel die zweite Frau deutlich freundlicher ein, »ist das so eine hübsche Rothaarige?«

»Ja, genau«, mischte sich Tobi ein, der nun ebenfalls an den Tisch getreten war, »sie waren also hier?«

Die junge Frau am Tisch sah von Ben zu Tobi und berichtete: »Das weiß ich nicht, aber ich hab den Saalbach mit dieser Frau draußen auf dem Parkplatz gesehen, sie sind gerade in sein Auto gestiegen. Ich hab mich noch gewundert, was so eine Frau mit unserem Caesar zu tun hat.« Sie grinste.

»Caesar?«, fragte Ben irritiert zurück. »Wieso Caesar?«

»Ach, das ist wieder so eine typische Macke von dem Saalbach«, erklärte die junge Frau, immer noch lachend. »Er hat auf dem Kürzel CSA bestanden, obwohl CS für seinen Namen völlig ausreichend gewesen wäre. Und ein anderer Kollege hat mir erzählt, er habe das gemacht, weil sich CSA wie CAESAR lesen lässt, und er fände das für sich passend.«

Die andere Frau setzte hinzu: »Wie gesagt, das ist nur eine von vielen Macken, das ist einfach ein komischer Kauz, der Saalbach.«

Ben sah Tobi an und drehte sich dann noch einmal zu den beiden Frauen um. »Wo sie hingefahren sein könnten, wissen Sie wohl nicht zufällig?«

Beide Frauen schüttelten den Kopf. Ben bedankte sich und zog Tobi mit sich in Richtung Ausgang. »Warum, verdammt noch mal, ist Katharina mit Toffi – also mit Saalbach – zusammen weggefahren? Verstehst du das?«

Tobi schüttelte den Kopf. »Keine Ahnung. Vielleicht sind sie irgendwohin unterwegs, wo der Saalbach ihr besser was zu den alten Fällen erklären kann«, überlegte er. »Also, ich meine, ich kann mir auch einen gemütlicheren Ort für eine Plauderei vorstellen als das hier!«

»Nein«, Ben schüttelte den Kopf. »Das passt nicht zu Saalbach. Zum einen macht der sich über gemütliche Orte keine Gedanken und zum anderen erzählt der nichts – der will nur Infos aus anderen rausholen, damit er mit seinen

Artikeln den Kleinstadthelden markieren kann. Ich sag dir, irgendwas stimmt da nicht ...«

Tobi sah seinen Chef erstaunt an. »Wie, meinst du etwa, der Saalbach hat selbst was mit der Sache zu tun?«

Ben schüttelte den Kopf. »Nein, das kann ich mir nicht wirklich vorstellen. Er hat zwar echt nicht alle Latten am Zaun, da haben die beiden Frauen schon recht, aber das macht ihn ja nicht gleich zum Verbrecher. Er war schon immer so, schon als Kind. Voller Minderwertigkeitskomplexe, die er mit komischen Aktionen zu verschleiern versuchte. Der kann einfach nicht gut mit Menschen umgehen.«

Tobi überlegte kurz. »Lass uns zurück ins Kommissariat fahren, Chef, bestimmt ist Katharina längst wieder da und erzählt uns gleich, was sie bei ihrem merkwürdigen Alleingang rausbekommen hat.«

Während die beiden mit schnellen Schritten zum Parkplatz gingen, hing Ben seinen Gedanken nach. Irgendetwas passte hier nicht – aber was? Wo zum Teufel steckte Katharina?

12.27 Uhr

Katharinas Augen mussten sich erst einmal an das Schummerlicht im Gartenhäuschen gewöhnen. Dann schaute sie sich um. Die Hütte bestand aus einem einzigen Raum. Darin befanden sich ein gemachtes Feldbett, ein leerer Tisch, über dem eine nackte Glühbirne hing, ein Stuhl und in einer Ecke ein kleiner Campingkocher. Ansonsten war der Raum leer. Am anderen Ende, gegenüber dem Eingang, war eine weitere Tür, hinter der Katharina die Toilette vermutete.

Sie runzelte ihre Stirn und wendete sich Saalbach zu, der gerade die Tür von innen wieder abschloss: »Was ist hier los? Hier ist niemand, den Sie gesehen haben könnten. Und durch welches Fenster haben Sie geschaut? Alle Gardinen sind hier zugezogen. Und warum schließen Sie die Tür ab?«

Automatisch griff sie an ihre Hüfte, wo eigentlich das Holster mit ihrer Dienstpistole hätte sein müssen, doch sie griff ins Leere. Ihre Dienstwaffe mitsamt Holster lag nach wie vor wohlverwahrt im Kommissariat. Seit dem Vorfall in München scheute sie sich davor, ihre Waffe bei sich zu tragen, und in der Regel vermied sie es. Aber bei einem Alleingang? Wie dumm war sie eigentlich! Vielleicht hätte sie doch besser aus dem Polizeidienst ausscheiden sollen, wie sie es seinerzeit in Erwägung gezogen hatte. Doch diese Erkenntnis half ihr im Moment überhaupt nicht weiter. Katharina schluckte, als Saalbach jetzt auf sie zutrat. Sie sah sich nach einem Gegenstand im Raum um, mit dem sie sich im Zweifel zur Wehr setzen könnte. Doch das Schummerlicht und die karge Ausstattung der Hütte machten auch diesen Plan sofort zunichte.

Saalbach musterte sie selbstgefällig und sagte beschwichtigend: »Katha, hab Vertrauen! Das Zimmer dort hinten hat auch ein Fenster«, nickte er zu der geschlossenen Tür hinter der Katharina die Toilette vermutete. »Ich hab dir doch versprochen, dass hier jemand ist, der dich zu dem Kind führt. Und ich halte meine Versprechen. Entspann dich!«

Katharina erschrak. Woher kannte er ihren Spitznamen? Niemand hier hatte sie bisher so genannt. In München, ja, dort schon, obwohl sie diese Abkürzung hasste – heute mehr denn je. Katha – das klang in ihren Ohren nach Katastrophe, und wenn sie sich schon oft katastrophal fühlte, musste sie nicht auch noch so genannt werden.

»Warum nennen Sie mich so? Und überhaupt: Seit wann duzen wir uns?« Sie versuchte, laut und scharf zu klingen, doch sie hörte selbst den unsicheren, schrillen Unterton in ihrer Stimme.

»Aber Katha, warum so wütend? Ich bin Journalist, gründliche Recherche ist mein wichtigstes Handwerkszeug. Und wenn hier in meiner Stadt eine neue Kommissarin auftaucht, muss ich doch wissen, mit wem ich es zu tun habe. Also beruhige dich. Du bist doch sonst so plietsch. Das hab ich gleich gespürt, als ich dich zum ersten Mal zusammen mit Benjamin im Heideglanz gesehen habe. Und heute hast du es mir auch bewiesen. Nur eins, die Sache mit seinem Bruder, diesem nichtsnutzigen Benedict, das hab ich nun wirklich nicht verstanden. Ich hoffe, das war nur ein Ausrutscher. Eine kluge Frau wie du!«

»Woher … woher wissen Sie das?« Katharina war entsetzt. Hatte dieser Verrückte sie schon länger beobachtet? Hatte er etwa ein Auge auf sie geworfen, und als sie heute bei ihm im Verlag auftauchte, die Gelegenheit beim Schopf ergriffen, um sie in seine Gewalt zu bringen? War das seine Masche, weil er anders nicht an Frauen herankam? War seine Hilfsbereitschaft von Anfang an nur Tarnung gewesen und das hier seine Vorstellung von einem Liebesnest? Münchner Bilder rauschten an Katharina vorbei. Maximilian, der sich über die schlafende Helen beugte und … Katharina fühlte Panik in sich aufsteigen und ihr wurde schwindelig. Nein, bitte, nicht jetzt, nicht noch einmal, flehte sie innerlich. Ihre Ohren begannen zu rauschen und ein leichter Filter legte sich über ihre Augen. Sie versuchte den Schleier durch das Klimpern ihrer Lider zu verscheuchen. Doch es half nichts, die Panik hatte sie fest im Griff. Saalbach trat noch einen weiteren Schritt auf Katharina zu und öffnete seinen Mund, um zu antworten, als beide ein dumpfes Klopfen hörten. Im ersten Augenblick war Katharina erleichtert. Allem Anschein nach hatte Saalbach doch nicht gelogen, und in der Hütte hielt sich noch jemand auf. Auch Saalbach war bei dem Geräusch zusammengezuckt und richtete seine Aufmerksamkeit auf den Fußboden, von wo das Klopfen gekommen war. Er überlegte kurz, dann breitete sich ein Grinsen auf seinem Gesicht aus: »Siehst du, hab ich es dir nicht gesagt? Wir sind hier nicht alleine.«

Das Klopfen hatte Katharina aus ihrer Panik gerissen. Hier war tatsächlich noch jemand.

»Seit wann haben Lauben einen Keller?«, fragte sie provokant. Sie wollte diesem Saalbach gegenüber nicht noch einmal Schwäche zeigen und schlug bewusst einen harten Ton an. Das brauchte sie jetzt auch für sich selbst. Sie war stark, sie musste sich nur darauf besinnen! Natürlich hatte auch sie bemerkt, dass das Klopfen von unten gekommen war, doch kam ihr das alles mehr als merkwürdig vor, zumal sie keine Kellerluke in dem Zimmer gesehen hatte. Natürlich konnte sich die im Nebenraum befinden, doch war sie noch immer vor Saalbach auf der Hut. Der Typ war ihr absolut nicht geheuer.

»Ich kenne mich mit Lauben nicht aus«, antwortete Saalbach und verfiel dann in einen Flüsterton, »aber ich weiß, dass diese hier einen Keller hat. Katha, ich glaube, ich bin dir eine Erklärung schuldig: Der Laubenbesitzer ist ein Verwandter von mir. Ich halte nicht viel von ihm, aber du kennst das ja – Blut ist dicker als Wasser. Es tut mir leid, dass ich dir das erst jetzt erzähle und nicht schon vorhin im Verlag, aber ich wollte ihn schützen. Ich glaube, er hat das Kind in seiner Gewalt. Ich beobachte ihn schon länger. Du weißt ja, wir Journalisten machen gern auch mal Polizeiarbeit, aber als du dann heute bei mir im Verlag aufgetaucht bist … Tatsache ist, dass es vorhin reine Show war, als ich an der Tür geklopft habe. Ich hätte auch gleich den Schlüssel holen können, aber ich wollte ihm Gelegenheit geben, abzuhauen.«

»Und Sie meinen, das hat er nicht getan und jetzt ist er hier unten?«, flüsterte Katharina zurück.

»Nein, ich glaube, er ist durch das hintere Fenster abgehauen. Er wird mitbekommen haben, dass ich nicht allein hier bin und hat dann Eins und Eins zusammengezählt. Es stand offen. Auch würde er sicher nicht so dämlich sein und ein Geräusch verursachen. Was ich aber meine ist, dass das Kind hier ist. Hier im Keller«, sagte Saalbach nun wieder lauter.

Katharina war wie vom Blitz getroffen und vergaß alle Vorbehalte, die sie bis eben noch gegenüber dem Journalisten gehabt hatte. Das, was er ihr eben gesagt hatte, war wie das fehlende Puzzlestück und passte einfach perfekt. Ja, so musste es sein: Laura war hier!

»Das ist … das wäre … mein Gott, wissen Sie, wie wir in den Keller kommen?«

»Nicht genau. Aber die Luke muss hier irgendwo im Boden versteckt sein«, erwiderte er, kniete sich nieder und begann, den Linoleumboden mit den Händen abzutasten.

Katharina ließ sich ebenfalls auf ihre Knie nieder und tat es dem Journalisten gleich. Eine innere Stimme mahnte sie, spätestens jetzt Verstärkung anzufordern, doch dazu wollte sie sich nicht die Zeit nehmen. Ihre Gedanken kreisten einzig darum, so schnell wie möglich Laura zu finden.

Nach nur wenigen Sekunden fühlte Katharina eine unebene Stelle. Sie versuchte, das Linoleum anzuheben und es gelang ihr nahezu mühelos. Zum Vorschein kam ein Teil einer Bodenluke.

»Hier, hier ist es. Ich hab den Zugang gefunden«, zischte sie Saalbach zu, während ihr Herz bis zum Anschlag klopfte. »Ich werde sie jetzt öffnen. Bleiben Sie hinter mir. Sie sind Zivilist, und falls er doch da unten ist, wäre das zu gefährlich. Verwandter hin oder her.«

Saalbach nickte nur und Katharina registrierte trotz ihrer Aufregung, dass er sie fasziniert dabei beobachtete, wie sie – nach wie vor auf den Knien – die Luke langsam anhob.

12.39 Uhr

Bene hatte sich wieder gefangen. Nachdem er das Saxofon behutsam zurück in den Koffer gelegt hatte, setzte er sich auf das Sofa. Er sollte sich bei Ben melden, um ihm zu sagen, dass er den Termin mit Julie eingehalten hatte und nun von Leonie wusste. Erneut stieg leichte Wut in Bene auf. Acht Jahre lang hatte sein Zwilling von der Kleinen gewusst und kein Wort gesagt! Doch insgeheim wusste Bene sehr genau, dass seine Verärgerung nicht gerechtfertigt war. Ben hatte Julie gegenüber sein Versprechen gehalten, genau das war der Unterschied zwischen ihnen beiden: der verlässliche, verantwortungsbewusste Benjamin und der unzuverlässige, kindsköpfige Benedict. Ob sich das wohl jemals wirklich ändern würde?

Bene griff nach seinem Handy, das neben dem Sofa auf dem Fußboden lag. Gerade, als er Bens Nummer wählen wollte, sah er, dass er eine SMS bekommen hatte. Während er sich mit dem Saxofon den Kopf frei gespielt hatte, hatte er den Klingelton offenbar überhört. Erfreut sah er, dass die Nachricht von Katharina stammte. Er klickte sie auf und las irritiert, was sie geschrieben hatte: ›Hi, bin in einer Laubenkolonie.‹

Was sollte das denn? Bene wusste nicht, wie er diese Nachricht von Katharina einordnen sollte. War das jetzt eine Einladung oder was? Nein, das machte so auch keinen Sinn, denn dazu hätte er wissen müssen, in welcher Laubenkolonie sie war. Und überhaupt … Laubenkolonie – das passte ja nun so gar nicht zu Katharina. Oder kannte er sie doch noch viel zu wenig, um sie einschätzen zu können? Konnte er seiner Menschenkenntnis nicht mehr vertrauen? Vielleicht stand die verwegene Kommissarin ja auf merkwürdige Spielchen … Nicht, dass Bene dafür nicht zu haben gewesen wäre, aber im Moment stand ihm danach definitiv nicht der Sinn. Auch wenn das Saxofonspiel ihm einen halbwegs klaren Kopf verschafft hatte, da spukten immer noch genug verwirrende Gedanken hin und her. Und wenn er sich und sein Leben tatsächlich ändern wollte, dann musste er jetzt ein paar Dinge in den Griff bekommen. Ein verführerisches Liebesspiel mit der neuen Kollegin seines Zwillingsbruders, dem er sich gerade wieder etwas annäherte, gehörte da im Augenblick sicher nicht dazu. Auch wenn es verlockend war …

Bene klappte das Handy entschieden wieder zu, ohne eine Antwort auf die merkwürdige SMS zu schicken – darüber wollte er später nachdenken – und warf es in Richtung Sofa. Noch bevor es auf dem Kissen landete, klingelte es erneut. Bene verzog das Gesicht. Ihm stand auf einmal nicht mehr der Sinn nach Telefonieren. Erst einmal musste er sich wieder ordnen. Und außerdem, wenn es Katharina war, dann hatte er noch keine adäquate Antwort für sie parat, und im Zweifelsfall könnte es auch sein Chef sein, mit der Aufforderung, seinen Dienst früher anzutreten, worauf er erst recht keine Lust hatte. Und selbst wenn es Ben war, auch mit ihm wollte er jetzt doch nicht sprechen. Nicht im Moment. Gerade vor ein paar Minuten hatte er noch gewusst, was er hätte sagen wollen, doch auf einmal war sein Kopf wie leergefegt. Er würde das Gespräch einfach aufschieben. Nicht lange, aber er brauchte zumindest noch ein bisschen Bedenkzeit. Also beschloss er, erst gar nicht ranzugehen. Das Klingeln verstummte. Geht doch, dachte Bene und ging in die Küche, um sich etwas zu trinken zu holen. Während er mit einem Glas Wasser zurück ins Wohnzimmer kam, klingelte es erneut. Und diesmal hörte es nicht auf. Genervt griff er das Handy vom Sofa, um wenigstens nachzusehen, wer ihn da so dringend sprechen wollte. Es war Ben. Wenn man an den Teufel denkt, schoss es Bene durch den Kopf, fand sich dann aber ungerecht. Wenn hier einer der Teufel war, dann er. Okay, dann sollte es jetzt wohl so sein, auch wenn es ihm nicht in den Kram passte. Je eher daran, desto eher davon, dachte er und nahm das Gespräch an.

12.51 Uhr

Als Ben und Tobi wieder ins Büro zurückgekommen waren, hatte sich Bens Befürchtung bestätigt: Katharina war nicht dort. Auf der Fahrt vom Verlag zum Präsidium hatte er noch einmal die letzten Stunden Revue passieren lassen. Je länger er über Saalbach nachgedacht hatte, desto mehr war ihm klar geworden, wie genau Katharinas erarbeitetes Profil auf den Journalisten passte. Er hatte es vorhin im Verlagshaus noch nicht wahrhaben wollen. Saalbach war ein Mann, der durchaus als brutal zu bezeichnen war. Zumindest als Junge hatte es Rehder so empfunden. Er war einmal zufällig dazu gekommen, als Toffi unten an der Ilmenau einem lebenden Kaninchen voller Konzentration, ja, wenn Ben heute daran zurückdachte, mit einer Akribie, die ihresgleichen suchte, die Krallen einzeln gezogen hatte. Rehder stellten sich noch heute bei der Erinnerung daran die Nackenhaare hoch. Er hatte Toffi damals gemeinsam mit seinem Freund Alex verscheucht, nachdem er ihm das vor Angst und Schmerz starre Kaninchen abgenommen hatte. Obwohl sie das Tier gleich zum Arzt gebracht hatten, war ihm nicht mehr zu helfen gewesen. Später hatte Ben noch weitere Schauergeschichten von anderen gehört, die allesamt gemein hatten, dass Toffi mit Vergnügen Tiere quälte und dies geplant anging. Akribisch geplant hatte auch ihr Täter … Der Kommissar wusste aufgrund seiner Erfahrung, dass aus brutalen Kindern in der Regel brutale Erwachsene wurden, doch dies allein zeugte noch nicht für ihren Serientäter. Allerdings war Toffi auch im Alter des Mannes, den sie suchten. Katharina hatte das Alter zwischen 30 und 50 angesiedelt. Toffi lag etwa in der Mitte davon. Und Toffi war, wie im Täterprofil von der Kommissarin beschrieben, unscheinbar, war es immer schon gewesen. Wenn er sich nicht gerade aufgespielt hatte, um im Mittelpunkt zu stehen – und das hatte er oft bereits als Schüler getan, hatte ihn niemand bemerkt. Auch heute noch nahm man den Journalisten nicht immer gleich wahr, wie Ben es an manchen Tatorten zu seinem häufigen Bedauern selbst erlebt hatte. Wie Katharina es über den Täter gesagt hatte, führte Cristofer Saalbach ein geregeltes Leben, war studiert, hatte einen guten Job, konnte aber aus diesem nicht hervorstechen, weil er es nie in die Liga der Top-Journalisten geschafft hatte. Was hatte Katharina noch gesagt? Ach ja, dass der Täter nichts dem Zufall überließ und mit diesem auch schlecht umgehen könnte. Konnte es sein, dass Katharina ihm ungewollt auf die Schliche gekommen war und Toffi dann Rot gesehen hatte? Wohin war er mit Katharina in seinem Auto gefahren? Um Informationen herauszurücken, hätte sich Toffi niemals solche Mühe gemacht, da war sich Ben plötzlich doch sehr sicher. Dafür war der Journalist in seinem Privatleben viel zu menschenscheu. Der Gedanke, dass tatsächlich Saalbach hinter den Morden und der Entführung der kleinen Laura stecken könnte, machte Ben verrückt. Er kannte ihn seit der Schulzeit! Und auch, wenn er ihn nie gemocht und immer gemieden hatte … Ben drehte sich abrupt zu Tobi um, der im Nebenraum an seinem Schreibtisch saß, und forderte ihn auf: »Tobi, ruf noch mal im Verlag an, ob Saalbach inzwischen wieder dort eingetroffen ist. Und wenn nicht, frag, ob sie dir sagen können, was für Termine er heute noch hat.«

Tobi griff eilig zu seinem Telefon, und Ben schlich derweil unruhig in seinem Büro umher, als ihm einfiel, dass es noch eine weitere Möglichkeit gab, wo Katharina stecken konnte. Schnell wählte er auf seinem Handy die Kurzwahl seines Bruders, doch auch nach mehrfachem Klingeln nahm niemand ab, und er legte wieder auf. Gleich darauf schalt der Kommissar sich selbst, dass sein letzter Gedanke Unsinn war. Warum sollte Katharina bei Bene sein, mitten in ihrer Dienstzeit. Unwahrscheinlich. Obwohl … wenn alles planmäßig gelaufen war, dann hatte Bene vor wenigen Stunden erfahren, dass er eine siebenjährige Tochter hatte. Wie sein Zwillingsbruder auf diese Nachricht reagieren würde, hatte Ben sich während der ganzen Jahre oft genug gefragt. Vielleicht hatte er jemanden zum Reden gebraucht? Eine neutrale Person – Katharina. So weit gestreut dürften Benes Kontakte in Lüneburg nicht mehr sein. Ben kam zu dem Schluss, dass es also doch eine Möglichkeit sein könnte, und drückte die Wahlwiederholung. Jetzt hörte er wieder das Klingeln und hoffte inständig, Bene würde abnehmen. Mit Erfolg. Bene ging nicht nur ans Telefon, sondern begann auch sofort zu reden: »Hallo, Ben. Oder soll ich lieber sagen *Onkel Ben*? Du siehst, ich habe meinen Termin mit Julie eingehalten, das willst du doch vermutlich wissen.«

Ben hörte den scharfen Unterton in der Stimme seines Zwillings sehr genau, doch darauf konnte er im Moment keine Rücksicht nehmen. »Bene, ich weiß, wir müssen darüber reden«, sagte er daher ruhig und sehr bestimmt, »und zwar dringend, aber vorher muss ich wissen: Ist Katharina bei dir?«

Schweigen am anderen Ende der Leitung. Bene musste denken, dass er vollen Einblick in sein Leben hatte, das war Ben auf unangenehme Weise klar. Nicht die beste Voraussetzung für den Neustart.

»Bene, bitte – Katharina ist verschwunden – ist sie bei dir, oder weißt du, wo sie ist?«

»Nein, sie ist nicht hier, Ben.« Bene klang nun ungewohnt verunsichert. »Ich nehme mal an, dass mein vernunftbegabter Bruder mit so was keine Scherze macht.«

»Macht er garantiert nicht!«, antwortete Ben überdeutlich. »Bene, pass auf, das ist jetzt wirklich wichtig. Setz dich am besten, hör mir zu und beantworte meine Fragen, okay?!«

»Ja, aber … ich meine …, ich sitze schon, was ist denn los herrjeh?«, fragte Bene verwirrt. »Irgendetwas wegen heute Nacht, also ich meine…«

»Ja, auch«, antwortete Ben seinem Bruder ungeduldig, und dann informierte er ihn in so wenigen Sätzen wie möglich über den laufenden Fall. Auch seine Vermutung, dass Toffi der Täter sein könnte und Bene selbst irgendeine Rolle in diesem perfiden Konstrukt spielte, hielt der Kommissar nicht zurück.

Bene holte tief Luft und fasste noch einmal zusammen, was für ihn an alldem am ausschlaggebendsten war: »Du meinst, Toffi oder wer auch immer, wollte eigentlich Leonie entführen, weil sie meine Tochter ist? Und jetzt wisst ihr außerdem nicht, wo Katharina ist und ob sie vielleicht auch in Gefahr ist?«

»Ganz genau«, antwortete Ben. »Und jetzt erinnere dich, so gut du kannst, an alles, was mit Toffi Saalbach zusammenhängt, früher meine ich. Und vor allem: Fällt dir irgendwas ein, wo der sich gerne rumgetrieben hat? Bitte! Alles könnte momentan wichtig sein.«

Ben wartete, während sein Bruder am anderen Ende der Leitung stumm zu überlegen schien. Dann vernahm er Benes Stimme wieder: »Ben, ehrlich, du weißt doch, dass

Toffi und ich uns noch nie abkonnten. Erinnerst du dich: Einmal hab ich ihn verprügelt, als er einem Jungen aus den unteren Klassen Sekundenkleber an die Hände geschmiert und die dann mit Laub und Erde vollgeschüttet hat. Aber das war zu Schulzeiten! Danach hat der Typ immer einen weiten Bogen um mich gemacht, und mir war das nur recht … Mehr fällt mir wirklich nicht ein. Oder doch, vielleicht – ich weiß jetzt nicht, ob das irgendwie damit zu tun hat – aber Katharina hat mir vorhin eine SMS geschickt, die keinen Sinn ergeben hat, jedenfalls nicht für mich. Sie hat geschrieben, sie sei in einer Laubenkolonie …«

13.00 Uhr

Katharina schlug die Augen auf und wusste im ersten Moment nicht, wo sie war. Die Orientierung wurde noch dadurch erschwert, dass alles um sie herum dunkel war. Dann kam die Erinnerung wieder: Nachdem sie die Luke gefunden und langsam geöffnet hatte, hatte sie vorerst nur Dunkelheit gesehen, so wie jetzt. Sie hatte keine Taschenlampe dabeigehabt, doch dann hatte sie sich ein wenig zur Seite gelehnt, um zumindest ein wenig vom schummrigen Licht der Hütte in den Keller einzulassen. Wäre der Täter dort unten gewesen, hätte sie ihm damit Gelegenheit gegeben, sich zu wappnen, dessen war sie sich bewusst gewesen. Doch das Risiko war sie eingegangen – es war die einzige Chance, zu Laura zu gelangen, wenn die Kleine tatsächlich dort unten festgehalten wurde. Vorsichtig hatte sie daraufhin in den dunklen Raum gespäht, doch das, was sie gesehen hatte, war eher eine große Grube als ein Keller. Sie war etwa zwei Meter tief und fünf Meter lang, und zu Katharinas großer Erleichterung sprang ihr kein mordlustiger Serientäter entgegen. Die Grube war leer, bis auf einen zusammengeworfenen Kleiderhaufen und eine Plastiktüte in der einen Ecke und ein paar aufgeschichtete, weißlich schimmernde Latten in der anderen. Um besser sehen zu können, hatte sie die Luke bis zum Anschlag geöffnet, hatte jedoch immer noch niemanden dort unten ausmachen können. Auch Laura nicht. In der Zwischenzeit war Saalbach hinter sie getreten und hatte flüsternd gefragt: »Und?«

Mit dem Kopf über der Grube hatte sie in normaler Tonlage geantwortet: »Nichts! Da ist nichts. Nur ein Haufen Klamotten und Latten, oder so. Vielleicht sind die verrutscht und haben das Klopfgeräusch verursacht.«

Katharina hatte sich gerade wieder aufrichten wollen, als sie plötzlich eine Bewegung im Kleiderhaufen wahrgenommen hatte.

»Moment, da bewegt sich doch etwas … Laura?!«

Kaum hatte sie den Namen des Mädchens gerufen, war ein Kopf aus den Kleidern zum Vorschein gekommen, und Katharina hatte in ein vollkommen verschrecktes Mädchengesicht geblickt. Es war ohne Zweifel das von Laura. Noch einmal hatte sie »Laura!« gerufen und auch Saalbach rief laut: »Laura?« Doch während es bei Katharina ein Jubelschrei gewesen war, hatte der Ruf bei Saalbach eher wie eine Frage geklungen. Erneut hatte sie sich aufrichten wollen, um mit Schwung in die Grube zu springen, doch dann hatte sie einen dumpfen Schlag im Nacken gespürt, hatte das Gleichgewicht verloren und war in Zeitlupe kopfüber in die Grube gestürzt – so hatte sie es zumindest empfunden. Sie hatte noch gedacht: »Saalbach! Ich bin dem Täter genau in die Arme gelaufen!«, dann waren im wahrsten Sinne bei ihr die Lichter ausgegangen.

Katharina rieb sich die Schläfen und fühlte den Sand an ihren Händen. Die Knochen taten ihr weh, und sie hatte das Gefühl, sich kaum rühren zu können.

»Laura? Laura, bist du hier? Ich bin's, Katharina, die Nachbarin von Leonie. Laura?«, fragte sie erneut in die Stille und lauschte. Sie bekam ein leises Wimmern zur Antwort, das von rechts zu kommen schien. Katharina robbte in die Richtung, bis ihre Hände Stoff fühlten. Sie betastete den Stoff, während sie sanft ins Dunkel sprach: »Laura, hier bin ich. Alles wird gut. Das verspreche ich dir. Ich hol uns hier raus! Kannst du sprechen?«

Wieder bekam sie nur das Wimmern zur Antwort. In Katharina überstürzten sich die Gedanken. Sie brauchte unbedingt Licht. Irgendwo musste sie doch ein Feuerzeug haben … da, da war es! Katharina zog es aus ihrer Hosentasche und ratschte mit ihrem Daumen am Rädchen entlang. Das Feuerzeug spuckte eine kleine Flamme aus, doch dann verlosch es sofort wieder. Mit Bestürzung musste Katharina daran denken, dass sie noch heute Morgen überlegt hatte, sich ein Neues zu kaufen, da sie schon am Abend zuvor bemerkt hatte, dass dieses hier fast leer war. Dann hatte sie es in der Hektik des Morgens jedoch vergessen. Ihr Handy fiel ihr ein. Sie ging davon aus, dass sie hier unten in diesem Loch kein Netz haben würde, aber es konnte Licht spenden. Katharina nestelte wieder in ihrer Hosentasche herum, doch da war nichts. Natürlich, da konnte auch nichts sein! Nach ihrer letzten SMS vor der Tür hatte sie das Handy nicht wie üblich in die Hosentasche gesteckt, sondern eilig in ihre Handtasche plumpsen lassen, weil Saalbach sie ins Haus gedrängelt hatte. Saalbach! Dieses Schwein! Wieso hatte sie sich so täuschen lassen können? Der Mann war ihr doch von Anfang an suspekt erschienen. Warum hatte sie nicht auf dieses Gefühl gehört? Früher hatte sie sich doch auch immer so viel auf ihr inneres Gespür eingebildet. Ja, sie war in München sogar dafür bekannt gewesen, dass ihr Gefühl, ihr Bauch, sie in der Regel nicht trog! Bis zu diesem einen Mal … bis zum letzten Mal … bis zu Maximilian! Seitdem hatte Katharina nicht mehr viel auf ihr ach so tolles Gespür gegeben und es einfach negiert, wenn es sich ab und an zu Wort gemeldet hatte. Heute war das ein fataler Fehler gewesen. Saalbach! Maximilian! Katharina merkte, wie sich trotz der Kühle im Raum Schweißtropfen auf ihrer Stirn bildeten. Erneut wurde ihr schwindelig, und das lag nicht nur an dem Sturz, denn jetzt begann es auch in ihren Beinen zu kribbeln und ihr Herz raste wie bescheuert. Panik breitete sich in ihr aus und sie fing an zu hyperventilieren. Nicht jetzt, bitte nicht jetzt, dachte sie noch, bevor sie das Bewusstsein verlor …

Katharina befand sich auf einer Weide. Milchkühe grasten gemütlich im Hintergrund, und die Sonne gab ihr Bestes. Maximilian war auch da. Mit weit geöffneten Armen kam er ihr entgegen, und sie konnte es kaum erwarten, bis er bei ihr war. Ihre Beine bewegten sich wie von selbst, liefen auf den geliebten Mann zu und schon spürte Katharina seine starke Brust und schmiegte sich an ihn. Auch er umschlang sie liebevoll und liebkoste zärtlich ihr Ohrläppchen mit seinen Lippen. Plötzlich änderte sich die Szenerie. Der Himmel wurde schwarz, sodass Katharina kaum noch etwas sehen konnte. Die eben noch liebevolle

Umarmung Maximilians wurde zu einem harten Klammergriff über ihrer Brust, der ihr kaum die Luft zum Atmen ließ. »Nicht, Maximilian, was soll das?«, keuchte sie und versuchte sich aus der festen Umarmung herauszuwinden. Doch je heftiger sie das tat, desto mehr zogen sich die Fesseln um sie herum zusammen und schnitten ihr ins Fleisch. Und es waren Fesseln, wie Katharina jetzt zu ihrem Entsetzen feststellen musste. Die schwarzen Wolken hatten sich verzogen und sie selbst stand mit einem schmalen Hanfseil festgeschnürt an einem hochlaufenden Heizungsrohr in ihrer Münchner Wohnung. Vor ihr stand Maximilian, nackt, mit aufgerichteter Männlichkeit und einem hämischen Grinsen im Gesicht. Katharina versuchte zu schreien, doch in dem Moment, in dem sie den Mund öffnete, stopfte Maximilian ihr eine Nylonstrumpfhose in den Mund, die jeden ihrer Laute erstickte. Ohne ein Wort drehte er sich von ihr weg und gab damit ihren Blick frei. Helen! Ihre beste Freundin lag ebenso nackt, wie es Maximilian war, auf dem Bett. Völlig regungslos. Helen, ihre Teampartnerin. Die Freundin, die Katharina von Anfang an vor Maximilian gewarnt hatte, weil er irgendetwas an sich hatte, was Helen nicht gefiel. Doch sie konnte Katharina nie erklären, was es war. Und es wäre Katharina auch egal gewesen. Denn sie selbst hatte es nicht gespürt. Oder es nicht spüren wollen. Was machte Helen hier?

Als hätte Maximilian ihre Gedanken gelesen, sagte er, ohne sich nochmals zu Katharina umzudrehen: »Ja, Katharina. Da liegt Helen, deine beste Freundin. Die Nutte hat nicht hören wollen, und jetzt muss ich sie eines Besseren belehren. Und du wirst dabei sein. Als meine Zeugin.«

Katharina schloss die Augen. Sie wusste, was gleich kommen würde. Sie selbst war es, die gemeinsam mit

Helen diesen Fall leitete. Seit gut einem halben Jahr waren sie und ihre Partnerin hinter dem Verrückten her, der Prostituierte erst betäubte, im Anschluss vergewaltigte und dann auf bestialische Weise tötete, während eine weitere Prostituierte dabei zuschauen musste. Das hatten sie nur rekonstruieren können, denn wie die Vergewaltigten war keine einzige der genötigten Zuschauerinnen in den drei Fällen mit dem Leben davon gekommen. Noch heute Morgen hatte es eine Besprechung gegeben, an der das gesamte Einsatzteam teilgenommen hatte, und somit auch ihr Freund Maximilian, der zuständige Staatsanwalt in diesem Fall. Katharina hatte verkündet, dass sie einen Tipp aus dem Milieu bekommen hatten und dass es sich bei dem Serientäter aller Wahrscheinlichkeit nach um einen Juristen handelte, was sehr genau zu dem von Katharina erstellten Profil passte. Maximilian hatte nach dem Informanten gefragt, wollte seinen Namen wissen, doch Helen hatte ihm das Wort abgeschnitten und ihm unmissverständlich mitgeteilt, dass sie den Informanten noch nicht preisgeben könnten. Helen hatte Maximilian nie gemocht.

Maximilian. Er war ›Munich Jack‹, wie die Münchener Presse den Serientäter nannte, und sie und Helen waren seine nächsten Opfer! Katharina hörte Maximilians lustvolles Stöhnen, das sie nur zu gut kannte. Und genau das ließ den Hass und die Verzweiflung in ihr aufsteigen, die sie so dringend brauchte, um sich und Helen vielleicht noch retten zu können.

Sie öffnete die Augen und sah, was sie zuvor nur gehört hatte. Maximilian schien sie kaum noch wahrzunehmen. Zu sehr hatte ihn seine Gier im Griff. Glücklicherweise kannte Maximilian ihre Wohnung nicht so gut, wie sie es selbst tat. Katharina wusste um die rostige Stelle am Heizungsrohr, etwa in Hüfthöhe. Sie hatte sich beim Putzen immer darüber geärgert. Sie ging leicht in die Knie und schabte das Seil immer wieder an der scharfen Stelle entlang. Als sie spürte, dass die Hanffasern allmählich porös wurden, stemmte sie sich so gut es ging vom Rohr weg. Sie hatte nur wenige Millimeter Spielraum, da Maximilian die Fessel eng zugezogen hatte, doch diese Millimeter und Katharinas Kraftanstrengung während sie weiter an der rostigen Stelle schabte, reichten aus, um das Seil zum Reißen zu bringen. Katharina stürzte ohne weitere Überlegung zu ihrer Kommode, in der sie eine zweite, illegale Pistole verbarg. Sie zog die Schublade auf, holte die Pistole von ganz hinten aus ihrem Versteck hervor und schoss. Sie schoss in blinder Wut und Panik in Richtung Bett, vor dem Maximilian stand und ihr ungläubig entgegenstarrte. Nicht einmal. Viermal. Der Psychologe vermutete später, sie hätte vermutlich viermal hintereinander abgedrückt, um Maximilian für alle seine vier Taten büßen zu lassen. Die drei an den Prostituierten und seine letzte, der an Helen und ihr. Es sei ihr Unterbewusstsein gewesen. Doch diese Erklärung hatte Katharina nicht trösten können. Sie – die gestandene, bis dahin immer selbstsichere Kommissarin – war in Panik verfallen und hatte in ihrer Kurzschlusshandlung nicht nur Maximilian getroffen, sondern auch Helen. Die internen Untersuchungen, die gefolgt waren, hatten sie von jeglicher Schuld freigesprochen. Sie war selbst verletzt gewesen, hatte sich in einer lebensbedrohlichen Lage befunden und in Notwehr gehandelt. Die Kugel, die Helen getötet hatte, hatte ihre Freundin auch nicht direkt getroffen. Die Ballistik hatte nachweisen können, dass es ein Querschläger gewesen war. Eine Verkettung unglücklicher Umstände. Das alles hatte Katharina von ihren eigenen Schuldgefühlen jedoch nicht befreit. Immer wieder, bis heute, durchlebte sie den Moment nach den Schüssen. Überall war Blut geflossen. Nachdem sie sicher gewesen war, dass Maximilian sich nicht mehr rührte, hatte Katharina sich von dem Knebel befreit und die Halsschlagader der Freundin betastet, doch sie konnte keinen Puls mehr spüren. Sie hatte Helen erschossen. Wimmernd hatte sich Katharina in eine Ecke ihres Schlafzimmers gehockt und ihre Augen geschlossen. Sie war zu nichts anderem in der Lage gewesen, als sich wie in Trance hin und her zu wiegen. Mit einem Mal nahm das Wimmern zu. Nein, es war ein anderes Wimmern, das hinzu gekommen war. Helen? War ihre Freundin möglicherweise doch nicht tot? Katharina riss die Augen auf, doch sie sah wieder nur tiefe Schwärze. Beim Anblick des Nichts, das ein anderes war, als der dunkle Himmel eben, wurde Katharina wieder klar, wo sie war. Sie musste ohnmächtig gewesen sein und hatte dabei noch einmal ihr Trauma durchlebt. Denn bis auf die Weide war alles genau so vorgefallen. Doch sie war nicht in München, nicht bei Helen, sondern eingesperrt in einem Kellerloch. Zusammen mit einem kleinen unschuldigen Mädchen, das sie hatte retten wollen. Hatte sie wieder einmal versagt? Katharina spürte, wie ihr Tränen die Wange hinunterliefen, und dann musste sie husten. Ihr Mund war trocken, wie eine alte Scheibe Brot. Wieder hörte Katharina das Wimmern.

»Reiß dich zusammen, noch lebt Laura!«, sprach sie sich selbst Mut zu.

So laut, wie ihre Stimme es zuließ, rief Katharina in die Richtung, aus der das Wimmern kam: »Laura, alles wird gut. Mach dir keine Sorgen. Ich … ich hol uns hier raus.«

Katharina hoffte inständig, dass sie Recht behalten sollte und fühlte in ihrer Hosentasche nach dem Feuerzeug. Es war nicht da. Es musste ihr aus den Händen geglitten sein, als sie das Bewusstsein verloren hatte. Sie tastete auf dem Boden entlang und spürte das Feuerzeug kurz darauf tatsächlich in der Hand. Sie schüttelte es ein paarmal, um auch noch den letzten Rest des Gases in die Kammern zu bekommen, und dann machte sie es an. Die Flamme blieb tatsächlich einen Moment länger an als zuvor und Katharina konnte jetzt sowohl Laura als auch ein wenig der unmittelbaren Umgebung erkennen. Trotz der Angst, die in ihren Augen stand, lächelte Laura ihr zaghaft zu. Katharina fiel ein Stein vom Herzen, dass das Kind dazu noch in der Lage war. Jetzt war nur noch sie wichtig. Katharina setzte sich unter körperlichen Schmerzen gerade auf. Sie verdrängte die Last, die Maximilian ihr für ihr Leben aufgebürdet hatte, lächelte beruhigend zurück und sagte mit fester Stimme, die sie ebenso überzeugen sollte wie Laura: »Laura, wir schaffen das. Du weißt ja, dass ich bei der Polizei bin. Meine Kollegen werden uns sicher bald finden, und bis dahin werde ich versuchen, uns hier rauszubringen. Das Licht dazu haben wir schon mal. Okay?«

Laura nickte tonlos. Katharina ließ die Flamme wieder erlöschen, steckte sich das Feuerzeug in die Hosentasche und kroch über den unebenen Boden. Ihr Ziel waren die Latten in der anderen Ecke der Grube, die sie beim Blick von oben in das Kellerloch gesehen hatte. Bald hatte sie den vermeintlichen Holzstapel erreicht. Sie merkte es, weil sie fast darauf gekrochen wäre. Noch benutzte sie jedoch das Feuerzeug nicht wieder, da sie nicht wusste, wie lange es überhaupt noch funktionieren würde.

Sie ertastete jetzt den Stapel Latten und merkte sofort, dass es sich nicht um Holz handeln konnte. Dazu waren die Latten zu glatt und zu rund. Unter Stöhnen zog Katharina sich auf die Knie, nahm das Feuerzeug in die Hand und sorgte wieder für ein Minimum an Licht. Was sie sah, lies sie erstarren: Das waren keine Latten – es waren Knochen! Der ganze Stapel bestand aus aufgeschichteten, einzelnen Knochen, und wenn Katharina nicht alles täuschte, stammten sie von mindestens zwei Menschen. Sie fuhr angewidert zurück und fühlte sofort den Schmerz, der ihren geschundenen Körper durchzog. Außerdem war das Feuerzeug bei dieser Aktion erneut ausgegangen. Oh Gott, wo war sie hier nur gelandet? Katharina machte noch einmal Licht, streckte voller Widerwillen einen Arm aus und zog einen langen Oberschenkelknochen aus dem Stapel heraus. Mit diesem einzigen verfügbaren Werkzeug in der Hand kroch sie zu dem Punkt, über dem sich in etwa die Luke befinden musste. Das konnte sie am Sandboden fühlen, denn hier war eine kleine Wölbung, die vermutlich von ihrem Sturz herrührte. Mühsam richtete sie sich auf, streckte den Arm hoch und stieß mit dem Oberschenkelknochen gegen die Decke. Sie hörte am hohlen Geräusch, dass sie richtig getippt und tatsächlich die Luke erwischt hatte, doch es tat sich nichts. Wieder und wieder versuchte sie es, aber sie bewirkte nicht einmal die kleinste Bewegung. Erschöpft gab Katharina auf, ließ sich zurück auf den Boden sinken und kroch wieder zu Laura, die sie eng in ihre Arme schloss. Um die Stille zu übertönen, flüsterte Katharina nun ein ums andere Mal ihr Mantra: »Meine Kollegen kommen gleich und holen uns hier raus. Versprochen!«

13.07 Uhr

Ben und Tobi fuhren mit Blaulicht durch die Stadt. Sofort, als Bene die SMS von Katharina erwähnt hatte, war es Ben wie Schuppen von den Augen gefallen. Die Kleingartennummer! Ständig hatten sie Christofer Saalbach damals damit aufgezogen, dass er schon als Kind ein Spießer war, weil sein Vater diese Laube besaß und er dort rumhing, während alle anderen weit weg in den Urlaub fuhren. Die Hänselei hatte erst aufgehört, als Saalbachs Vater sich von seiner Frau getrennt hatte, um mit einer anderen in Kaltenmoor zusammenzuleben. Dann hatten sie Toffi jedoch genau damit gefoppt. Vor allem, weil sein Vater kurz nach seinem Einzug in diese Sozialbausiedlung zum stadtbekannten Säufer herabgesunken war, und die neue Freundin mindestens ebenso gern ganz tief ins Glas sah wie der Alte selbst. Konnte es vielleicht sogar sein, dass es sich bei der Freundin von Toffis Vater um die ermordete Paulina Petersen handelte? Vom Alter her würde es hinkommen. Ben würde das unbedingt später nachprüfen müssen, aber im Grunde ahnte er jetzt schon, dass er mit seiner Vermutung richtig lag. Mein Gott, wenn es tatsächlich so war, dann schwebte Katharina in größter Gefahr!

Ben erinnerte sich daran, dass es sich um die Krähensaal-Kolonie handelte, in der sich die Laube befand, aber nicht, wo dort das Haus gestanden hatte. Nicht genau jedenfalls. Doch Bene hatte sich zwischenzeitlich noch einmal gemeldet, als Tobi und Ben gerade im Auto gesessen hatten. Auch ihm war wieder eingefallen, wie die Laubenkolonie hieß, und er hatte es Ben mitgeteilt. Und er hatte noch mehr gesagt, nämlich, dass an der Pforte des Gärtchens eine merkwürdige Figur gestanden hatte, mit der sie Toffi damals immer verglichen hatten. Das war zumindest ein kleiner Hinweis. Ben war sicher, dass er die Statue wiedererkennen würde, wenn er davor stand, denn jetzt erinnerte auch er sich daran. Ansonsten würde ihnen nichts anderes übrig bleiben, als sich durchzufragen. Ben hoffte nur, dass sie damit nicht zu viel Zeit verlieren würden.

»Chef«, fragte Tobi vom Beifahrersitz, »meinst du wirklich, dass wir Katharina dort finden? Also, ich meine, Saalbach kann doch mit ihr überallhin gefahren sein. Noch sind wir doch nicht mal sicher, ob er tatsächlich was mit den Morden zu tun hat, oder?«

»Sicher nicht«, antwortete Ben, während er sich auf die Autos konzentrierte, die ihm aufgrund des Blaulichts und der Sirene größtenteils freiwillig Platz machten. »Aber fast sicher. Und die Laube ist momentan die einzige Spur, die wir haben.«

Tobi runzelte die Stirn: »Was für ein Wahnsinn, wenn du wirklich recht hast. Der Typ war an jedem Tatort! Er hat mehr Infos bekommen als alle anderen, sowohl damals bei den alten Fällen, wie du sagst, als auch jetzt.«

»Eben«, erwiderte Ben, »und dadurch wusste er auch immer ziemlich genau über unseren Ermittlungsstand Bescheid. Er war uns immer einen Schritt voraus …«

Sie bogen in den Parkplatz zur Laubenkolonie Krähensaal ein. »Da!« Ben öffnete hastig die Fahrertür. Auf dem Parkplatz stand nur ein einziges Auto. »Das ist Saalbachs Wagen!«

Es blieb den beiden Kommissaren nichts anderes übrig, als im Laufschritt die einzelnen Parzellen abzugehen, um dabei mit etwas Glück auf die zu stoßen, die Ben wiederzuerkennen hoffte. Sie waren gerade dabei, in einen Querweg einzubiegen, als er ein paar Meter weiter die Figur erkannte, an die sein Bruder sich erinnert hatte. »Danke, Bene!«, schickte er stumm in den Himmel. »Tobi, da – das ist die Laube.«

Tobi blieb abrupt stehen und sah zu der kleinen Hütte, auf die Ben zeigte. Im gleichen Moment hörten sie vom Parkplatz ein Geräusch, das sich eindeutig als das Quietschen von Reifen identifizieren ließ. Ben schluckte. Wenn Saalbach ihnen auch jetzt wieder einen Schritt voraus gewesen war, dann hatte er sie womöglich erwartet. Es gab in der Nähe des Parkplatzes mehr als genug Büsche oder andere Möglichkeiten, sich zu verstecken. Möglicherweise hatte er abgewartet, bis die beiden losgelaufen waren, um sich dann selbst aus dem Staub zu machen. Bens Puls wurde merklich schneller. Hatte Saalbach Katharina getötet, bevor er abgehauen war? Oder hatte er sie bei sich? Sie hatten sich das Auto nicht näher angesehen, was Ben in diesem Moment bereute. Falls er sie darin versteckt hatte … Ben weigerte sich, den Gedanken zu Ende zu denken.

Auch wenn sie nicht hundertprozentig sicher sein konnten, dass es wirklich Saalbach gewesen war, dessen Wagen soeben den Lärm verursacht hatte, sie hatten keine Wahl. Tobi und Ben schlichen sich – mit ständigem Blickkontakt zueinander – an die Laube heran. Die Vorhänge waren zugezogen, alles war ruhig. Ben gab seinem jungen Kollegen ein Zeichen, sich hinter der Hütte umzusehen. Während Tobi um die Ecke verschwand, versuchte er selbst, die Tür zu öffnen. Wie erwartet, war sie verschlossen. Mit aller Kraft und ohne auf Tobi zu warten, schmiss Ben sich gegen die Tür. Das alte Holz gab erfreulich schnell nach, und Ben fand sich im Dunkel des Raumes wieder. Er blickte sich kurz um und konnte mithilfe des Lichts, das durch die geöffnete Tür hineinschien, schnell sicher sein, dass sich außer ihm niemand in der Hütte aufhielt. Während Ben dennoch rasch die zugezogenen Vorhänge aufzog, trat Tobi, der um die Hütte herum das Terrain geprüft hatte, kopfschüttelnd an seine Seite. »Nichts, Chef, da draußen ist niemand.«

13.16 Uhr

Katharina gab sich größte Mühe, Laura gegenüber ihre Zuversicht zu zeigen, doch das fiel ihr von Minute zu Minute schwerer. Und jetzt hatte das Feuerzeug auch noch endgültig seinen Geist aufgegeben, womit ihre einzige Lichtquelle versiegt war. Warum war sie bloß so unvernünftig gewesen? Jeder Polizeischüler im ersten Semester wusste, dass man nicht auf eigene Faust losging, und wenn die Spur noch so heiß war. Und schon gar nicht, ohne eine brauchbare Nachricht zu hinterlassen! Sie versuchte krampfhaft, sich zu erinnern, was sie in die SMS an Ben geschrieben hatte. Hatte sie den Namen der Kolonie genannt? Nein … wie auch, sie hatte ihn selbst kaum wahrgenommen, als Saalbach sie hergebracht hatte. Wie viele Laubenkolonien mochte es in Lüneburg und Umgebung wohl geben? Sie hatte keine Ahnung. Noch dazu konnte sie ja nicht einmal sicher sein, dass Ben und Tobi ihre Gefahrensituation erfassten. Sie hatte schließlich keinen Hilferuf abgesetzt, sondern nur eine unvollständige SMS. Katharina schüttelte stumm den Kopf. Mal vorausgesetzt, dass sie hier jemals wieder rauskam, würde sie vermutlich ihren Job los sein. Ben würde sich das nicht gefallen lassen. Auch wenn sie Laura gefunden hatte – das war letztlich als Zufall auslegbar. Ansonsten hatte sie so ziemlich alles falsch gemacht, was sie bei ihrem ersten Job hier hatte vermasseln können. Katharina sah zu Laura hinunter, die sich fest in ihren Arm gekuschelt hatte, sich aber nicht rührte.

»Laura, bist du okay?«, fragte Katharina sachte.

Leises Schluchzen gab der Kommissarin das beruhigende Gefühl, dass die Kleine noch bei Bewusstsein war, doch sie wusste genau, dass Laura nicht mehr lang durchhalten würde. Sie war extrem geschwächt und verängstigt. Wo mochte Saalbach jetzt stecken? Würde er wiederkommen? Katharina konzentrierte sich auf das Profil, das sie vom Täter erstellt hatte. Möglicherweise half es ihr, zu erahnen, was noch kommen konnte. Auf jeden Fall aber lenkte es sie ab und hielt sie wach.

Plötzlich hörte sie ein Geräusch von oben. Es klang, als wenn etwas zertrümmert wurde. Dann war wieder Ruhe. Auch Laura schien es gehört zu haben, denn sie zuckte in Katharinas Arm ängstlich zusammen.

»Ruhig, Laura, vielleicht kommt da schon Hilfe.«

Katharina wäre sich da gern sicher gewesen, doch es konnte genauso gut Saalbach sein, der nach einer Weile der Überlegung jetzt dort oben seiner Wut freien Lauf ließ. Schließlich hatte sie selbst sein Profil erstellt und hatte daraus hergeleitet, dass der Täter mit Begebenheiten, die seinen Plan durcheinanderbrachten und ein Umdenken erforderten, schlecht umgehen konnte. Und sie, Katharina, hatte allein durch ihr Auftauchen bei ihm seinen irren Plan durcheinandergebracht! Sie löste sich vorsichtig von Laura und kroch direkt unter die Luke, in der Hoffnung, die Geräusche aus der Hütte von dort besser einordnen zu können. Sie hörte Schritte. Dann war wieder Ruhe. Dann wieder Schritte. Aber diese klangen anders. Das würde bedeuten, dass sich dort oben nicht nur eine Person aufhielt. Die Dielen der Hütte waren aufgrund ihres Alters zum Glück nicht sehr dick, und vor allem schlossen sie die Verbindungsluke nicht komplett. So war Katharina überzeugt davon, in den plötzlich hörbaren Worten oberhalb der Luke die Stimme von Tobi zu erkennen. Sie schrie, so laut sie konnte: »Hier – Tobi? Wir sind hier – Laura und ich – hier unten!«

13.23 Uhr

Ben sah Tobi an – sie hatten beide deutlich Katharinas Stimme von unten gehört und konnten nun sicher sein, die richtige Spur verfolgt zu haben. Da Saalbach sich offenbar aus dem Staub gemacht hatte, mussten sie sich jetzt beeilen, ihre Kollegin aus ihrem Gefängnis zu befreien. Es musste ein Keller oder Ähnliches sein, denn Katharinas Stimme war eindeutig von unten gekommen. Ben versuchte, im Raum einen Kellerzugang auszumachen und ließ seinen Blick erneut schweifen, fand jedoch nichts. Tobi hatte eine weitere Tür geöffnet, hinter der sich jedoch nur eine Toilette verbarg. Ratlos schauten die beiden sich an. Nahezu gleichzeitig ließen sie sich auf ihre Knie sinken und begannen den Fußboden abzuklopfen. Nichts. Dann, einer spontanen Eingebung folgend, rückte Ben den alten Tisch beiseite und klopfte dort, bis das bisher erstickte Klopfgeräusch heller wurde.

»Tobi, ich glaub, ich hab's!«, rief er aufgeregt zu seinem Kollegen hinüber, der gerade dabei war, in der gegenüberliegenden Ecke das Linoleum mühsam vom Boden hochzuziehen. Tobi machte sich gar nicht erst die Mühe aufzustehen, sondern rutschte auf Knien zu der Stelle, die Ben bereits abtastete. Gerade als Tobi bei ihm ankam, spürte Ben eine kaum erkennbare Ritze im Linoleum unter seinen Fingern. Aufgeregt legte er den Boden vom Linoleum frei und schon sah er einen kleinen, metallenen Ring, eingelassen in eine schmale Luke. Mit aller Kraft zog er an dem Ring, was gar nicht notwendig gewesen wäre, denn die Luke gab erstaunlich schnell nach. Er zog sie auf und sah – wenn auch schemenhaft aufgrund des mangelnden Lichts – das Gesicht seiner Kollegin. Katharina stand direkt unter der Luke und schien unversehrt, soweit er es erkennen konnte. Sie sagte nichts, sondern hob den beiden Männern unter großer Anstrengung ein kleines, bereits apathisches Mädchen entgegen. Kurz blickten sich die beiden Ermittler an. Das musste Laura sein! Während Tobi ihn an den Beinen festhielt, beugte Ben sich kniend in die Grube hinunter, griff vorsichtig nach Laura, hob sie heraus und ging mit ihr direkt nach draußen an die frische Luft, während Tobi Katharina half, aus dem Kellerverlies zu klettern. Dankbar sah sie ihn an, noch immer wortlos und ohne sich oder dem Kollegen gegenüber ein Anzeichen von Schwäche einzugestehen. Dass es in ihr anders aussah, war beiden klar, und Katharina war Tobi dankbar, dass er in dieser Situation auf die gewohnten dummen Sprüche verzichtete. Gemeinsam traten sie zu Ben und Laura vor die Tür.

Der Kommissar sah Katharina ernst an und wollte gerade ansetzen, ihr zumindest ansatzweise die Meinung zu sagen, als sie schwere, schnelle Schritte und einen keuchenden Atem ganz in der Nähe vernahmen. Laura bekam davon nichts mit, sie war viel zu schwach, doch die drei Kriminalbeamten sahen alle in die Richtung, aus der das Geräusch kam. War Saalbach zurückgekommen? Wollte er doch noch zu Ende bringen, was ihm vorher nicht gelungen war? Bevor sie wirklich reagieren konnten, erschien das sorgenvolle und abgehetzte Gesicht von Benedict Rehder an der Pforte der Parzelle. Als er die vier dort erblickte, blieb er stehen, wischte sich über das verschwitzte Gesicht und sah Katharina erleichtert an.

»Bist du okay? Ich konnte nicht warten, auf einmal konnte ich mich genau an die Laube erinnern, da musste ich herkommen«, keuchte er, während er die Kommissarin nicht aus den Augen ließ.

Katharina versagten die Beine, und Tobi konnte sie gerade noch auffangen, bevor sie auf den sandigen Boden vor der Hütte stürzte. Ben sah sie mitfühlend an, und Bene war bereits an ihrer Seite.

»Du bleibst hier sitzen und rührst dich nicht!«, sagte der Kommissar bestimmt, aber mit deutlich erkennbarer Besorgnis in der Stimme.

»Aber … ich … es geht schon …«, versuchte Katharina zu widersprechen, doch sie merkte selbst, dass ihr nun endgültig die Kräfte schwanden. Nur zugeben wollte sie das nicht.

»Das ist eine dienstliche Anweisung, und ich denke, du hast heute schon genug Mist gebaut, um dich noch einer zu widersetzen«, fiel Ben ihr streng ins Wort. »Bene – du hast hier zwar eigentlich überhaupt nichts verloren, aber wenn du schon da bist, ruf bitte einen Krankenwagen. Laura und Katharina müssen beide auf dem schnellsten Weg ins Krankenhaus! Und dann ruf auch noch bei Juliane an. Sie soll bitte Lauras Mutter verständigen und mit ihr umgehend ins Krankenhaus kommen. So geht es am schnellsten. Das ist doch Laura?«

»Ja, das ist Laura. Aber … ich …«, weiter kam Katharina nicht, denn Bens scharfer Blick genügte, um ihr das Wort abzuschneiden.

Bene wählte bereits den Notruf und gab an, wo sie in der Kleingartenkolonie zu finden waren. Ben forderte währenddessen über die Zentrale die Spusi an, die die Hütte untersuchen sollte, und gab eine Fahndung nach dem Wagen von Saalbach sowie Saalbach selbst heraus. Noch im Auflegen sagte er: »Bene – kannst du hier bei Laura und Katharina bleiben, bis der Krankenwagen kommt?« Ben sah seinen Zwilling an, der nach wie vor an Katharinas Seite hockte. »Tobi und ich werden ebenfalls versuchen, Saalbach zu finden. Katharina – hat er irgendwas gesagt, was wir wissen sollten? Wo er hinwill, was er vorhat?«

Katharina sah ihren Chef an und antwortete klar und direkt. »Nein, dieser kranke Typ hat nichts gesagt, aber meines Erachtens gibt es nur zwei Möglichkeiten: Entweder, er hat noch einen weiteren Mord geplant und ist schon bei seinem nächsten Opfer oder er richtet sich selbst, bevor wir es tun können.«

Während Tobi und Ben zum Parkplatz liefen, sahen sie bereits den Krankenwagen ankommen. Laura war zwar stark angegriffen und dehydriert, doch da sie außer ein paar Kratzern keine sichtbaren Verletzungen aufwies, waren sie sicher, dass man sie im Krankenhaus schnell wieder aufpäppeln würde. Körperlich zumindest. Die seelischen Schäden zu reparieren, würde deutlich länger dauern, das war allen klar.

Katharina lehnte sich an Benes Schulter, kaum dass Ben und Tobi losgelaufen waren. Ihr fehlten sowohl die Kraft als auch der Wille, noch länger die Starke zu spielen. Sie sah die Sanitäter um die Ecke kommen und deutete schwach auf Laura, die in Benes Jacke gewickelt zusammengesackt in Katharinas Schoß lag.

»Kümmern Sie sich zuerst um die Kleine! Sie ist stark unterkühlt und geschwächt.«

Nachdem einer der Notärzte Laura hochgehoben und auf eine Trage gelegt hatte, ließ Katharina sich ohne Gegenwehr stützen und in eine Wärmedecke einhüllen. Erst jetzt wurde ihr bewusst, dass Bene bereits seit geraumer Zeit ihre Hand hielt. Als sie zu ihm aufsah, bemerkte sie seinen besorgten Blick, der so gar nicht zu dem coolen Bene passte, den sie bisher kennengelernt hatte. Trotz des Geschehenen musste sie lächeln. Sie genoss es, dass jemand an ihrer Seite war, der sich um sie sorgte. Auf dieses Gefühl hatte sie schon einige Zeit verzichten müssen und sie spürte, wie sehr es ihr gefehlt hatte.

Der Geist ist Sieger, er sieht heiter,
Mit froh und unumwölkten Blick
Auf die Vergangenheit zurück,
Und schreitet ewig immer weiter!
(Friederike Kempner)

EPILOG

13.47 Uhr

Es war nur ein kurzer Weg von der Hütte bis hierher gewesen, darum hatte er sich auch immer noch nicht wieder beruhigt. Doch er wusste ganz genau, was jetzt zu tun war. Wenigstens eines war ihm geblieben: sein Verstand! Mit zitternden Händen schloss er seine Wohnungstür auf, trat ein und schmiss sie hinter sich zu, ohne sie wie sonst zweimal wieder abzuschließen. Das war heute nicht notwendig. In der Hand hielt er die Frauenhandtasche, die er aus der Hütte mitgenommen hatte. Er feuerte sie achtlos in eine Ecke seines Flurs. Auch sie brauchte er nicht mehr. Er hätte sie genauso gut in der Laube lassen können, hatte sich aber wenigstens einmal mit ihr kleiden wollen.

Wie bei einem Tinnitus hatte er das penetrante Rauschen des Verkehrslärms in seinen Ohren, das durch Mauern und Fenster drang. In den letzten Nächten hatte es sich immer wieder in seinen Schlaf geschlichen und dann nervte es, doch in der Regel hörte er es kaum mehr. Zu lang wohnte er schon hier an der viel befahrenen Hamburger Straße. Jetzt war er regelrecht froh über den vertrauten Klang. Er lenkte ihn von dem anderen Geräusch ab, dem Schrei: »Laura!«

Der Schrei saß nicht in den Ohren. Er saß in seinem Kopf. Und immer und immer wieder wiederholte sein

Kopf diesen falschen Namen. Herausposaunt von der Frau, die eben noch ihren roten Kopf in seinen Keller gesteckt hatte und jetzt dort festsaß. Sollte sie doch dort verrotten. Genauso wie das falsche Kind! Genauso wie die beiden Alten, seine Eltern, die mit ihnen in dem Keller lagen und allein durch ihn wieder vereint ihre Knochen liebevoll aneinanderschmiegten.

Dabei hatte er die Rothaarige einweihen wollen. Sie zu seiner Verbündeten machen wollen, wie Jesus einst seine Maria Magdalena, wie Caesar seine Kleopatra. Der Gedanke war ihm bereits gekommen, als er sie im Verlag am Empfang hatte stehen sehen. Nachdem sie ihm dann in der Cafeteria ihre Vermutungen aufgetischt hatte, hatte der Gedanke sich langsam gefestigt. Christofer und Katha…

Es war nicht ihre Weiblichkeit, die ihn fasziniert hatte. Es war ihr Intellekt gewesen. Ihre klare, deutliche Art, die Dinge zu sehen und zu benennen. Ihre Eigenständigkeit, ihre Entschlossenheit und ihr Mut, mit ihm zu gehen. Und es war diese Aura der Einsamkeit gewesen, die sie umgab und die er so gut von sich selbst kannte. Sie wäre genau die Richtige gewesen, um sein Meisterstück zu verstehen, zu verbreiten und, wenn nötig, zu erklären. Als sie ihm dann jedoch durch ihren Ruf »Laura!« zu verstehen gegeben hatte, dass er einen unwiderruflichen Fehler in seiner Choreografie begangen hatte, hatte er sich nicht halten können. Er hatte einfach zugeschlagen und zugesehen, wie sie in die Grube stürzte – er fühlte noch immer das Prickeln, das sein Schlag an seiner rechten Handaußenseite hervorgerufen hatte. Dann hatte er voller Wucht die Bodenluke zugeworfen und wie ein verletztes Tier gebrüllt, bis sich sein Brüllen in einem Namen manifestiert hatte: »Laura?«

Wie hatte ihm das nur passieren können? Er hatte das Mädchen beobachtet. Das Mädchen Leonie, die kleine Bastard-Tochter von diesem Bullenbruder, Benedict Rehder. Er hatte sie fotografiert. Genauso wie zuvor ihren Vater in seiner lächerlichen Barkeeperkluft, die doch nur zeigte, dass er jetzt anderen zu Willen sein musste. Dennoch hatte er das falsche Kind erwischt! Die Disharmonie, die er damit in sein Meisterstück und letztlich in seine gesamte Enzyklopädie gebracht hatte, machte sich jetzt in seinem Körper breit, ergriff von seinem Verstand Besitz und wurde erneut zur glühenden Wut. Er wusste, er musste diese Wut erst loswerden, damit er wenigstens sein Finale wie geplant inszenieren konnte. Sie musste wieder raus aus seinem Kopf.

Er ging ins Badezimmer, zog sich nackt aus, holte das Rasierzeug aus dem Schränkchen über dem Waschbecken und rasierte sich den Schädel. Ein paar Mal schnitt er sich, weil er sich hetzte, aber er wollte rechtzeitig fertig sein. Er ließ das Blut laufen und rasierte stoisch weiter. Als er fertig war, spürte er, wie die Wut, der er nun einen Weg hinaus aus seinem Kopf geschaffen hatte, tatsächlich geringer wurde. Auch die Stimme der Rothaarigen in ihm wurde immer leiser. Bald flüsterte sie nur noch: »Laura … Laura …« Noch war also nicht alles verloren. Noch lag es in seiner Macht, zumindest den Schlussakkord wie geplant perfekt zu setzen, sodass er noch lange nachklingen würde. Er ging vom Badezimmer an seinen Schreibtisch. Eigentlich hatte er sich tätowieren lassen wollen, doch die Zeit blieb ihm jetzt nicht mehr. Ein Permanent-Marker würde es auch tun. Im Stehen, mit gebeugtem Kopf, fing er an zu schreiben. Es dauerte länger als erwartet. Nachdem er das letzte Wort geschrieben hatte, ging er zurück ins Badezimmer und begutachtete seine vollgeschriebenen Unterarme:

Wer alles sühnen will
der scheitert
Wer vieles sühnen will
der sühnt nur weniges
Wer weniges sühnen will
der sühnt gar nichts
Wer nur sühnen will
was sich sühnen lässt ohne Schaden
der richtet nur noch größeren Schaden an
Vielleicht muss trotzdem gesühnt sein
aber nicht nur durch Sühne.

(Erich Fried)

Während er es las, begann er zu lächeln, doch dann runzelte er die Stirn. Irgendetwas war nicht richtig. Dann wusste er es. Er nahm den Stift, den er auf den Waschbeckenrand gelegt hatte, wieder auf und strich das (Erich Fried) durch. Anstelle dessen schrieb er (CSA). Nun stimmte es. Kurz überlegte er noch, das Zitat von dieser Debora Marasco, die sich selbst als ein von Gott auserwähltes Werkzeug sah, hinzuzufügen, doch dann ließ er es bleiben.

›*Betet und sühnt, meine Kinder, denn noch nie hat die Macht meines Planes begonnen, sich so deutlich zu zeigen wie heute*‹, hatte einfach perfekt zu seinem Schulranzenpaket gepasst, doch jetzt sagte das Zitat nichts Relevantes mehr aus. Sein Plan war längst durchgeführt, und nun war es auch egal, dass er das falsche Kind erwischt hatte. Sie würden schon wissen, welches er eigentlich gewollt hatte.

Zufrieden ging er zurück in sein Wohnzimmer und blieb dort stocksteif stehen, um in sich hineinzuhorchen. Genauso stocksteif wie in der Hütte, nachdem sein Gebrüll seinen Verstand wieder angeknipst hatte. In der Hütte hatte er jedoch nicht mehr viel ausrichten können, außer das Linoleum wieder akkurat über die Luke zu legen und dann den schweren Tisch über die Stelle zu schieben. Den einzelnen Stuhl hatte er ebenfalls von seinem angestammten Platz genommen und an den Tisch herangeschoben. Als er die Hütte verlassen hatte, hatte er noch einmal einen letzten Blick hineingeworfen: Wenn er Glück hatte, wurden das falsche Kind und die Frau nie gefunden. Und wenn doch, dann erst, wenn es für sie zu spät war, so hoffte er. Als er jetzt daran dachte, merkte er, wie weit dieses Geschehen schon von ihm weggerückt war. Auch seine Wut war verpufft. Und das war abermals sein eigener Verdienst: Er hatte die Dinge wieder so weit gerichtet, dass er sein Stück nun wie geplant zu Ende bringen konnte. Er war stolz auf sich. So stolz, wie kein anderer es je auf ihn gewesen war. Niemand außer er selbst hatte es gesehen – das Genie in ihm. Nur eines fehlte noch, das sein Plan gestern noch nicht vorgesehen hatte, ihm aber beim Schädelrasieren eingefallen war. Das würde zumindest seinen Fehler mit dem Kind einigermaßen korrigieren. Natürlich nicht ganz, aber es würde doch seinen Willen dazu zeigen. Und letztlich hätte er die Rothaarige dann noch über ihren Tod hinaus insoweit instrumentalisiert, dass er sich frei von allem verabschieden konnte und die anderen verwirren würde – Christofer und Katha …

Gestern Nacht meinte er noch, es sei aus einer Laune heraus passiert. Heute wusste er, dass es Vorsehung gewesen war, die ihn dazu getrieben hatte, alle restlichen Fotos und Zeitungsartikel aus dem Schuhkarton zu holen und die maßgeblichen in das schwarze Album einzukleben und zu beschriften. Die, die er nicht hatte gebrauchen können, hatte er zerrissen und in den Papierkorb geschmissen. Ordnung musste sein. Jetzt nahm er das Album, klappte die erste Seite auf und schrieb mit dem Marker auf das erste freigelassene Blatt: »Für Katha.« Mehr nicht. Mit dem aufgeklappten Album in der Hand ging er in sein Schlafzimmer und begann seinen letzten Akt.

Zuerst legte er die selbst gebrannte CD in den Player ein. Darauf war nur ein einziger Song. Dann startete er den Player und stellte ihn auf ›Repeat‹. Fast sofort ertönte ›We are the champions‹ – seine Hymne. Er drehte den Lautstärkeregler herunter und holte das Seil aus dem Schrank. Als Nächstes legte er das Album mit der aufgeschlagenen Widmung vor den Stuhl, der in der Ecke beim Fenster stand und auf den er sich dann stellte. Das Seil war dasselbe, mit dem er vor langer Zeit seine Eltern in der Grube zusammengehalten hatte. Nach ihrem Tod hatte er das Seil wieder an sich genommen und die Ratten in die Grube gesetzt, damit sie sich an dem Fleisch seiner Eltern gütlich tun konnten. Erst nach mehreren Wochen hatte er wieder nachgeschaut. Es waren nicht mehr alle Ratten da. Zum Teil hatten sie sich gegenseitig gefressen. Die wenigen übrig gebliebenen hatte er mit einem Spaten erschlagen und mitsamt den abgefressenen Rattenknochen entsorgt. Dann hatte er die Knochen seiner Eltern zu einem Haufen aufeinandergeschichtet und sich in seiner Zufriedenheit gesonnt. Die Erinnerung daran zuckte jetzt wie ein Blitz durch seinen Kopf und war ebenso schnell wieder verschwunden. Das Seil war seit Langem vorbereitet. Mit geübtem Wurf schwang er es über den Dachbalken, sicherte es und legte es sich um den Hals.

Fast im gleichen Moment hörte er die Sirenen. Erst von weit weg, dann schnell nah. Als würde er im Fernsehen einen amerikanischen Actionstreifen schauen und die Lautsprecher voll aufgedreht haben. Selbst ganz am Ende war sein Timing perfekt – war er perfekt! Noch bevor es an seiner Tür Sturm klingelte, kickte er den Stuhl unter seinen Füßen mit einem einzigen festen Tritt weg. Durch den jetzt in ihm aufziehenden Nebel konnte er hören, wie jemand die Wohnungstür eintrat. Er hoffte auf Benjamin Rehder persönlich und war freudig überrascht, als er – vermischt mit seiner leise dahinplätschernden Musik – tatsächlich die erhoffte Stimme erkannte, die seinen Namen durch die Wohnung schrie. Ein verzerrtes Lächeln grub sich in sein Gesicht. Jetzt hatte er der Welt nicht nur gezeigt, wer er war, sondern auch noch über Rehder gesiegt. Der hatte es nicht besser verdient.

Im ENDE wohnt stets ein ANFANG

DANKSAGUNG

Mein erster Dank gilt Claudia und sie weiß, warum! Schön, dass wir uns gefunden haben ohne zu suchen.

Ebenso möchte ich all meinen Freunden danken, die so oft Verständnis gezeigt haben, wenn ich gerade wieder im Schreibtunnel unterwegs war. So sind nur wahre Freunde!

Mein tiefster Dank gehört jedoch meinen Eltern, ohne deren Liebe, Vertrauen und sicherlich auch sanfte Lenkung ich nicht diejenige wäre, die ich schon seit Jahren bin. Und er gehört meinen Kindern Vincent, Katharina und Amelie, die mich und meine Arbeit schon allein dadurch unterstützen, dass es sie gibt – schließlich arbeitet es sich glücklich einfach besser.

Kathrin Hanke

*

Es gibt Träume, die möchte man irgendwie realisieren, doch manchmal fehlt der Mut oder auch nur der Antrieb. In so einem Moment bin ich Kathrin begegnet – Schicksal?! Auch mein erster Dank gilt ihr, denn ich kann mir keine bessere Schreibpartnerin vorstellen.

Doch das allein hätte nicht gereicht, wenn meine Familie und Freunde mich nicht unterstützt hätten, anfangs noch unwissend, allein durch ihre Anwesenheit und ihr Verständnis, später durch ihre ehrliche Kritik und ihre Motivation. Ich weiß, sie alle freuen sich mit mir, und das multipliziert meine eigene Freude um ein Vielfaches.

Claudia Kröger

*

Gemeinsam bedanken möchten wir uns bei Hella, die unser Manuskript von Anfang begleitet hat. Ihre profunden kriminalistischen Kenntnisse waren für uns von unschätzbarem Wert.

Zu großem Dank sind wir zudem unserer unermüdlichen Verlagslektorin Claudia Senghaas verpflichtet. Wir hätten uns keine kompetentere Ratgeberin wünschen können. Unser Dank geht auch an all ihre Kollegen vom Gmeiner Verlag, hier besonders Sven Lang, der uns durch seinen freundlichen Erstkontakt den Weg zu dieser Buchveröffentlichung geebnet hat.

Auf keinen Fall vergessen wollen wir Amelie, Lola und Andreas, die uns auf unserer wichtigen Reise so überaus viel Glück gebracht haben.

Kathrin Hanke & Claudia Kröger

Kommissarin Katharina von Hagemann ermittelt:

1. Fall: Blutheide
ISBN 978-3-8392-0331-6

2. Fall: Heidegrab
ISBN 978-3-8392-1597-5

3. Fall: Eisheide
ISBN 978-3-8392-1740-5

4. Fall: Heideglut
ISBN 978-3-8392-1857-0

5. Fall: Heidezorn
ISBN 978-3-8392-2029-0

6. Fall: Mordheide
ISBN 978-3-8392-2235-5

7. Fall: Heidefluch
ISBN 978-3-8392-2383-3

8. Fall: Heideopfer
ISBN 978-3-8392-2829-6

9. Fall: Totenheide
ISBN 978-3-8392-0310-1

10. Fall: Heideangst
ISBN 978-3-8392-0355-2

weitere:

Wermutstropfen
ISBN 978-3-8392-1931-7

Mörderische Lüneburger Heide
ISBN 978-3-8392-2133-4

Kathrin Hanke im Gmeiner-Verlag:

Die Giftmörderin Grete Beier
ISBN 978-3-8392-2124-2

Die Engelmacherin von St. Pauli
ISBN 978-3-8392-2300-0

Störtebekers Piratin
ISBN 978-3-8392-2486-1

Als die Flut kam
ISBN 978-3-8392-0001-8

- Bildbände -

Hamburgs dunkle Seiten
ISBN 978-3-8392-2487-8

Hamburg im Sturm
ISBN 978-3-8392-0031-5

- Kochbücher -

In der Heide brodelt es
ISBN 978-3-8392-2219-5

Uwe Ittensohn
Winzerblut
Kriminalroman
352 Seiten, 12,5 x 20,5 cm,
Paperback
ISBN 978-3-8392-0427-6
€ 16,00 [D] / € 16,50 [A]

Vor dem Neustadter Saalbau stirbt auf bizarre Weise ein Student. Zunächst sieht alles nach einem Unfall aus – eine tödliche Mischung aus jugendlicher Ausgelassenheit, Leichtsinn und zu viel Alkohol. Hauptkommissar Achill will den Fall schnell schließen. Doch Privatschnüffler André Sartorius und Oberkommissarin Bertling ermitteln auf eigene Faust entlang einer mysteriösen Blutspur weiter. Sie dringen in die Geheimnisse des Weinbaus vor und stoßen auf ein weiteres ungewöhnliches Verbrechen.

GMEINER SPANNUNG

WWW.GMEINER-VERLAG.DE
Wir machen's spannend